月滿霜河

下

雲開月明

簫樓——著

伊吹五月——繪

好讀出版

目錄

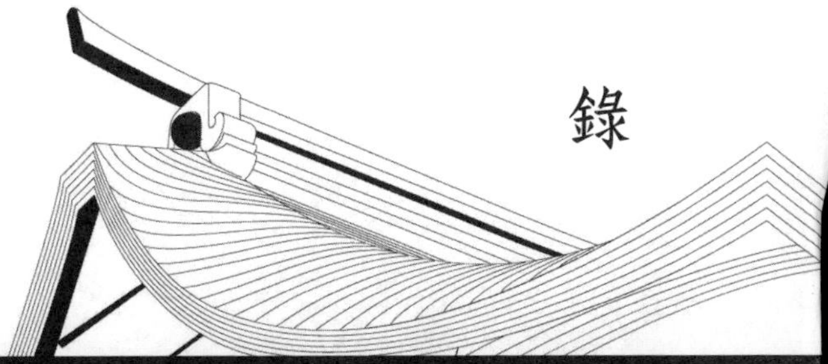

月滿霜河

第七章 夢魘纏身

謝朗見薛蘅遲遲不願查驗守宮砂，大感不解，面上便帶出幾分疑惑之色。薛蘅看著他，雙唇無力地翕動了一下，搖搖晃晃向後退了兩步。眼前的面容逐漸模糊，像浸入水中的墨跡，逐漸濡成一縷縷黑霧。黑霧後，那隻野獸眼中的猙獰光芒清晰可見，牠步步向她逼近，彷彿要將她的肌膚撕裂剝開，讓她鮮血淋漓地呈現在熾烈豔陽之下……她顫慄著，忽然身子一軟，栽倒在了地上。

三十一　太清春回

轉眼就是新正日。

祭祀神佛、祭奠祖先、迎禧接福，謝氏一族今年在涑陽各處寺廟大添香油，又在鄰近縣村廣開粥棚布施，感謝佛祖保佑謝家度過一劫。

謝朗只在新正日回了趟謝府，給太奶奶、謝峻和族中各位長輩磕過頭，到祖先及亡母靈位前奉了香，便又匆匆趕回太清宮。謝氏族人都知薛蘅重傷未醒，也皆對她抱著感激之心，不免交口稱讚謝朗知恩圖報、忠孝仁義，他日和公主成親，必是國之柱石、謝氏中興希望所在。

太奶奶聽了，默然不語，二姨娘也開始顯得有些不安。謝峻和另外三位姨娘倒沒有多想，加上府中又有薛忱和裴紅菱兩位貴客，這個新年過得格外喜氣洋洋、熱熱鬧鬧。

只是謝峻想起當初護著祖母闖宮的江湖高手單風不知去向，不能當面致謝，未免扼腕歎惜，深以為憾。太奶奶只得說單風和謝峻祖父少年時頗有交情，此番只爲報恩，像他那種江湖高人報過恩後自會隱退，並不望回報。謝峻聽了，才稍稍釋懷。

但此回遭劫，將一個嚴重的問題擺在了謝氏族人面前，謝朗是謝氏嫡宗獨苗，他若有個好歹……所有人都或明或暗地提起傳嗣這個話題。謝峻亦深有同感，加上平王早傳過景安帝的話，於是謝峻過了元宵就遞摺子入宮，向景安帝懇請，謝府擬於二月迎娶公主。

謝朗渾然不知謝府上下已著手替他籌備迎娶公主，仍整日守在太清宮的雲臺。

這日薛蘅的面色稍添紅潤，不再似以前那般怵目驚心的灰白色，餵藥時她喉嚨還能微微動一動，謝朗看在眼裡，十分歡喜。直到此刻，他才恍然注意到窗外的大雪已然停歇。他精神一振，走到窗前，從胸臆中長長吐出一口氣，舒展了一下雙臂，呼吸著雪後清新的空氣。

他凝望著遙遠天際北塔的塔尖，臉突地紅了一下，繼而又苦惱起來。正情思綿綿地胡思亂想，月洞門後忽然奔進來兩個人。

謝朗定睛一看，忙迎了出去。還沒等他行禮，薛眉從他身邊疾奔而過，撲到床前，「三姐！」

薛勇向謝朗點點頭，跟著急步而入。

薛眉滿面淒然之色，伏在薛蘅身上，不停叫著「三姐」。薛勇勸了好半天，她才抽噎著站起，抹去眼淚。

「大……大師叔，四師叔，你們怎麼來了？」

薛眉秀眉一挑，瞪著他，「我們不能來麼？三姐為了你險些喪命，她受了這樣重的傷，我們得到消息，怎麼可能不來看她！她可是我唯一的姐姐！」

謝朗乖乖聽著，不敢回嘴。

薛眉四處看了看，疑道：「就你在這裡服侍三姐？」

謝朗忙道：「四師叔放心，聖上撥了八名宮女，貼身之事俱由她們服侍。我和小坎就負責煎藥餵藥。」

「只怕她們服侍得不周到。」薛眉摸了摸薛蘅的身上，撇嘴道：「這衣服說不定幾天沒換了，黏在身上，三姐會很難受的。師姪，你先出去，我幫三姐抹抹身子，換過一件乾淨衣服。」

見謝朗遲疑著，薛眉訝道：「小謝將軍，我知道你知恩圖報，可這種事情，只能由我這個做妹妹的來吧？」

謝朗的臉倏地一紅，薛勇笑著拍了拍他的肩膀，二人便一同出了殿門。

薛勇笑著與謝朗站在廊下寒暄。忽有執著拂塵的內侍過來，在謝朗面前躬身道：「聖上口諭，宣驍衛將軍謝朗。」

許是過了新正，朝中幾件大案也做了了結，景安帝的精神一日好過一日。這天他召了方道之入宣徽殿，君臣二人正品評國風院新近送上的畫，恰好收到謝峻的摺子。景安帝怕謝朗對曾經被褫奪駙馬身分一事尙心存委屈，覺得有必要親自撫慰未來的駙馬一番，便命內侍去將謝朗宣來。

方道之品鑒一番，力推一幅《碧荷鴛鴦圖》，讚道：「此畫最妙之處，莫過於只見含苞待放的荷花、亭亭荷葉以及水面上並行的波紋，並不見鴛鴦，可這由淺而深的波紋，正勾勒出了鴛鴦親密地並肩游入荷田深處的美景，實在是妙，妙啊！」

景安帝見自己的眼光與方道之一致，不由目露笑意，握了御印，在《碧荷鴛鴦圖》上蓋下，再命內侍將畫掛在殿內東面牆上。

正說笑間，謝朗進殿，在御前跪下行禮。景安帝笑道：「平身吧。」待謝朗站起，景安帝忽動了念，招了招手，笑道：「謝朗，你來看看這幅畫。」

謝朗在丹青上向乏研究，但也覺這幅畫看著明快清麗，便微笑應道：「臣看著極好，不過好在哪裡，卻說不上來。」

「哈哈，這話實在。」景安帝大笑，「既然你覺得好，就賞給你吧。柔嘉喜愛丹青，這幅畫正好給你們小夫妻倆成親後慢慢品鑒。」

謝朗聽聞賞畫，本要叩頭謝恩，聽到後面一句立時心中一沉，驟地以大禮匍匐在地。

景安帝以爲他要謝恩，不由拈鬚大笑，忽聽謝朗開口稟道：「微臣資質愚鈍，才疏學淺，且行事魯莽，有悖陛下深恩，萬萬配不起公主金枝玉葉之軀。」

景安帝以爲謝朗尙在爲蒙冤下獄一事而抱屈，心中雖不喜，面上仍和悅道：「都是要成親的人了，說甚孩子話。以前是朕錯怪了你，朕會下旨，封你爲尙尉駙馬，比其他幾位駙馬多領邑一千。」

「微臣萬萬不敢領受。」謝朗大聲道：「陛下金口玉言，已褫奪了微臣的駙馬身分，望陛下謹守成命，為公主另尋良配。微臣當感恩不盡，此生願為陛下戍守邊疆，赴湯蹈火，矢志不渝！」

他此話一出，宣徽殿內頓時寂靜無聲。

景安帝盯著謝朗看了許久，見他毫無作偽之態，終於確定他竟是真心不願再娶柔嘉，居然當著堂堂天子的面，如許堅決地拒絕皇室之姻。

方道之蹙了蹙眉，正要說話，景安帝已重重一掌拍在畫案上，大聲呵斥：「放肆！柔嘉哪一點不好，你竟敢這般羞辱她！」

「公主甚好，是謝朗配不上。臣早就不是駙馬了，陛下頒過明旨的，臣萬死不敢耽誤了公主。」謝朗一個勁地磕頭。

見他竟是一副死也不願意娶柔嘉的模樣，景安帝氣得身形直搖晃。方道之忙走過去低聲勸道：「陛下，請保重龍體。」

內侍們一窩蜂上來替景安帝順氣，謝朗卻仍跪在地上，倔強地叩著頭。

景安帝剛平息下去的怒火又被他激了起來，方道之輕聲道：「陛下且歇著，臣來勸勸這孩子，他只是一時轉不過彎來。」

景安帝只得揮了揮手，方道之隨即帶著謝朗告退，走到殿外拐角處。不等方道之發話，謝朗道：「方先生，您不用勸我，無論如何我是不會娶公主的。我還得去守著蘅姐，她應該就在這一兩日會醒來。」他向方道之施禮作別，匆匆走向宮門。

方道之「咦」了一聲，看著謝朗的背影，若有所思。他再將目光投向淡青色的天空，眼前驀地浮現出某道淡遠清雅的身影，不禁雙眸一黯，眉間湧上鬱色。

寒風吹動他的廣袖，讓他的身姿越顯蕭瑟。許久他才低低歎了一聲，轉身進殿。

小院裡，牽牛花爬過了竹籬牆，藤蔓纏繞，葉子嫩綠得像要滴出水來。梳著雙丫髻的小小女童一手拿著水瓢，從木桶裡舀起一瓢水，蹲在菜地前澆水。澆完了一塊菜地，已經滿頭是汗，她站起來，抬起手用袖子擦了擦頭上臉上的汗珠。穿著青色粗布裙子的青年女子坐在廊下織補衣裳，不時抬頭看她一眼，嘴角漾著溫柔的笑。

竹籬門被「吱呀」推開。

「爹！」女童丟下水瓢，撲入青年男子的懷中。男子將她舉過頭頂、騎在肩頭，笑著說了一句什麼。薛蘅剛想再仔細聽清楚他說的那句話，轉眼之間，場景又變成暴雨傾盆的午後，那青年男子躺在竹椅中打盹，右臂攬著女童，竹椅搖啊搖。他手一鬆，女童側翻在地，耳朵被地上放著的剪子劃出一道長長血印。

青年男子正將女童抱在手中哄著，外面忽然喧鬧起來。有人敲鑼大叫：「決堤了！決堤了……」滾滾波濤中，女童趴在一根枯木上，放聲大哭。她在暴風雨中竭力睜開雙眼，想尋見爹娘的身影，可是天地之間，唯有呼嘯的風雨、滔天的洪水……

忽然滔天洪水又變成了鋪天蓋地的油菜花田，幽藍的天空下，她驚慌失措地奔跑、奔跑、奔跑！她氣喘吁吁抬起頭，長堤上，騎士拉住雪白的坐騎。他看見她了，向她伸出了手。

她在洪水裡拚命地向他游去，離他越來越近。

終於，她抓住了他的手。他看著她燦爛地笑，反過手來將她的手緊緊握住，彷彿……今生今世，再也不會鬆開。她安心地讓他握著，讓他帶著她離開滿天風雨，靜靜閉上了倦極的雙眼……

破曉前，薛蘅睜開了雙眼，正看到窗外透進來淡淡的青黛色。

她微微動彈了一下手指，右手果然被一雙溫暖大手握著。這一瞬間她不敢再動，到底是夢是幻，還是眞實存在著的溫暖？

依在床邊打盹的謝朗卻馬上驚醒，他猛地睜開雙眼，正望上薛蘅迷濛的雙眸。

「蘅姐！」他脫口而呼。

她望著他，嘴唇微微翕合。

「蘅姐……」他喜極而泣，伸出手想觸碰她的面頰，倏又停在半空，彷彿怕一碰觸，她的雙眼又會再闔上。待她嘴角微微扯了一下，他才確知這不是幻覺，喜得一顆心幾乎要跳躍而出，一時手足無措。忽想起薛忱的叮囑，他忙取了藥丸細細碾碎，和著溫水餵入薛蘅口中。

薛蘅嚥下藥，過得一陣，終於能微弱地出聲，「你……」

「蘅姐，你剛醒，別多說話。」

薛蘅款款側頭，轉動眼珠環視四周。

謝朗連忙解釋，「這裡是太清宮的雲臺，你受的是內傷，不能移動，聖上便讓你在這裡養傷。那天你昏過去後，左總管趕到刑場將我救下。後來他替你續上心脈，聖上命宮中的太醫，不論花任何代價都要將你救活。再後來，二師叔趕回了京城，他和太醫們一起替你治療，說你過了元宵就能醒過來，二師叔說得眞準，蘅姐……」他歡喜得不知如何說下去，看著薛蘅，湧出一種不眞實的恍惚感。

薛蘅嘴角一彎，雙眼稍闔了一下，又睜開來。

謝朗見她目中露出徵詢之意，想了想後忙道：「蘅姐，你放心，二師叔他們都平安返回京城，就是紅菱妹子受了點輕傷，不過也好得差不多啦。一切都眞相大白，張保下了獄，擬於秋後處斬。不過……風桑趁人不備，已在獄中自盡。但他自盡前也全招認了，因爲私自倒賣軍馬軍糧牟取暴利，被鐵叔叔查出蛛絲馬跡，他便起殺心，爲了不被懷疑，於是挑唆江湖高手張若谷去殺鐵叔叔；又和張保勾結，設下埋伏，本想殺了張若谷滅口，不料張若谷逃脫了，我又正好在那裡，遂就順水推舟將罪名推在了我身上。」

見薛蘅還拿詢問的目光看著自己，他忙道：「聖上已下了旨，讓神銳軍入關，對義兄和當初參與『譁變』的將士從寬處置。」

薛蘅又眨了一下眼睛。謝朗撓了撓頭，想了片刻，再道：「哦，那個劉縣令，也由杜尚書派人押解到了京城，他對當晚受張保的人暗示、去向鐵叔叔行賄三萬兩的事實供認不諱，十府總捕頭鄭平和那幾名江湖高手現都同案關押在天牢裡。」

薛蘅掙扎著想坐起身，謝朗忙扶住她，在她背後墊上柔軟的錦被。薛蘅靠著錦被，微微喘了口氣，再看著謝朗，輕聲問道：「張……張兄呢？」

謝朗正喜不自勝地看著她，聽到這句話，臉上的笑容立時僵住。可見薛蘅萬分焦慮盯著自己，他只得乾巴巴地道：「張兄他……」

「他是受人矇騙，我得去向三司說清楚，不能讓他白丟了性命……」薛蘅雙肘支著，欲撐起身子。

謝朗急忙按住她，「放心，他跑了。」

「跑了？」

「嗯。」謝朗悶聲道：「他將風桑和當初圍攻我的那五名江湖高手擒伏，送到御史臺門口。當時有上千人圍觀，風桑和那五個人不知中了他的什麼手法，把犯下的罪行一一當眾招供，張若谷只在一旁冷笑。後來刑部總捕頭、禁軍和羽林軍統領都帶著人趕到，等鎖了風桑等人，張若谷便要走。結果……」

「結果怎樣？」薛蘅盯著他問。

謝朗十分不情願說，但張若谷大戰御史臺那一幕，涑陽百姓在茶餘飯後議論得沸沸揚揚，絲毫不遜於自己行刑那日的驚心動魄。此時不說，蘅姐日後也定能知道，若聽到經過別人添油加醋渲染的，還不定將張若谷傳成怎樣威風凜凜、天下無敵呢。

「張若谷不肯歸案，當眾說朝廷的狗……狗屁律法管不到他，他說鐵叔叔的兒子才有資格找他報仇，可鐵叔叔的兒子扶靈回鄉去了。見他不肯束手就擒，刑部總捕頭先上，結果沒三招便被張若谷擊飛，禁軍上了一樣沒能拿下他，後來羽林軍也出手。他丟下一句『叫鐵家公子來找我』，就突破幾百人的圍攻，跑了。」

薛蘅鬆了口氣，低歎道：「張兄果非常人……」她緩緩闔上眼，少頃後呼吸漸趨低細，似又昏睡過去。

謝朗呆呆地坐在床前，心中不知是何滋味，半晌方用極低的聲音喃喃自語：「你也不問問我……」可想到她能夠醒來，這一刻能聽到她平緩的呼吸，看到她寧謐的面容，他便覺得已是上蒼厚待自己，又何必這等在意她醒來後最關心的是那個大鬍子呢！

可是，爲什麼她醒來後最關心的居然是那個大鬍子？他正糾結著，忽聽到薛蘅低聲問道：「問你……什麼？」

「啊……」謝朗甫知她竟未睡著，忙道：「沒什麼。蘅姐，你剛醒，有甚話以後慢慢說。」

「以後慢慢說。」——他心底重複了一次，不自禁地「怦怦」跳了兩下。

過得許久，薛蘅卻又睜開眼看著他，低聲問道：「我……若趕不回來，你也不打算說麼？」

謝朗心中一熱，立時將張鬍子拋在了腦後，輕聲回答：「我知道，你會趕回來的。」頓了片刻，他重重地加了句：「一定會。」

「我不是差一點就趕不回來了麼？倘若我眞的不及趕到，你就……不想想太奶奶，不想想你爹？」

謝朗面上閃過一絲愧意，「那也是沒辦法的事。刑部那窩子全是雍王的親信，我根本見不到可堪信任的人，萬一洩露出去，讓對方毀了帳冊、毀了屍體，義兄和神銳軍的冤屈即永遠無法洗清，王爺受此案牽連，只怕也有危險。蘅姐，我知道你定會找到帳冊的，只是早晚而已。」

薛蘅想起這一路突圍，時刻焦灼如焚，生怕遲到一刻，看到的便是血淋淋的現實，他偏說得這般輕描淡寫。可是，他爲了神銳軍終有一日能洗清冤屈而抱著赴死之心，又讓她說不出責備話語。她只得無力地瞪了他一眼，「你那暗語說得那麼隱晦，害我苦思良久。」

「不是很隱晦吧？」謝朗叫屈，「再說得淺顯，那些偷聽的人就會找到帳冊的！我豈不是白白吃了一回苦。」

薛蘅忍不住一扯嘴角，「你怎地知道當時有人在偷聽？」

謝朗得意洋洋道：「天牢有幾間牢房，可讓人在遠處透過祕製的銅管偷聽，專門誘使犯人在會見親屬時吐說出祕密。刑部那窩子，以爲我不知道呢，其實我老早聽人悄悄說過了。他們前一晚急巴巴地給我換牢房，我便猜出裡頭有名堂，果然第二天你就來了。那闋詞，我可是整整一個晚上沒睡才想出來的！」他笑嘻嘻地望著薛蘅，「蘅姐，那闋詞還不賴吧？」

薛蘅避開他的目光，過了片晌才冷聲道：「還不到家，有幾個地方平仄不對。我若是刑部的人，只怕也能聽出不對勁……」

謝朗頓時鬱悶起來，一個是「果非常人」，一個是「還不到家」，可明明殺人的是那個張若谷，含冤坐牢的是自己。雖說張若谷同是受人矇騙，但他到底殺了人，這般無視朝廷律法就跑了，竟還能得到她「果非常人」的評價！

然而，她甦醒的喜悅畢竟大大地壓過了鬱悶和醋意，他看著她垂在錦被外的蒼白玉手，心中一疼，柔聲道：「蘅姐，你瘦了很多，都怪我不好……」

她沒回答他的話，呼吸卻漸漸低細下去。他抬起頭，只見她已闔上雙眼，這回是眞正睡了過去。

涑陽城整個冬日盡顯荒寒蕭瑟之態，隨著上元節後接連幾日的陽光而略有消融。太清宮中的梅花，在鐵勁的虬枝上悄然結出了小花蕾，似正待一場盛大的春風拂來，將滿園紅遍。

謝朗的心情，亦同這梅花一般燦爛綻放，因為薛蘅傷勢漸好，這日終於能走出雲臺，在太清宮中走動。他與薛忱坐在自雨亭中看著，猛然覺得薛蘅一襲藍衫站在雪地中，在那十幾株梅花的映襯下，倒十分像太奶奶房中的一幅畫——《寒梅傲雪》。只是蘅姐的氣色若能再紅潤些，就更好了。

他正看得出神，忽有內侍過來傳旨：景安帝聽聞薛蘅已能走動，召她入宣徽殿面聖。

看著薛蘅的身影消失在月洞門後，謝朗戀戀不捨地收回目光，略略舒展了雙臂，側身時發現薛忱正目光深沉地看著自己。謝朗忽地臉龐一紅，吶吶道：「二師叔。」

「嗯。」薛忱淡淡回答，低頭拂了拂衣襟，閒閒地說了句：「明遠，謝老太太前兩日染上風寒，今天才好了點。」

謝朗甫才想起自新正後，自己一直守在太清宮未回過家，心中頓時湧上愧疚之情，忙向宮中主管告辭，急匆匆出了太清宮。

剛在謝府大門前下馬，即見管家正指揮著幾個家僕往門楣上掛上大紅絲綢，旁邊還有家僕進進出出搬運著酒罈子。謝朗甩鐙下馬，好奇地看著，問道：「這是做什麼？」

管家笑得牙肉都露出來，大聲道：「恭喜少爺！」

謝朗一時沒明白過來，將馬韁一丟便往府裡走。管家跟在他身側絮絮叨叨：「少爺回來就好，幾位夫人正說著呢。雖然這事情不勞少爺操心，但成婚後，公主是住在毓芳園還是……」

管家話未說完，已被謝朗一把拎了起來，怒道：「你說什麼？」

管家腳尖在地上不停踢著，漲紅了臉，結結巴巴道：「小的說……少爺成婚後……公主要、要住……」

「誰說我要和公主成親？」謝朗怒吼著，眼珠子瞪得都快掉出來。

「明遠！」冷喝聲響起。

謝朗鬆開了管家，緩緩轉頭，照壁後站著的是滿面寒霜的太奶奶。

「太奶奶，我不要……」

太奶奶打斷了他的話，「聖上已經恩准，你和柔嘉公主二月十八完婚！這段時日，你就老老實實待在家裡……」

她話未說完，謝朗已迅如閃電衝出府門，飛躍上馬。待管家等人追出去，早不見了他的影子。

太奶奶眼前一暈，二姨娘忙上前扶住，二人目光交觸，面色都慢慢變了。

許久，太奶奶歎了一聲，將枴杖一頓，顫顫巍巍地往回走，低聲道：「這是上輩子作了什麼孽啊！偏偏又是謝府的救命恩人……」

景安帝屏退左右，與薛蘅在宣徽殿密談了小半個時辰後，內侍們遠遠就聽到了他的笑聲。內侍總管夏謙的神經頓時舒緩下來，聽到景安帝在喚人，忙小跑進去。

「傳朕旨意，天清閣閣主薛蘅暫居太清宮，替朕煉丹，其所需一應物事皆由內侍監辦理，不得有誤。」

夏謙忙記下，景安帝向薛蘅和聲道：「一切有勞薛先生了。」

薛蘅正要行禮告退，忽有小內侍進來稟道：「稟陛下，尚尉駙馬謝朗求見。」

景安帝呵呵一笑，「宣。」又向薛蘅笑道：「薛先生救下了柔嘉的駙馬，等二月十八他們成婚，得讓他們敬薛先生一杯才是。只希望薛先生能在那之前研製出琅玕華丹，那就真是雙喜臨門了！」

薛蘅沉默片刻，彎腰行禮，「臣自當盡力。」

她退身出殿，剛走出幾步便見謝朗迎面而來，二人眼神交會，都下意識停住了腳步。

殿門口的小內侍尖細著嗓子叫道：「尚尉駙馬謝朗覲見！」

謝朗頓時慌了神，手足無措地喚了聲：「蘅姐，我……」

薛蘅神情清冷，淡淡頷首，自他身邊擦肩而過。謝朗呆望著她的身影遠去，咬咬牙，收定心神，撩袍入殿，在御前納地跪拜，「臣謝朗，叩見陛下！」

「鏤雕紋玉座屛一對、百子圖雙面蘇繡一幅、碧海五尺珊瑚樹、鎏金銀薰球、《輦本行樂圖》、昆玉荷葉筆洗……」

嘉儀宮內侍都知捧著禮部呈來的公主妝奩清單，不急不緩地念著。

皇后儀態安閒地坐在椅中，聽著覺得甚感滿意。因爲柔嘉是嫡公主，又是景安帝最鍾愛的幼女，謝朗封了尚尉駙馬，不但食邑比其他駙馬多出一千，柔嘉的妝奩亦是前所未有的豐厚。

皇后同時將此當成某項信號，景安帝重對嘉儀宮和平王樹立信心的信號。神銳軍的案子，表面上針對謝朗和裴無忌，其實矛頭直指兵權在握的平王。皇帝似也頗有猜忌之意，有意藉這個案子打壓在軍中威信漸高的平王。

殷朝立國後，自太祖以下的歷代皇帝，素來並不以立嫡爲先。論感情，皇后不及先皇后，先皇后與景安帝是青梅竹馬的表兄妹；論情分，又不及十四歲起就侍奉景安帝的俞貴妃；論外戚勢力，當初爲免猜忌，皇后的父親——當年的霍大將軍早已解甲歸田。

皇后明曉這場風暴來勢洶洶，稍有行差踏錯便萬劫不復。爲了避嫌，她不但嚴令平王不得輕舉妄動，自己也在嘉儀宮稱病不出，只能眼睜睜看著謝朗含冤莫白，險些命喪刑場。
好在陰霾散去、天朗雲開，一切眞相大白。雖然景安帝將案子壓了下來，僅處置了張保等幾人，並未牽扯出其餘官員，且未傷及弘王、雍王，但平王總算化險爲夷，重返朝堂，謝朗復又被招爲駙馬，皇后的「病」自然就不藥而癒。此刻聽著這份經過景安帝御准、爲柔嘉準備的妝奩，皇后心中十分欣慰。
侍都知念罷，皇后看向柔嘉，卻見她怔怔地坐在一旁，面上殊無喜色，連以往一貫的活潑嬌憨也消失不見。她眉心微微蹙起，眼周青鬱，十指絞著羅帕，一副魂不守舍的樣子。
「柔嘉。」皇后柔聲喚道，連喚了兩聲，柔嘉才如夢初醒般抬起頭。看著女兒消瘦的面頰，皇后心疼地道：「快成親的人了，怎麼瘦成這樣？」
「母后，我……我不想成親了……」柔嘉低下頭，眼眶都紅了。
皇后不由失笑，「又說孩子話了，不知先前是誰爲了救某人的性命，居然偷跑到邊關，跟著薛先生查案，還險些丟了小命。這刻倒說不想和他成親了，你們聽聽！」
宮女們皆掩嘴而笑。柔嘉抬起頭，白著臉顫聲道：「母后，我……」
皇后拍了拍她的手，溫言勸她，「傻孩子，母后知道你捨不得父皇和母后，但你就嫁在涑陽，成親以後，可以時時進宮來看父皇、母后的。母后知道姑娘家出嫁前總會有些不安，但謝家這樣的人家、謝朗那樣的人品，全涑陽都找不出第二個來，你又有甚好怕的？」
柔嘉還待開口，有小內侍慌慌張張地跑進來，跪在皇后身前稟道：「娘娘快去宣徽殿，駙馬爺要、要退婚，聖上龍顏大怒，要、要將駙馬爺拖出去斬了……」
柔嘉驚呼一聲，率先站起，奔向宣徽殿。

景安帝盛怒之下所發出「拖出去斬了」的命令，夏謙自然打了個折扣，只將謝朗拖到殿外，又命小內侍趕緊去通知皇后。他再進殿，沏了杯茶奉至景安帝面前，字斟字酌地勸著，「陛下龍體要緊，萬莫因爲駙馬爺一時糊塗，氣壞了陛下的身子。」

景安帝發了一回雷霆之怒，亦覺頭暈目眩、手足發軟，坐在椅中喘著粗氣，喝了幾口茶後甫稍稍平定。他抬起頭，卻見謝朗還直挺挺地跪在殿門外，竟是一副「你將我斬了也要退婚」的架勢，不由氣得將手中茶盞往地上一砸，「鏘啷」一聲，茶盞碎裂後的瓷屑濺到夏謙臉上，劃出一道血印。

夏謙正在心中哀呼「城門失火、殃及池魚」，忽聽環珮聲起，原是公主駕到。

柔嘉撲到景安帝身前，哀呼道：「父皇息怒！莫要再斬明遠哥哥！」

景安帝滿面怒容，「你還爲他求情？你可知這渾小子說了些什麼話？他說他對你只有兄妹之情，竟是誓死要退婚！他既然說『死也不願做駙馬』，那就成全他，讓他死好了！」

皇后此時也趕到了，聞言大驚。

柔嘉震得呆了片刻，轉回頭去看謝朗，眼見內侍們就要上前拖他，急得回頭揪住景安帝的龍袍，仰面泣道：「明遠哥哥只是一時糊塗，父皇息怒！」

「一時糊塗？」景安帝冷笑，指著謝朗道：「他上次說不願和你成親，朕還當他是因爲受了委屈，一時轉不過彎來。可現下，都封予他尚尉駙馬，賜了他封邑，他還有甚委屈的？他分明就是恃寵生驕，目無君王！」

皇后覷了謝朗一眼，「你這孩子！」又急步進殿，「陛下息怒！」

景安帝見皇后趕到，怒哼一聲後拂袖歸座，冷聲道：「謝朗，朕再給你一次機會。」

謝朗抬起頭，瞧見柔嘉正呆呆望著自己，小臉煞白、雙目通紅、面帶淚痕。這一刻，他才發現她比以前消瘦了許多。

他心中湧上難言的愧疚，不由低下了頭。柔嘉湧出一絲希望，他卻又猛然抬起頭看著她，輕聲道：「柔嘉，對不住，我不能誤了你的終身幸福。」

柔嘉的心似被繩索拖著往萬丈深淵疾速墜落，周遭是伸手不見五指的黑暗，只餘狂風在耳邊呼嘯。她眼睫垂低，淚水奪眶而出，向旁退了幾步，若非抱琴扶住，差點就要跌坐在地。

景安帝氣得手指發顫，皇后見狀，急忙趨前勸慰。

正亂成一團時，弘王忽然進殿，向帝后施禮。他人在延英門時早知悉了內廷動靜，心中暗喜，袖中的摺子此時不遞更待何時？

景安帝頭昏目眩，眼前似有黑雲在一團團飄浮，接過弘王遞上的摺子，好半天才能看清上頭寫的是什麼。他先是一驚，重拍書案，本能下要發作，可忽一轉念，又沉吟不語。弘王卻不容他再有思慮的時間，用在場的人都能聽得清楚的聲音稟道：「父皇，天清閣薛勇首告：天清閣閣主薛蘅不守閣規，與驍衛大將軍謝朗淫穢通姦，清白有污，有傷風化，不適宜再擔任閣主之職，請父皇褫奪其閣主之位，另選賢能！」

如聞炸雷，殿內諸人都臉色遽變。

謝朗呆愣了片刻，霍然而起，大聲道：「胡說八道！」

弘王冷笑，「薛勇奏得分明：『薛蘅與謝朗護書途中，孤男寡女在一起數月，早有了姦情。』薛蘅早已失貞，又怎能再擔任閣主一職？」

謝朗大怒，若非是在御前，便要揪住弘王的衣襟，「我與蘅姐清清白白，豈容你血口噴人！」

「聽聽，聽聽！」弘王嘖嘖連聲，「謝將軍，按輩分，你不是應該稱薛蘅一聲『師叔』麼？怎麼叫起『蘅姐』來了？你們若無私情，她怎會捨命救你？若無私情，你怎會死都不願意娶柔嘉？」

一時間，殿內諸人齊齊望向謝朗，神情各異。

謝朗額頭青筋暴起，便是當初被冤下獄，他也沒有此刻這般憤怒，一時熱血沖腦，不由脫口而出：「我愛慕蘅姐不假，可我們清清白白，發乎情而止乎禮，哪有什麼姦情？又何談失貞？」

此言一出，滿殿愕然。

柔嘉身形微晃，左手扶住門框，低聲道：「抱琴，扶我回去。」

弘王笑了笑，拉長了聲音，說出的話挾雷帶火，「愛慕……嘖嘖，謝將軍，虧你乃朝廷重臣，居然在御前說出這等有悖倫常、不知廉恥的話來。」

皇后卻忽肅然起身，道：「此事單憑薛勇一面之詞，不可盡信。女子清白最最要緊，豈能容人隨意誣衊，陛下請慎重。」

景安帝回過神來，他心中另有考慮，皇后此話正中下懷，便頷首道：「正是，朕自會派人查清楚的，你們都先退下。」頓了頓，又道：「今日之事，切不得外洩。」

柔嘉在抱琴攙扶下邁出殿門，忍不住回頭看了謝朗一眼，櫻唇動了動，終究什麼也沒說，轉身離去。

謝朗脫口說出那句話，眼見眾人都拿震驚懷疑的目光看著自己，索性把心一橫，心想反正你們早晚要知道，把心裡話說了反倒一身輕鬆。

見他一副坦然無懼之狀，景安帝氣得將硯臺擲去，吼道：「還不快滾！」

硯臺砸中謝朗胸口，墨汁沿著他的衣衫蜿蜒滴下。他只得後退兩步，低聲應道：「臣告退。」

弘王回到興慶宮，薛勇忙上前拜見，見弘王面色看不出喜怒，便小心翼翼問道：「王爺，事情怎樣？」

弘王負著雙手，徐徐踱著步，沉吟道：「看來父皇有意壓下。」

「哦，爲何？」

「我看是爲了……」弘王壓低聲音說了幾句。

薛勇冷哼道：「沒有她，我一樣可以煉出來的。」

「可父皇眼下全指望於她，奪了她的閣主之位，父皇怕萬一她想不開……故才不置可否，想將這件事情給壓下。你沒見先前謝朗要退婚，父皇那般震怒，可等到摺子遞上去，父皇反倒冷靜下來了。」

「那現下怎麼辦？若真讓薛蘅煉丹成功……」

弘王沉下臉，「既然父皇這邊行不通，咱們就另想別的辦法！」

「請王爺示下。」薛勇忙道。

弘王面上慢慢浮現出一絲笑意，緩聲道：「你沒聽說過一句話麼，眾口鑠金、積毀銷骨！」

薛勇點頭，面露喜色。

「還有，是時候將你們閣中各系長老都請進京城了。」

「王爺放心，此事證實的那一日，我就傳了信鴿回孤山，估計今時長老們已經收到信，準備動身。」

弘王看著乳白薄瓷花瓶中插著的一枝寒梅，微笑著伸出手去。剛吐出一縷蕊香的梅花，在他指間漸被碾成粉碎。

三十二　心似指南石

出了玄貞門，謝朗打馬疾奔。

由皇宮去太清宮需經過太平坊、延壽坊和西市。薛蘅傷未痊癒，不能騎馬，坐的是馬車。謝朗追至西市，果見薛蘅乘坐的碧紋圓頂馬車在前方不急不徐地走著。

他策馬追上，在車窗外叫了一聲：「蘅姐。」

車簾輕輕撩開，薛蘅露出半邊臉，靜然看著他。她這波瀾不興的神色讓謝朗十分恐懼，生怕她又像上次那樣一聲不響地決然離去，心中自是下定了決心無論如何都要緊跟著她，但一時又不知該如何啓齒。

他正雙手沁汗、喉頭發乾之際，薛蘅忽輕聲道：「明遠，我想去離亭，不想勞動這幾位公公。你能不能替我駕車，送我出城？」

「好。」謝朗覺她話語無比親切，喜孜孜答應了，催馬上前。天駟監的太監見當朝駙馬來接自己的轡繩，只猶豫了一瞬，迅即讓位給謝朗。

謝朗對隨行的幾名太清宮內侍道：「你們先回去，我送薛閣主到一個地方，去去就回。」

眾人不敢違拗，眼睜睜看著謝朗揮下馬鞭，揚長而去。

到了西門，只見城門前人頭攢動，出城的人排起了長龍，值守的禁軍也比平時多上數倍。謝朗拉住馬轡，掃視一眼，發現禁軍頭領是個熟面孔，便問道：「老卜，怎麼回事？」

老卜見當朝駙馬爺居然記得自己的名字，樂得搖頭擺尾地過來哈腰道：「駙馬爺，上頭有令，說那個江湖大盜張若谷還躲藏在京城，讓我們嚴加盤查，不能讓他溜出城去。」他靠近馬車，壓低聲音神祕兮兮說道：「聽說宮中三大侍衛總管全出動了，都在找那個張若谷。聖上也降下嚴令，定要將他緝拿歸案。若能抓住，也好替駙馬爺您出一口惡氣！」

謝朗聞言一驚。老卜諂笑道：「駙馬爺，您這是要去哪兒？」

謝朗恨不得將他這幾聲「駙馬爺」給掐回喉嚨裡去，倏地臉一沉，「我要出城。」

「車裡坐著的是……」

車簾輕啓一隙，薛蘅探出頭來，「怎麼了？」

老卜認得薛蘅，嚇得慌不迭行禮，又急忙指揮禁軍將人群轟開一條道，讓謝朗駕著馬車揚長而去。

此時已值薄暮時分，城外道路上的積雪開始消融，馬車碾過雪泥，越過重重山陌。

車聲轆轆，暮氣如煙。謝朗想到車中坐著的正是自己魂牽夢縈之人，她方才對自己說話又是那樣溫柔親切，頓時心中一蕩，驟似在雲端飄浮。

他忽覺得這條路若是永遠走不到盡頭該有多好，路上只有她和他，他爲她策馬，她在車上靜靜看著他的身影，直至天荒地老。

霧氣中瀰漫著雪的清寒，還夾雜著若有若無的梅花香氣。謝朗放目一眺，前方已到了離亭，離亭邊的小山坡上種滿了寒梅，暗香在黃昏的霧氣中悄然浮動。他戀戀不捨地拉住馬韁，又把那句話在心中默念了一回才躍下馬，深深呼吸幾下，微笑著打開車門道：「蘅姐，到……」

聲音戛然而止，但見馬車之中，薛蘅身側斜躺著一人，身形高大、鐵鬚滿腮，正是張若谷。

薛蘅將張若谷扶正，焦急地喚道：「張兄！」

她連喚數聲，張若谷才睜開眼，他看了看薛蘅，又看了呆立在車門前的謝朗一眼，呵呵一笑。這一笑牽動氣機，他不由咳了數聲，嘴角慢慢溢出血絲。

謝朗甫回過神來，一個箭步躍上馬車，擠在薛、張二人之間，扶住張若谷的雙肩問道：「這到底是怎麼回事？」

「我上車時便發現他躺在裡面。」薛蘅探了探張若谷的脈，驚疑道：「左寒山？」

張若谷揚眉一笑，「再加上鄧九公和祖韋。」

薛、謝二人齊齊動容。薛蘅道：「張兄怎地將三大侍衛總管都招惹上了？」

「我不當面向謝將軍道歉總是於心不安，又聽聞閣主重傷，所以便沒有離京，藏了起來。」張若谷咬著牙坐直，右手三指駢起，連點自己胸腑數處穴道，待氣順些，續道：「但老見不到閣主和謝將軍，我快悶出病來了，就想著進宮去逛一逛，看看皇帝老兒到底長啥模樣。」

他說得甚是輕鬆，像謝府四位姨娘說起要到護國寺進香或去夜市閒逛一般，謝朗不由哭笑不得。

薛蘅眼中隱約有了笑意，「誰先發現張兄的？」

「鄧九公！」張若谷傲然一笑，「不過他在我手底下沒討了好去，我接著和祖韋過了幾十招，打成平手，但後來左寒山忽然出現了……」他停住話語，怔了少頃，神色聳動，歎了一聲，「眞是天外有天、人外有人，我張若谷此番算是見識到了……」

謝朗忍不住出言譏諷，「莫非張兄向來認爲自己是天下第一高手不成？」

「當然不是。」張若谷正色道：「我只是不斷在尋找天下第一高手。傅夫人、左長歌教主、薌夫人，現再加上左寒山，都是我輩望塵莫及的，唯只敗在他們的手下，我的武藝才會有所精進。」

謝朗冷哼一聲，「你武藝練到天下無敵又有何用？用來殺清官麼！」

如同尖錐刺中了沙包，張若谷的肩膀頓時垮垂下來，面色也黯淡下去。薛蘅瞪視謝朗一眼，謝朗見她目光隱含責備，便低下了頭，心中卻兀自不服氣。

「張兄，你……」薛蘅正不知如何勸慰，張若谷忽地精神一振，盤膝坐直，向謝朗兜頭一揖，「謝將軍，是張某行事魯莽，累你險些冤死，張某這廂向你賠罪。你義勇雙全、高風亮節，張某萬萬及不上你。」

謝朗愣住，他之前一直視張若谷爲生平頭號敵手，恨不得事事都要勝過對方才好，可此時在薛蘅面前聽到張若谷這番話，突然間又高興不起來。

謝朗猶自發愣，張若谷已拿起了墨風劍。薛蘅輕聲問道：「不知張兄有何打算？」

「我要去找鐵家公子。」張若谷肅容道：「聽說他扶靈回了海州，我這便去找他。他若要殺我為他爹報仇，我這條性命便歸他的；他若不殺我，我便將我一身藝業傳授給他。」

薛、謝二人聽了，半晌都無法言語。謝朗心頭僅存的一絲要將張若谷緝拿歸案的想法，跟著消失得無影無蹤。他心中甚至隱隱覺得，若沒有那些禮法教條的約束，像張若谷這般快意恩仇倒也不錯。

張若谷看了看二人，仰頭一笑，豪氣頓生，「薛閣主，謝將軍，今日先且別過，若張某還有命歸來，他日再與二位痛飲一番！告辭！」不待薛蘅說話，他振身而起，閃出馬車，衣袂飄風，不久消失在濃重暮色中。

薛蘅挑簾望著他遠去的方向，悵然地歎了口氣。

謝朗心中百味雜陳，正要開口，猛地察覺到二人坐得極近，伸手可觸。他甚至能隱隱感覺到她身子傳來的熱度，他的心怦然一跳，面紅過耳。

薛蘅放落布簾，回過頭，一雙灼熱眼眸近在咫尺。他滾燙的呼吸噴入她髮間，引她心跳陡然加速。

黑夜如幕籠罩四野，馬車中一片朦朧。兩人就這樣靜靜地坐著，看不清彼此的神情，卻可清楚聽見彼此的呼吸聲和劇烈心跳聲。

「蘅姐……」謝朗終於鼓起勇氣開口，「你……別回孤山了，留在涑陽，可好？」最後兩個字，他的聲音幾乎在發顫。話一說完，他全身繃緊，不敢動彈一下。

薛蘅卻沒有回答，只微微低下頭。

謝朗緊盯著她，生怕她說出一個「不」字。等了許久，見她未出聲拒絕，他勇氣更盛了幾分，「蘅姐，我不是駙馬爺了，你也別做什麼閣主了，我們……」

「明遠。」薛蘅忽然開口，打斷了他的話。

「嗯。」謝朗的心「咚」的一跳。

「我還沒能好好和你說過這一路查案的事情。」

謝朗面上一陣錯愕，喃喃道：「蘅姐，以後再慢慢說。」

「不，你聽我說。」薛蘅語氣十分固執，不待他反應，就急急說了下去，「我們出京後，柔嘉一直跟著我們，到燕雲關時還險些被兵痞欺負。後來裴將軍想入關，被丹軍使了離間計，孫將軍要殺紅菱，柔嘉拚死護住了她，才未令事態激化。再後來在漁州，也幸虧有柔嘉和杜尚書作見證，邵師爺遭害的眞相才能大白於天下。我怕她身子受不了那麼冷的天氣和長途跋涉，想讓她留在漁州，可她爲了你，一路跟著我們到了安南道，結果染上風寒，大病一場。再後來……再後來，亦是在她的啓發下，我才找到了張兄，找到了帳冊。往回趕的時候，我們遇到截殺，是她和二哥他們拖住了截殺的人，我才能及時趕回京城。若沒有她……我也沒有辦法救下你的命。」

車簾一角被夜風吹得微微揚起，透進來一縷淡淡月光，映著薛蘅蒼白的側面。她的胸膛，似因爲說得太急而劇烈起伏著。

謝朗囁嚅地喚了聲：「蘅姐……」

「明遠，柔嘉待你一片癡心，你不能辜負了她。」薛蘅側過臉去，細聲道：「二月十八，我會來喝你們的喜酒。」

「不！」謝朗大叫一聲，猛地站起。他忘了身在馬車之中，這一站起，頭便重重地頂到車頂，馬車一陣輕晃，拉車的驄馬也受了驚，仰頭長嘶，四蹄不斷踢踏。

「啊！」薛蘅驚呼一聲，捂著胸口彎下腰去。

謝朗頓時慌了手腳，把要說的話拋到了九霄雲外，一把將她扶住，「蘅姐，怎麼了？怎麼了？」

薛蘅低低呻吟一聲，喘著氣道：「今天下午的藥沒吃，好像有點不妙。」

謝朗一聽馬上急了，「那我們趕緊回去！」他將薛蘅扶正坐好，旋跳出馬車，控轡策馬往來路馳去。

他既想儘快趕回太清宮讓薛蘅及時喝藥，又怕馬車太顛簸而觸動她的內傷，這車便駕得十分緊張辛苦，待趕到太清宮兩儀門前，已是滿頭大汗。

他跳下驄馬，小心翼翼地扶著薛蘅下了馬車，正要跟入太清宮，值守的羽林軍忽將長戟一攔，客客氣氣道：「謝將軍，聖上有諭：薛閣主病情已經康復，留在太清宮有重要事宜，除了薛二先生和兩位藥僮，其餘人等一律不得擅入，以免驚擾薛閣主。」

謝朗怔了怔，薛蘅已快步走入兩儀門。

太清宮內淡紅朦朧燈光照在她的藍衫上，似綻開了朵朵寒梅。但她走得那般快，一陣風吹過，梅影便飄忽不見。

「三妹。」

薛蘅從沉思中驚醒，抬起頭，臉上的迷傷之色卻未褪盡。薛忱看著她消瘦蒼白的臉，心底暗歎一聲，面上卻微笑道：「可是想到什麼了？」

「還沒有。」薛蘅搖搖頭，「我想再去看看《太微丹書》和《內心醫經》。」

「好，我和你一起去。」

薛蘅推著薛忱往太清宮西北角的寰宇書院行去，兩人在石室中待了近整個下午，到酉時出來，仍陷沉思。

薛蘅推著薛忱走到寰宇書院東廂的透雕花格窗櫺下，忽聽見室內傳來一陣低語，竟還隱約提到了自己的名字，不由停住了腳步。她由窗扉縫隙望進去，發現是幾名翰林和學正。

「怎麼會這樣？若是眞的，那她就太不知廉恥了，居然勾引晚輩，做出如此有悖倫常的禽獸之事。」

「我看不假，聽說護送《寰宇志》上京時，兩人孤男寡女便勾搭上了。還有，你們聽說沒有？那天在刑場之上，謝朗當著那麼多人的面喚她『蘅姐』。嘖嘖，我一想到他這個稱呼，便……」

一名面貌斯文的太學生似欲為了證明自己消息靈通，故作神祕樣，壓低聲音道：「你們不知道吧？聽內廷的人說，謝朗前幾天居然跑到御前口口聲聲提要退婚，說甚『寧死也不娶公主』。聖上震怒，謝朗居然當著聖上、皇后還有公主的面，說他『愛慕』薛蘅！」

眾人口形一致，同時「嘩」了一聲。

「怪不得，我就說嘛，天清閣向來不插手朝廷之事，怎麼這回薛蘅倒擔下了為謝朗洗冤的重任，還不惜賠上自身性命，原來竟是有了『姦情』！哼，好一對姦夫淫婦！」

聽到「姦情」二字，屋內年輕的幾位頓時擠眉弄眼，全無做為飽學之士應有的端正嚴肅之態，年長些的則滿面鄙夷痛恨之色。

他們面上震驚鄙夷的神情，一個接一個傳遞開去，宛如石子丟入湖水中，一圈圈漣漪向外擴散。似乎不做出這款表情，便不足以說明自己的義憤填膺，不足以顯示自己與這對「姦夫淫婦」劃清界限的立場。

暮色籠罩了整座太清宮，將院中雲杉在雪地上拖出一道長長淺淡的影子，屋內傳來的聲音如同利劍，直直刺入人的骨髓。

暝色四合，翰林和學正們皆由西面的門離去，薛蘅兀自愣愣地站在東廂窗下。

薛忱氣得渾身發抖，雙手用力抓住扶手，俯首看著輪椅前方深青色的地磚，感覺彷彿有條冰冷的蛇正沿著背脊慢慢往上爬。他強打起精神，回頭道：「三妹，我餓了。」

薛蘅夢遊似地應了聲，推著他往雲臺走，腳步不急不徐。回到雲臺，和薛忱用過晚飯，她仍是面沉似水。

薛忱離去後，她回了內殿。坐在床上，吹熄燭火，將青羅幔帳放下的那刻，薛蘅才在黑暗中緊緊抱住自己雙膝，單薄的身子顫抖得像一片風中落葉。

薛忱一夜無眠，翌日起來眼下青黑一片。出門時遇到裴紅菱，她看了他一眼，咋咋呼呼道：「薛神醫，你怎麼了？」

薛忱勉力一笑，命小坎推動輪椅，擺脫裴紅菱的糾纏，匆匆來到太清宮，進了雲臺便道：「三妹，我們回孤山吧。」

薛蘅坐在書案前，在紙上握筆疾書，並不回頭，「二哥，我想到了。」

「什麼？」薛忱忙把輪椅推到她身邊。

薛蘅又寫了一陣，才將一疊紙箋遞至他面前。薛忱逐頁細看，眉頭漸蹙。看罷，他將紙箋全數投入炭盆燒掉，沉吟道：「三妹的意思，這個病的病因，竟與表親成婚有關？」

薛蘅見殿內外並無人偷聽，點頭道：「是。祖師爺當年必定察覺到這點，只是苦於太祖皇帝出身寒微，祖上記載不全。祖師爺也想到，要治好這個病必得由病因入手，故才設立了司詹一職。」

薛忱微微頷首，歎道：「原來司詹一職，竟是為了搜集此類訊息。只是司詹必定也不知情，一代代傳下來，結果天下諸事、民生百態都成了他們搜集的對象。」

「嗯。」薛蘅站起身來，「我將歷代公主、郡主、縣主出嫁後所生子女的情況研究過一番，再與聖上祕密調出來的皇室醫案做比對，更印證了我的猜測。倘若病因真是如此，我覺得我們煉藥時可能忽略了最要緊的一點。」

「什麼？」

「多數患病者不利於行，最後癱瘓或子嗣不旺、天年不永，比如昌宗先帝一般，這是因為陰氣堵塞了經脈。可又有一部分患者會頭暈目眩、暴躁如狂，最終瘋癲，做出違背人倫常理之事，像當年的楚王一般，這又是血脈中陽氣過盛之故。而我仔細看過這些線索，對照醫案，似乎嫡親的表兄妹或表姐弟成婚之後生出的患者，前者居多；而隔了一重的表親成婚後生出的患者，後者較多。」

薛忱精神一振，「我們之前光顧著煉丹，確實忽略了須由疾病本身入手。那依三妹之見……」

「陰毒，陽毒！」薛蘅拿起案上的銀盒，凝望著盒中朱紅色的丹砂，「煉製琅玕華丹最主要的一味丹藥是丹砂，唯丹砂同時含有陰毒和陽毒。如果患者是陰氣過盛，須將丹砂中的陰毒祛除；如果患者是陽氣過盛，則須將丹砂中的陽毒制伏。」

薛忱雙目一亮，「那我們就在煉丹時分別加入『麒麟碣』制伏丹砂中的陰毒，消陰滯氣；加入『持明砂』制伏丹砂中的陽毒，銷漉陽金！」

二人目光對上，臉上同時露出淺淺笑容，只是這笑容清淺得就像微風吹過湖面，只掀起薄薄的一層漣漪，稍縱即逝。

看著薛蘅匆匆出殿，吩咐內侍們取來麒麟碣和持明砂，薛忱忽地眼眶一熱。他將輪椅推到西面窗下，望向淡青色天宇，發出一聲若有若無的歎息。

「娘，您在天之靈，定要護佑三妹。」

楓泉谷的溫泉旁，白霧蒸蒸，熱氣騰騰，藥香馥郁。

看著兒子不需人攙扶即能在溫泉旁徐徐行走，德郡王悲喜交集，老淚縱橫。

世子的步伐越走越快，他緊咬著下唇，不停地走著，似乎要用這還有點虛弱的步伐，驅走數年來纏綿病榻的辛酸與痛楚。最後，他倏地跪倒在溫泉邊，掩面而泣。

德郡王仰頭深吸一口氣，走到薛衡與薛忱面前，長身作揖。

薛衡與薛忱急忙側身避禮，連聲道：「郡王，不敢當！不敢當！」

「本王眞不知如何感謝二位薛先生。」德郡王哽咽片刻，才能將話續下去，「聖上還在宮中翹首等著好消息。薛先生，咱們進宮吧。」

快出楓泉館，德郡王乍想起坊間越演越烈的傳言，不由停住腳步，轉頭看了看薛衡，目光複雜。

薛衡略感不安，輕聲道：「郡王有話請講。」

德郡王又看了她有頃，最終只輕歎一聲，道：「薛閣主，你對展兒的再造之恩，本王不會忘記的。」

宣徽殿中，景安帝屏退了所有侍從。一見德郡王與薛衡並肩進來，他霍然起身，緊張地問道：「怎麼樣？」

「恭喜陛下！」

聽到德郡王吐出的這四個字，景安帝呆了片刻，雙腿一軟，坐倒在紫檀木龍椅中，喃喃道：「天佑大殷！天佑秦氏啊！」他低下頭，發現薛衡仍跪在御案前，忙連聲道：「薛先生，快快請起！」

薛衡叩首道：「陛下，丹藥雖煉製成功，從此病患無憂，但臣尚有一言。」

「薛先生請說。」

「陛下，臣翻閱皇室醫案，找出了這種病的成因。」

「哦，是何成因？」景安帝與德郡王同時傾了身子，專注望著薛衡。

「敢問陛下，皇三子恪王十二歲離世，是否亦因爲此病？」

景安帝面色白了白，好半天才歎道：「是啊！肅兒早夭，皇后也悲傷過度，離朕而去，將朕一個人丟在這世間……」他眸中湧上無盡的追思與沉痛。

薛蘅與德郡王自然知道他口中的「皇后」並非今日嘉儀宮的那一位，而是與景安帝青梅竹馬長大的表妹，東華公主之女蘇氏。而皇三子恪王，據說姿容俊美、聰穎過人，若不是早夭，以景安帝和先皇后的篤厚感情，必定早被立為太子。

「敢問郡王……」薛蘅又轉向德郡王，「世子之生母，是否為靜樂郡主的長女姚氏？」

「正是。」

薛蘅迎著二人目光，緩緩道：「當年逆楚王之母妃，乃豫章縣主之外孫女，崔氏。」

景安帝與德郡王同時悚然省悟，失聲道：「表親？」

「是。」薛蘅低首道：「陛下可調閱皇室醫案，歷代患者之中，過半數為表親成婚後所生子嗣。臣正是由此點入手，才煉製出針對不同病象的兩味丹藥。」

景安帝迅即起身，走到內殿按動機關，掀開暗格，捧了幾本深藍色的冊子出來，逐頁翻看，室內僅聞書頁翻動的沙沙之聲。

「果然如此，原來如此！」

景安帝抬頭，與德郡王交換目光，緩聲道：「擬旨：自即日起，秦氏子孫不得娶秦氏女子後裔為妻，更不得與其誕育後嗣。違者逐出宗室，降為平民，永削其宗籍。」他頓了頓，又道：「此旨刻碑，立於太廟，永世不得更改。」

宣徽殿中，景安帝手指輕叩著御案，沉吟不語。

德郡王背心冒了一層細汗，垂手站立，未敢出聲。

景安帝終於下了決斷，啓口道：「德郡王、左寒山鎮守宣徽殿，任何人不得入內。祖韋守玄貞門，鄧九公巡視內廷，但有異動，一律殺無赦。后妃以明波渠爲界，不得擅越。

「方直領羽林軍，殷國光領禁軍，張汝的隆慶軍調至西山京營駐地，均由德郡王持虎符調動。並諭：因故太皇太后冥誕，著弘王、雍王、平王、愼王閉門齋戒，爲故太皇太后祈福三日，不得出府，紫辰司負責暗中監視。」

德郡王領了旨，卻沒動作，他在等著景安帝最關鍵的一道旨意。

景安帝眼神複雜，許久才握拿紫毫筆，在黃綾上一筆一畫寫著。寫罷，他看了少頃，握著玉璽的手微微發顫，終還是用力蓋下。他隨將黃綾捲起放進金絲楠木盒，再將盒子四方的青銅夾具「啪」的扣上，藏入內殿的暗格之中。

景安帝負手踱到窗前，凝望著清寒的薄霧，輕聲道：「四叔，當年皇兄駕崩，若乏您主持大局，朕只怕無法順利繼位。這次，朕又要將大殷江山和朕的子孫，託付在您手上。」

「臣萬死不辭！」德郡王深深叩首。

「等兵馬調度好了，即宣二位薛先生進來吧。」景安帝疲倦地閉上了雙眼。

「陛下，您處於發病初期，所以只需服食一顆丹丸。服下琅玕華丹之後，陛下會出現一夜昏迷。在這期間，臣等將用針灸催動藥性，爲陛下打通瘀滯的經脈，再用藥湯持續將陰滯之氣逼出體外。待陛下醒來，再服一段時日的藥，即可不再受手足發麻、頭暈目眩、行動不便之苦。」

景安帝見薛衡的敘述與《內心醫經》上所記載的絲毫無誤，自喉間威嚴地「嗯」了一聲，又淡淡言道：「一切有勞二位先生。」

薛衡與薛忱互望一眼，微微點頭。薛衡打開紫檀木匣子，取出色如流火的朱紅丹丸，薛忱則輕輕地打開藥箱，取出一套三十六根的銀針。

宣徽殿外，德郡王負手立於階下，遙望著早春微寒的夜色。明月依稀，星光微茫。涑陽城籠罩在無聲黑暗裡，夜風颳過空蕩蕩的街道，朱門緊閉，間或有更梆聲響起，引發一片狗吠之聲，又逐漸恢復靜謐。

待明月西沉、星垂四野，東邊露出淺淡魚肚白，有人「吱呀」開啓了第一扇門扉，大殷帝國京城熱鬧喧囂的一天又拉開了序幕。無人知曉，森嚴皇宮中，宣徽殿內外的幾個人度過了怎樣一個緊張不眠的夜晚。

德郡王守了一整夜，漸感不安，在殿外焦躁地來回踱步。一片死寂之中，突聞殿門被「嘎嘎」拉開，他猛地回頭，心臟彷彿猝然停止了跳動。

此時已是晨曦微露，薛蘅面色宛似東面魚白色天空，嘴唇微微顫抖，「郡王，幸不辱命。」

德郡王大喜，衝入內殿。薛蘅回身將薛忱推出來，二人知曉景安帝和德郡王必有密談，但又可能隨時傳召兩人，遂不敢走遠，在拾翠亭中靜靜等候。

「陛下感覺如何？」

景安帝動了一下十指，「麻木之感確實消去。」

「恭喜陛下！」

景安帝披上龍袍，略略舒展了雙臂，這一刻有著病痛盡消的暢快。他微微笑道：「有勞四叔了。」

德郡王忙自袖中取出虎符，雙手奉還給景安帝。景安帝收了，默然片晌後道：「依四叔之見，薛氏二人當如何處置？」

德郡王暗自打了個寒噤，斟酌著答道：「陛下，可命薛蘅煉製足夠的丹藥後交出丹方，薛忱傳授太醫院針灸要訣。只是薛蘅天縱奇才，臣怕日後此病症再有變數，還需她對症尋方。」

「嗯。她倒是個忠心的，只是……」景安帝踱近窗邊，遙望著拾翠亭中靜立的薛蘅，低聲道：「四叔，朕收到紫辰司密報，天清閣各系長老齊齊下山，正往京城而來，天清閣將有劇變。」

「陛下，得保住薛蘅才行……」

景安帝爲難地道：「若是其他的事倒好辦，唯這等涉及失貞通姦傷風敗俗之事，又是他們閣內事務，朕還眞沒辦法插手。現下京城傳得沸沸揚揚，朕也堵不了天下悠悠之口啊！」

「可萬一事情鬧大，薛蘅身敗名裂，她有個想不開……」

景安帝沉吟良久，方道：「四叔，您自僕射堂抽調人手暗中跟著薛蘅，不管發生何事皆要保住她的性命，但其餘事情則毋須插手。」他又冷聲道：「謝朗這個不成器的！辜負了柔嘉一片深情不說，且竟惹出此等大麻煩！朕已警告了謝峻，看他這回還不管好他的兒子！」

德郡王領旨離去，宣徽殿中再無旁人。景安帝踱到內殿，啓開暗格取出金絲楠木盒子裡的黃綾詔書，展開看了許久，將黃綾投入炭盆之中。

黃綾漸吐出火舌，在室內繚繞出一道裊娜青煙，景安帝的雙眸在青煙之後閃爍著深不可測的光芒。他低低歎了一聲，「還是……看看再定吧。」

謝朗那日返家後，擔憂薛蘅傷勢，整夜都睡不安穩，翌日一大早便趕往太清宮。可羽林軍還是不讓他進去，問起薛蘅，只道薛先生在宮內爲聖上閉關煉丹，外人不得干擾。

謝朗見不到薛蘅，就跟丢了魂似的，何況昨日還有未說完的話，心中猶如時刻被貓爪撓著，十分難受。

在太清宮外徘徊了大半日，他怏怏回到謝府。剛進大門，即見小武子貓腰躲在照壁邊的常青矮樹後，對著自己擺出殺雞狀的瞪眼抹脖子動作，他隱覺不妙，正想偷偷溜回毓芳園。

管家已瞧見了他的身影，恭恭敬敬地彎腰，「少爺，老爺在治德堂，叫您回話。」

謝朗無奈之餘，丟了個眼色給小武子，然後整了整衣衫，踏入治德堂。正中的太師椅上，一襲醬色府綢道袍的謝峻正襟危坐。兩邊站了一地的家僕，個個垂手而立，噤若寒蟬。

謝峻宛如木頭人般面無表情，看得謝朗頭皮發麻。謝朗嚥了口唾沫，跪在青磚地上，叩頭道：「孩兒給爹請安。」

謝峻一言不發，謝朗只得繼續趴在地上，不敢起身。

謝朗偷偷往外瞟了瞟，正看見小柱子躲在治德堂外的一棵大樹後，對自己做了個手勢。由於是倒過來看的，他一時沒領悟到這個手勢是何意思，忽聽謝峻冷聲道：「去哪裡了？」

「孩兒去了太清宮，看看蘅……師叔傷勢好得怎麼樣。」

謝峻眉頭一聳，待要發作，握起茶盞時又猶豫了一下。他克制住滿腔的怒火，放緩聲音道：「爹知曉你感激薛閣主的數次救命之恩，這才天天去探望她的傷勢，但薛閣主傷勢已經大好，又正為聖上煉丹，從今天起，你就別再去打擾她了。還有，薛閣主年紀雖輕，可畢竟是你師叔，亦是一閣之主，地位尊崇，你往後見了她，不得沒大沒小地胡鬧！你不久即要和公主成親，須注意檢點自身言行舉止，免得惹人非議！」

謝朗沉默著，沒有回話。

謝峻語氣嚴厲起來，「聽見沒有！」

「爹……」謝朗猛地抬頭，滿面懇切之色，「孩兒不想和公主成親，我另有意中之人，求爹成全。」

謝峻想起今日散朝景安帝獨召自己到宣徽殿後不留情面地訓斥之事，立時氣得抓起茶盞往地上狠狠一摜，趨上前重重摑了謝朗兩個耳光，又一腳將他踹翻，厲聲道：「進宮向聖上退婚，當著聖上、娘娘和公主的面，說甚……愛慕蘅姐，這都是真的？」

謝朗被踹得翻了幾個滾，又爬起身直挺挺地跪著。他望向謝峻，目光毫不退讓，「是的。爹，我是不會娶公主的，我只想娶蘅姐……」

「畜牲！」謝峻氣得兩眼發黑，在太師椅前轉了幾個圈，才想起自己要找什麼，連聲大喝道：「家法！家法！」

僕人不久拿來一塊大板子，顫巍巍地奉上給謝峻。

「孽畜！你娶不娶公主？」謝峻的怒吼聲夾雜著板子重重落在皮肉上的聲音。

「不娶！」

「娶不娶？」

「不娶。」

「娶不娶？」

「不……娶……」

治德堂外滿地家僕耳聽著謝朗倔強的聲音漸漸趨弱，鼻梁上都冒出了一層細密汗珠，可太奶奶今天在四位姨娘的陪同下赴護國寺進香，薛忱也去了太清宮，找不到可幫勸阻的人。

小武子急得雙手直搓，突地眼睛一亮，直奔向秋梧院。

裴紅菱被小武子拖得踉踉蹌蹌，嚷道：「你們家那位黑面老爺，我可不敢惹。謝朗皮肉厚實，挨幾棒子沒事的。」

「姑奶奶，您不知道我家老爺的脾氣，打起來眞是不管死活的。您行行好，少爺若被老爺活活打死了，那可不止一條人命！老祖宗會受不了這個刺激的。」小武子哀求道。

「這倒是。」裴紅菱忙跟著小武子趕到治德堂，她「哐啷」一聲推開門，嚷道：「謝朗，你答應帶我去天牢看大哥的，還在磨蹭什麼！」

伏在板凳上的謝朗，屁股早已血肉模糊，就連謝峻的醬色道袍上也濺了星星點點的血跡。

裴紅菱嚇得慌了神，眼見謝峻還要舉起板子，急得跑過去，伏在謝朗身上大喊道：「你打死他，你們謝家就絕後了！到時誰來娶公主？」

謝峻打紅了眼，怒斥：「你走開！」

裴紅菱將眼一閉，依舊伏在謝朗身上，一副慨然赴死的神情，「那你先打死我吧。大不了到時我大哥從天牢裡出來，你們謝家另外找個妹子還他便是。」

謝峻不便上前揪開裴紅菱，氣得將板子舉起又放下，放下又舉起。

正僵持間，裴紅菱忽聽到身下的謝朗氣若游絲地說道：「爹……我、我不想以後的幾十年，像您一樣……只能在心裡想著娘……」

謝峻聞言怔住，心頭湧起撕裂般的疼痛，彷彿繃了太久的一根弦，「崩」的一聲被生生扯斷。

挑起喜帕後的一見傾心，花前月下的新婚時光，少年夫妻的鶼鰈情深……曾經以爲會隨著時光流逝而淡去的一幕幕，原來一直不曾淡去。

暴風雨中，渾身淤泥的他從決堤的津河邊趕往京城，雨點打得他睜不開眼，他分不清臉上的是淚水還是雨水。回到家中，留給他的只有一具冰冷的棺木、滿堂的靈幡，與祖母手中嗷嗷啼哭的嬰兒。因爲無法承受而刻意遺忘的一切，此刻鮮明得如同昨日。

歲月將玉雪可愛的嬰兒變成了英俊少年，將他變成了冷峻古板的中年人。唯有她，在他的記憶裡，永遠是喜帕被挑起時的嬌羞低頭，是同遊柳堤蓼渚時的嫣然一笑……

謝峻握著板子的手慢慢垂下，後退兩步，顫聲道：「來人！」

「是，老爺。」

「把這孽畜關進地窖，上鐵鎖，不到二月十八，誰也不准放他出來！否則……」謝峻厲聲道：「我就扒了誰的皮！」

謝朗醒來時，已身處昏暗地窖之中，稍動彈一下，腳上的鐵鍊被扯得「嘩啦啦」直響。他嘟囔了一句：「怎麼比天牢還差？」

正給他塗膏藥的小武子聽了，眼便一紅，「少爺，老爺這回氣大了，您還是服個軟，就娶了公主吧。」

謝朗一巴掌將小武子搧開，「行，我娶公主，你娶喜鳳。」

小武子立時不敢再勸，他想娶的是二姨娘房中的紅藻，小柱子想娶的才是喜鳳。讓他娶兄弟看中的女人，還不如拿刀殺了他。

小武子垂著頭道：「那怎麼辦？太奶奶回來了也不表態，四位夫人誰都不敢去勸老爺。老爺說了，如果二月十八那日少爺您還不肯娶公主，他就用鐵鍊子牽著您去拜堂。」他塗完藥，又絮絮叨叨道：「少爺，不是小的多嘴，您這回禍闖大了。全京城都知道了您要退婚的事，還都說、說您和薛閣主那啥……說得有鼻子有眼的，說薛閣主不知廉恥，勾引晚輩，說她早已失貞……」

謝朗驚得目瞪口呆，氣急下猛地站起，衝出幾步又被粗鐵鍊一扯而摔倒在地。他回頭緊攥住小武子的手，「那蘅姐呢？她現下怎麼樣了？」

「不知道。」小武子搖頭，「薛閣主一直待在太清宮沒出來。」

地窖入口忽傳來一聲鳥叫，小武子嚇得放下膏藥，「少爺，我得走了，被老爺發現可就沒命了。少爺啊，您多保重。」

謝朗心急如焚，連屁股上火辣辣的疼痛都感覺不到了，恨不得插翅飛出地窖，趕到薛蘅身邊才好。

偏偏這精鐵鍊子是謝峻著意尋來的，謝朗怎樣也掙不脫。他喉嚨叫得嘶啞了也沒人理會，謝峻怕有人替他通風報信，送飯的家僕專選了位聾啞人。

謝朗被鎖在地窖中，連白天黑夜都分不清楚，只能憑靠著家僕送飯的次數才能判定又過去了一天。每過一天，他即用指甲在地上劃下一道淺印。這樣推算日子，竟已到了二月十五。他急得將腳在地上猛砸，可砸得腳踝鮮血直流，仍沒法擺脫束縛。

正急得六神無主之際，乍聽見腳步聲響，一抹靈動的身影自地窖口落下。謝朗仔細辨認，不由大喜，「紅菱！」

裴紅菱跳到他面前，將手上之物在他面前晃了晃，「嘩啦啦」聲音響起，竟是一串鑰匙。她笑嘻嘻道：「謝朗，你怎麼感謝我？」

謝朗聽著這鑰匙晃動的聲音，如同聽到了仙樂，連連作揖，「好紅菱，好妹子！你要我怎麼感謝都行，快，幫我打開。」

「先說好，免得你到時不認帳。」

謝朗哪會計較她於此節骨眼趁火打劫，忙道：「你說吧，怎樣都行。」

裴紅菱眼珠一轉，「我現下沒想好，不過以後萬一大哥也把我關起來了，你得照樣幫我。」

「好，沒問題。」謝朗滿口應承。

裴紅菱放下了大半顆心，打開鐵鍊上的大銅鎖。謝朗一躍而起，攀上地窖口的樓梯。裴紅菱忙叫道：「你是不是要去找閣主姐姐？她此時可能不在太清宮。」

「她在哪兒？」

裴紅菱撲閃著大眼睛，盯著謝朗看了好半晌，忽開口問道：「謝朗，我問你，你是不是眞的喜歡薛閣主？」

謝朗坦然地點點頭。

「那，公主怎麼辦？」

謝朗低下頭，「我從沒想過要娶柔嘉。她對我的恩情，我只有拿命來還了，可是成親這個，不行。我心裡只有蘅姐，我不能一邊娶柔嘉，一邊心裡想著蘅姐，那樣的話，我就眞的成了個混蛋啦。」

「可是，大家都說這是不對的，你家裡人也不同意。」

謝朗一臉倔強，「那又怎樣？我喜歡的是蘅姐，我相信，她……她未必對我無情。我們又沒有害人，我也不是他天清閣的正經弟子，他們管不著我！再說，憑甚女閣主不能嫁人，而男閣主卻可娶妻？這樣的狗屁規矩，拿來做甚！我就偏要娶他們的女閣主！自身事情憑甚讓別人來作主？」

裴紅菱讚賞地點點頭，「好，你小子有種！」

謝朗著急道：「好紅菱，快告訴我，蘅姐在哪兒？」

「我先前見有人來請薛神醫，說甚天清閣的長老們全到了京城，有要緊事情須召開長老大會，請他和閣主姐姐去一趟什麼姚府。薛神醫一聽便急了，連輪椅也不坐，讓啞叔揹上他就跑，我追都追不上。」

「姚府？」謝朗想了想，恍然大悟，又急忙問道：「有沒有請我爹？」

裴紅菱嘻嘻一笑，「好像也請了，不過……我偷了薛神醫一點點『酡顏散』，謝大人現下『喝醉了』，出不得門。」說著，她將拴著鑰匙的繩套在手指間滴溜一轉，面上滿是得意之色。

三十三　孤勇

京城進入二月，梅花相繼盛開之時，又下了一場小雪。粉紅、紫白、淺綠的各色梅花半掩在雪花裡，凌寒飄香、清麗無儔。鱗次櫛比的屋舍，在這早春濛濛的雪中，似鋪上了一層白綃。

京城東南角的洮渠之上，有一座柳波橋，連接著敦化坊和青龍坊。姚府正對著柳波橋，是一座沿著洮渠建造翻修的大宅院，外觀看上去與其主人性格著實相襯：四四方方、高牆黑瓦，嚴密得彷彿半絲春風都透不進去，大門口的一對石狻猊，總以一種威嚴古板的目光瞪著路過行人。這便是涑陽第一大族——姚氏族長姚稹的府第。

姚稹爲治德年間的狀元，後爲太學博士，治學嚴謹，加上做爲姚氏的族長，在京城威望極高。其人性格十分清古，姚氏青年子弟見了他如同耗子見了貓，最調皮的姚奐在他面前也只能服服帖帖。他們暗中給這位族長取了個外號「姚一板」，意思是他一板起臉，有人的屁股便要挨板子。此外號不脛而走，導致今時京城百姓背地裡都稱其爲姚一板，而非姚博士。

這日午後未時，姚府門前車水馬龍、人語喧闐，成堆僕從在門口忙著稱銜引客，應接不暇。橋那頭的閒漢們聚攏來，派出人一打聽，原來竟是天清閣各系長老齊聚京城，今日要舉行長老大會商議閣內要事，同時廣發請柬，邀請曾在天清閣讀書學藝的京城世家貴族們與會觀聆。因爲姚稹曾在天清閣讀書學藝，長老們便借了姚府之地，舉行這場自第五代馬閣主猝亡後，第二次的天清閣長老赴京大會。

閒漢們聯想近段時日京城沸沸揚揚的流言，細細琢磨一番，頓時個個精神抖擻，直覺今天姚府內將有一場大戲開鑼。

近日涑陽上至王公貴族，下至販夫走卒，莫不在流傳著一條奇聞：天清閣閣主薛蘅不守閣規，與準駙馬謝朗私相授受，有了姦情。薛蘅已經失貞，謝朗則在御前吵著要退婚。

一時間，世人景仰的閣主成了千夫所指的淫娃蕩婦，忠勇雙全的少年將軍成了行爲失檢的浪蕩子弟，而金枝玉葉竟成了淒淒慘慘的棄婦。

人們私底下的傳言像燎原野火，越燒越旺。他們往這把火裡不斷加油添柴，一個個說得唾沫橫飛、栩栩如生，儼似他們都親眼睹見了薛、謝二人在護書途中如何乾柴烈火，又如何如何勾搭成姦。說的人眉飛色舞，聽的人張大嘴頻頻點頭，恍然大悟道：「我說刑場上一聲『蘅姐』爲甚聽著那麼彆扭，原來是自己當初就有先見之明啊！」

柳波橋邊，一名閒漢挑了挑眉頭，帶著猥褻神情笑道：「眞是人不可貌相啊，薛蘅那麼個千年道姑的模樣，居然也能嚼一把嫩草！莫非眞是天清閣有啥獨門絕技不成？」

聽到「獨門絕技」四字，眾閒漢都哄笑起來。一人大笑道：「只不知比起春香樓的小杏花來，又如何？」

「那就得問一問小謝了！」

哄笑聲更大了，震得柳波橋邊梅樹上的薄雪簌簌而落，初綻放的梅花也被震得掉落在雪地上。閒漢們嘻嘻哈哈地推搡著，一雙雙污穢靴子踩過，梅花嬌嫩的花瓣被重重碾入雪泥之中。

正推搡間，忽有人呼道：「快看！薛蘅來了！」

柳波橋畔，所有人都把目光投向正沿著洮渠策馬而來的藍色身影。

薛蘅近段時日一直待在太清宮，與薛忱合力煉製琅玕華丹，未踏出過兩儀門。薛忱還要傳授太醫院的醫正們針灸要訣以及藥方，兩人俱忙得不可開交。

薛忱因爲每天在太醫院、太清宮和謝府之間往來，自然聽到了些許流言蜚語，而薛蘅自那日在寰宇書院聽過一回翰林們的議論後，即對外界一切不聞不問，她的面色卻一天比一天黯淡下去。直到薛眉在這日的午時來到太清宮，薛蘅甫知閣中各系長老都進了京城，要在姚府召開長老大會。天清閣只有在第五代馬閣主猝亡之後，閣中無主，才赴京召開了一次長老大會以公推繼位之人，此後便再未有過赴京開會之舉。

薛蘅隱隱覺得一場暴風雪即將席捲而來，可閣規所在，她也不能置之不理，只得匆匆洗淨手，與薛眉同行趕往姚府。

策馬在長街小巷，所有路人皆拿一種別有意味的眼光看著她，指指點點。薛蘅隱約聽到謝朗的名字和自己連在一起，心中乍沉，不自禁地拉住了馬韁。

「三姐，怎麼了？再磨蹭可就遲到了。」薛眉回頭，又嘟囔道：「也不知到底出了什麼事，長老們全跑來京城。閣中沒人作主，阿定肯定會把天清閣都拆了。」

薛蘅只得繼續策馬，眼見前方就是柳波橋，忽聽得路邊楊柳下傳出一聲悠長的口哨，哨聲滿含猥褻之意，緊接著便是閒漢們一陣下流的哄笑。

薛蘅耳邊一陣尖鳴，寒風鼓進她的衣袖，引她打了個寒顫。

「三妹！」薛忱焦灼的呼喚聲響起。薛蘅急忙回頭，啞叔負著薛忱，幾個起落便躍到她馬前。

「三妹……」薛忱喘了口氣，望著薛蘅急急道：「我們回孤山吧。」

薛眉在旁笑道：「二哥出來久了，想回去了吧？等開完長老大會，咱們幾兄妹一塊兒走水路回去，我正想坐坐船呢，二哥也能輕鬆一點。」

「不！」薛忱激動地說道：「三妹，你馬上跟我走，咱們這就走！」

「二哥怎麼了？三姐是閣主，怎能夠不參加長老大會？」薛眉訝然睜大了雙眼。

薛忱不理她，只緊盯著薛蘅，目光中透出無限擔憂。

薛蘅默然片晌，淡淡說道：「既然長老們有要事相商，我這個做閣主的怎能置身事外。還是等長老大會過後，咱們再回孤山吧。」語罷，她一撥馬韁，輕喝一聲，駿馬馳過了柳波橋。

薛蘅剛在姚府門前下馬，旋見從青龍坊過來一隊人馬，個個衣飾華貴、冠帶齊整。為首之人穿著親王朝服，舉止從容、宏毅沉靜，他身側之人穿著鶴氅羽衣，雖然一直在微笑，眉目間卻始終有抹不平的蕭索之意，正是平王和方道之。薛蘅忙迎上去給二人行禮，方道之微微而笑。

平王則心情複雜，此時此刻，謝她救了自己也不是，謝她救了小謝更不妥，何況還有柔嘉夾在中間。想起赴會之前景安帝的囑咐，他和聲道：「薛先生切莫多禮，本王是奉旨前來觀聆天清閣長老大會的。恰好遇到方先生，就一道來了。」

薛蘅正要說話，目光自平王眼瞼下一道淡淡青影上掠過，心中微驚。

聽稟平王到了，姚稹親自迎將出來。姚稹看見方道之的時候愣了一下，不知對方為何來參加長老大會，但轉念想到方道之為當代鴻儒，今日之事若能有他作個見證，倒也不錯。見到薛蘅，姚稹臉上淡淡的，只隨意拱了拱手。

眼見姚稹在前面引著平王和方道之入府，薛蘅湊到薛忱耳邊低聲道：「二哥，你找個機會，把一把王爺的脈。」

薛忱心神不寧地應了，隨著眾人進入姚府清思堂。這裡是姚氏一族平日召開族中大會的地方，十分寬敞，坐了上百人仍不覺擁擠。只是堂內陳設並不華麗，清一色的柏木座椅，牆壁上懸著幾幅清雅的字畫。

今天這清思堂中，可謂冠蓋雲集。眾人彼此多半相識，不由雍容揖讓、寒暄敘舊，見平王、方道之和薛蘅等人進來，忙齊齊行禮。

平王代表的是天子，便在首位落坐，而姚稹是主人，陪坐在旁。自薛蘅往下，薛勇、薛忱、薛眉和其餘七系長老依次而坐，眾人皆推方道之上坐，他卻極力推辭，只挑個角落靜靜坐下。至於其他曾在天清閣讀書學藝的世家貴族們，沒有按官銜軍職，皆按閣中輩分排定了座次。

眾人紛紛坐定，姚稹輕咳一聲，清思堂內馬上一片肅靜。

「姚某不才，得閣中各位長老信任，今日請各位師門長輩後學齊聚一堂，商議閣中大事。聖上隆恩，王爺親臨，天清閣上下莫不深感君恩浩蕩……」

眾人知「姚一板」一旦開口，必得先說上一大段的忠孝禮義，年少點的便偷偷打起哈欠，年長的也開始有點走神，但多數人的目光均不時地瞟向正襟危坐的薛蘅。

「姚一板」冗長無趣的開場白終告結束，「……下面，姜師叔，您請說吧。」

底下登時有人竊笑，「姚一板」已經兩鬢花白，卻還要叫離字系不到四十歲的姜長老一聲「師叔」。更有人在心中算了一下閣中輩分，原來這個老古板、高高在上的姚族長竟和自己平輩，不由心中大樂，想著下次見到姚家那些風流少爺時，可要好好讓他們叫自己一聲「太師叔祖」。

離字系長老姜延身軀瘦小，周身罩在一件黑袍之中，因長年待在石塔內研究星象，面色略顯蒼白。他細小的眼睛掃視眾人一圈，緩緩開口：「我天清閣兩百多年來清譽滿天下，深受世人敬仰，殷國上下提起天清閣，莫不豎起大拇指讚個『好』字，歷代閣主更不乏一代鴻儒宗師。祖師爺和歷代閣主辛辛苦苦創下的基業和名聲，絕不能因為某個不肖弟子的行為不檢、離經叛道而崩毀。」說到最後一句，他語氣甚是嚴厲，在座之人「嗡」的一聲議論開來。

薛蘅坐在椅中，默不作聲。薛忱右肘叩在扶手上，手指用力按住突突直跳的太陽穴。

坤字系長老聶薇與薛季蘭情同姐妹，向來鍾愛薛蘅，此次進京亦是迫不得已。她聽言眉頭微蹙，道：「姜師兄毋須太過危言聳聽，事實真相如何，尚未弄清楚。」

震字系長老譚長碧，馬上陰陽怪氣地接口道：「所以啊，咱們這不是進京，來向閣主求個眞相麼？」

一時間，室內所有目光都投向了薛蘅。

姜延道：「閣主，按理說您是一閣之主，閣中一切事務俱由您作主，吾輩不該擅權。但祖師爺當年也留下了閣規，萬一事涉閣主本人，而天清閣又處於生死存亡的關頭，即可召開長老大會。吾輩身爲天清閣的長老，職責所在。還請閣主將事情講清楚，給大家一個交代。倘閣主實屬清白，我姜延冒犯了閣主，自當會接受閣規處置。」

「不知各位長老要薛蘅說清楚的，是什麼事情？」薛蘅緩緩開口。

譚長碧的目光突然變得犀利，「看來閣主是揣著明白裝糊塗了。薛師弟，你是首告，就由你來說吧。」

「是，譚師兄。」薛勇從容地站起來，風度翩翩地向在座之人抱拳行了個通禮，眾人看著他這副俊雅瀟灑的模樣，不由都在心中喝了聲彩。

薛勇肅容道：「按情分，閣主是我的妹子，這事情本不該由我這個做兄長的來揭發。但是大義所在，涉及天清閣數百年的清譽，薛勇不敢因情害義、姑息養奸，更不敢眼睜睜看著親人誤入歧途而不拉她一把。」

他用痛心疾首的目光看著薛蘅，輕聲道：「三妹，對不住，不管你是不是閣主，你都是我的三妹。」他又轉身看向眾人，朗聲道：「薛蘅不守閣規，失諸檢點，私下與驍衛大將軍謝朗通姦，清白有污，不適宜再擔任閣主之職，現請長老大會和各位閣友裁決！」

縱是意料之中，但此言一出，仍如石破天驚，滿堂譁然。

薛蘅的臉在剎那間失了血色，本能地站起身，脫口怒斥：「胡說！」但不知爲何，忽有一股寒意從她心底浸透全身，彷彿有什麼野獸正在某個陰暗角落裡窺伺著她，隨時準備撲出來，將她撕得粉身碎骨。

莫名的恐懼，令她的怒喝聲不自覺地顫抖起來。所有人看著她的目光，遂都充滿了懷疑之意。

譚長碧一笑，「閣主切莫驚慌，只要閣主能證明自身清白，您就還是我們的閣主，薛勇自然也逃不了一個誣告之罪。」

其餘長老紛紛道：「是，閣主只要能當著大家的面證明自身清白，此事就算薛勇誣告。」

聶薇帶著疼愛的目光看著薛蘅，柔聲道：「閣主，你娘對你寄予厚望，你自不會讓她失望。事關你的清譽，自然要弄個一清二楚。」

底下坐著的也紛紛揚聲，「就是，薛閣主，事情總是要弄清楚的，再傳下去，我們面子上也無光啊。」

「是、是、是，把一切說明白了，豈不更好？」

過了好半天，擾攘聲才慢慢停歇。

薛勇決意要讓薛蘅和謝朗兩人身敗名裂，再也翻不得身，便道：「敢問閣主，你護送《寰宇志》上京時，可是和謝朗等人同行？」

薛蘅道：「是。」

「你們在鎖龍堆遭到偷襲，其後又與呂三公子和風桑分開，最終只剩下你和謝朗二人，是也不是？」

薛蘅遲疑了一下，點頭應道：「是。」

「聽說謝將軍在途中受了傷，是不是？」

薛蘅耳邊嗡嗡作響，卻只能默默點頭。

薛勇一笑，「敢問閣主，謝將軍當時傷在何處？」

薛蘅許久都不回答，堂內諸人便不耐煩起來。薛勇待眾人這種懷疑情緒積蓄到了一定程度，方似揭破什麼謎底般，拉長聲音道：「前任陵安知府盧澹之盧大人上月調至京城，據他所述，當初閣主與謝將軍前來求助，請他派人護送，便是因爲謝將軍當時雙臂都受了重傷，不能騎馬！可惜途中遇到山賊，盧大人的手下纏住山賊時，謝將軍和閣主乃是兩人合乘一騎才脫身的！」

他口齒清朗，清思堂中上百人俱聽得分明，便有人在底下接了話，「那接下來的一段時日，小謝將軍的吃喝拉撒，又是誰貼身服侍的呢？」眾人你瞧瞧我，我瞧瞧你，有人臉上漸露出曖昧的微笑。

薛蘅臉色越發白了，她默然良久，才低聲道：「是我。」

聽到這話，眾人交頭接耳，原先不相信傳言的人也開始動搖。聶薇眉頭微蹙，低聲道：「你這孩子，怎地這麼糊塗？」

薛勇慢慢露出掌控一切的篤定微笑。

一直坐在旁側默不作聲的方道之忽然輕咳一聲，待眾人安靜下來，甫說道：「薛閣主此舉雖有不妥，但當時形勢危急，他們不能洩了行蹤，可算事急從權之舉。就此論定二人有姦情，似嫌證據不足。」

平王忙點頭道：「方先生言之有理，薛閣主這也是為了保護《寰宇志》才不得已為之。」

眾人見方道之和平王都如此說，皆又轉了口風，「是啊，單憑這樣，還不足以服眾。」

薛勇不慌不忙道：「諸位莫急，薛勇自然握有更重要的憑據，證明薛蘅確實和謝朗有了姦情！」

薛蘅緩緩轉頭看向薛勇，這位手足的眼眸中正映著堂外風雪，那凌亂飄飛的雪似織成了一張世間最細密的網，而她，就像一尾在網中不停掙扎、最終將因枯涸而死去的魚。

這一刻，她甚至能看清自己在魚網中掙扎的樣子——滿身的泥濘、毫無生氣的白色眼珠、無力再擺騰的魚尾。無路可逃！

姚府大門外，閒漢們探頭探腦，個個恨不得脖子有竹篙那麼長，好將腦袋伸進高牆一探究竟。

姚府的僕從們也都想溜到清思堂看看熱鬧，無奈自家老爺太嚴厲，正無精打采守在門口時，忽有一人從府內出來，擠眉弄眼道：「開始審上了！」

「怎樣？」眾人呼啦一聲圍攏。

那人正待細說，一群少年公子突地衝了過來，抬腳就踹，罵道：「說什麼呢？這是你們這些奴才可以嚼舌根的？」

僕從們正待發作，抬頭看清為首之人是老爺的重姪孫、姚氏最囂張跋扈的姚奐，其餘個個是京城王公貴族家的公子少爺，都嚇得縮著脖子躲到了角落裡。

姚奐再罵了幾句，回頭向一名披著雪狐裘、面色略顯蒼白的青年公子道：「世子，現下該怎麼辦？」

德郡王世子咳了一聲，道：「不能任由他們如此欺負薛閣主。」

「就是！」

「對！即使薛師叔和小謝好了又怎樣？郎才女……那個貌，啊，不對，是女才郎貌，也不對！」陳傑越說越糊塗，眾公子不由哈哈大笑。

陳傑嚷道：「管他什麼才、什麼貌，他們兩情相悅就好了，為甚不能在一起？」

「就是！那些個老古董，嘴裡說得大義凜然，自己不也是一房房小妾往家裡納？」

這一眾公子皆為年少不羈之人，平時也不免行下一些風流事，事發時均飽受族規禮教之苦。蔡繹本是彭城世族的少爺，和某位佃戶的女兒一見傾心，相會了兩次，結果被族中長輩發現，將他吊起來狠揍一頓，關了一個月，那位佃戶之女也被逼著嫁給了他人。他每每想起便咬牙切齒，此時覺得薛蘅好似便是自己的那位梅家妹妹，恨不得即刻衝進去將她解救出來才好。

眾人都望著世子，等著他拿主意。世子正沉吟時，陳傑倏地拍著腿嚷道：「小謝！小謝來了！」

眾人齊齊扭頭，只見柳波橋那頭，謝朗策騎而來，如離弦之箭，片刻間便到了姚府門前。他一把丟下馬轠，滾鞍下馬。

姚奐急迎上去，「小謝，他們正逼著薛閣主讓位，說她和你那啥……」

謝朗見揣測成真，心中大急，欲往府裡衝入。德郡王世子忙一把將他拉住，「小謝，你現下闖進去，只會令事情更形惡化。」

謝朗甩開世子的手，高聲道：「我與蘅姐清清白白，豈容他們誣衊！我又怎能任由蘅姐被他們欺負！」

「說得好！」姚奐聽了這句話，熱血上湧，喝了聲彩便衝上去，一腳將守門僕從踹開，回頭將手一揮。

「小謝！上！」

清思堂內。

薛勇看著面色蒼白的薛蘅，眼睛微微瞇起，彷佛在欣賞一尾在漁網中不停跳躍掙扎著的魚兒。

「閣規第三十二條，閣主若為女子，須得保持貞潔之身，終身不得嫁人。所以……」薛勇略提高了聲調，「但凡我乾字系女弟子，在十二歲時，通常會由女性長輩在其手臂上點下守宮砂！」

聶薇皺眉道：「此僅是條不成文的規矩，我記得第九代鄭閣主接位接得早，她的幾位師妹因為無須繼承閣主之位，就都沒有點過這守宮砂。我們也通常只在女弟子出閣嫁人之時才會點上守宮砂以證其貞。我天清閣乃堂堂正正的名門大派，閣中女弟子皆自重身分，恪守閣規，身為長輩的，若平白無故就懷疑她們的貞潔，傳將出去豈不讓人齒冷，惹人笑話麼？」

譚長碧不耐煩道：「聶師姐，眼下不是非常時期麼？如今外頭謠言滿天飛，若要堵住天下悠悠眾口，僅能行這權宜之舉了。只是，若閣主本就沒點這守宮砂，又怎生證明她的清白呢？」

薛勇一笑，「無妨。現下點也不遲，只要閣主未失身，守宮砂便能點上，且怎麼也不會褪掉。可如果閣主失了身，守宮砂點上後，用水一洗就會消失。」

聶薇道：「這也太冒犯了……」

姜延插話道：「雖說有些冒犯閣主，然事關天清閣生死存亡，仍應當驗清楚的。」

他們的話在薛蘅耳邊「嗡嗡」迴響，她呆站在原地，眼前一切漸轉模糊。滿堂賓客的面容如同一團團黑雲飄浮，他們的嘴唇似乎在動，可她聽不清他們到底說些什麼。

黑暗之中，那野獸一步步地逼近，猩紅眼睛裡閃著猙獰的光芒，對她悄悄張開了血盆大口……

她臉色慘白，但腰仍挺得直直。

薛忱不忍卒睹，低下頭，緊攥住椅子扶手的雙掌，骨節盡突。

薛勇看著薛蘅，緩緩道：「閣主，此法雖嫌冒犯，但如果你是清白的，就讓長老們爲你點下守宮砂，看你是否仍爲處子之身。」

「放肆！」薛忱一拍扶手，怒喝出聲，「堂堂一閣之主，清白女子的手臂，豈能暴露於眾目睽睽之下！」

「哦。」薛勇帶著歉意道：「二弟說得是，倒是我考慮欠周了。不過不怕，男子看不得，女子自是看得的。」他向聶薇和薛眉拱手，又指著坤字系的幾位女弟子，「聶師叔、四妹，麻煩你們和這幾位師姪，護送閣主到東廂房。」他又從姜延手中取過一只銀盒，微笑道：「此盒裡頭是姜師叔從閣中帶來的守宮砂。」

薛眉應了，旋站起身。聶薇和坤字系的女弟子都看著另外幾位長老，面上露出遲疑之色。

姜延點頭道：「有勞聶師姐。爲免外人猜議，保住天清閣百年清譽，總得驗個分明。」

薛眉走到薛蘅身邊，輕聲道：「三姐，咱們就驗個分明，也好堵了這些臭嘴！」

薛蘅表情恍惚、眼神迷茫，似乎魂遊物外。

薛勇冷笑道：「閣主，莫非你怕了不成？」

聶薇走到薛蘅身邊，柔聲道：「阿蘅，就驗個分明吧，你的名聲絕不容旁人隨意玷污。」

薛蘅還是未動分毫，但臉色更加蒼白，胸脯急劇地起伏。眾人的目光都凝聚在她身上，發覺她垂在身側的十指已緊攥成拳。

「三妹遲遲不願驗個分明，莫不是心虛了？」薛勇眼中閃著得意的光芒，大聲道：「看來傳言並非空穴來風！薛蘅若不是與謝朗有了姦情，失了貞潔，又豈會不敢試點守宮砂？如此失貞失德之人，我天清閣又豈能容你！」

「胡說！」怒喝聲響起，一道黑色身影捲著旋風衝進來，兜頭賞給了薛勇一拳。

以薛勇的武功，來者本非他的對手，可他正說得快意，一時未加防備，竟被打了個正著。他捂著鼻子後退兩步，直抽冷氣，鼻血自十指間蜿蜒滴下。

堂內眾人齊聲驚呼，紛紛站起。大家看得分明，闖進來的黑衣少年滿面怒火、雙眼通紅，緊捏著拳頭，正是謝朗！

平王急忙站起身，喝道：「小謝！你別亂來！」

方道之搖了搖頭，嘀咕了一句：「這孩子，怎挑這節骨眼跑來了？」

謝朗氣得眼裡似要噴出火來，大聲道：「我與蘅姐清清白白，豈容小人這般誣衊！」

薛勇捂著鼻子，指著謝朗嚷道：「大家聽聽！他叫薛蘅什麼哪，眞是恬不知恥！」

眾人皆是又驚又詫，有些人則連連搖頭，滿面不以爲然。謝朗恍若未聞，逕自轉頭看向薛蘅，輕聲道：「蘅姐，我來晚了。」

薛蘅卻宛若還在夢遊之中，眼神迷濛，定定地望著堂外飄飛的亂雪，一言不發。

謝朗看著她白得幾近透明的面色，心中一痛，抬頭怒視薛勇。二人目光相觸，如有兩把利劍在空中相擊，火花四濺。

薛勇心中暗道：「你小子來得正好，這就叫『天堂有路你不走，地獄無門你自投』！」他有意激怒謝朗，嗤笑了一聲，「謝師姪，你居然敢打長輩，看來謝師兄的家教確實有點問題啊。難怪你會戀上自己的師叔，做出違背倫常的醜事，還膽大妄爲到在御前說出『愛慕蘅姐』這樣大逆不道的話來！」

謝朗熱血上湧，大聲道：「她又不是我的師叔！我爲何愛慕不得？」

此言一出，滿堂之人愕然相顧。絕大多數人帶上了鄙夷之色，有的已大聲喝斥：「眞正不知廉恥！」

謝朗見薛蘅在眾人目光注視下渾身輕顫，心中生急，猛地衝上前將她護在自己背後。他掃視眾人一眼，朗聲道：「我又不是天清閣的弟子，你們的輩分管不到我！再說了，你們自己，又都遵守天清閣的輩分了麼？」

他不待眾人有思慮的餘地，指向前面正嘿嘿冷笑的一名中年人，道：「你是姚奐的表叔吧？」

那人一愣，回道：「是又怎樣？」

謝朗斜睨著他，直言道：「你的妹子，嫁給彭城蔡家的蔡清爲妻。可據我所知，蔡清的一位堂兄是天清閣兌字系第十三代弟子，而你是震字系第十二代弟子！敢問，你們這算不算亂倫？」

那人張口結舌，半晌說不出話。

謝朗這段時日被關在地窖，早將京城所有世家貴族的姻親關係理了個遍，此刻一一指向眾人，侃侃而問。

「若按天清閣的輩分，你與我爹平輩，我要叫你一聲師叔。可你家妹子，嫁到我姑奶奶家，我又一直按姑奶奶家的輩分，叫她一聲表嫂！

「還有你，你的姑表妹嫁的是弘王妃的兄長伍敬道。可是，伍敬道家不是有一位遠房的姪子，在天清閣時和你同輩學藝麼？

「還有這位，敢問你堂姐夫的妹妹，嫁到了哪一家？」

他如磐石般護在薛蘅身前，臉上寫滿坦然與無懼，望著眾人一一道來，彷彿在戰場上躍馬橫槍，將對手一個個挑落槍下。清思堂中被他這麼一攪，驟時人仰馬翻，被謝朗點中的人均狼狽無比。

由於太祖皇帝將青雲先生封爲國師，青雲先生又是那般驚才絕豔的人物，所以涑陽的王公貴族子弟多有慕名而來，投入天清閣讀書學藝之人。他們指望有了天清閣弟子的光環，歸來後能得帝君看重，好在仕途上平步青雲。因此，在最初的幾代，天清閣內的輩分尊卑尚十分講究。

到了世宗時，皇帝開始注重由科舉提拔人才，刻意淡化天清閣的背景，於是這輩分之論便不再那麼嚴格。加上兩百多年下來，天清閣各系長老擇徒分化嚴重，震字系尚是第十二代，坎字系卻已收到了第十五代。

涑陽世家貴族聯姻之風盛行，這盤根錯節的姻親關係，甚至令帝君都感到頭疼，正是這種龐大的關係網，他們才能在有事時互相施以援手。但他們在聯姻之時，考慮的僅是血姻族親之間的輩分，甚少有人去講究天清閣的輩分。

此刻被謝朗這般挑了出來質問，眾人甫才發現，若眞在所有親戚之間論上天清閣的輩分，只怕在場的多數人都要被冠上「有悖倫常」之罪名。

謝朗得意地看著眾人慌亂的神色，朗聲道：「不許我愛慕蘅姐也行，你們先回家讓各自的親戚休妻的休妻、和離的和離。大家都謹守天清閣的輩分，我這個做晚輩的，自然會有樣學樣！」他環顧四周，冷冷一笑，「難不成輩分、禮教這玩意兒，就只是拿來約束我們這些小輩的麼？還是只要熬到了一把年紀，便可以陽奉陰違、爲所欲爲了？」

堂內頓時亂成了一鍋粥，坐在角落的方道之不由嘴角含笑，搖了搖頭，「這孩子，算得這麼清楚！」

薛忱默默看著謝朗，那俊朗面容上的勇氣似一把寶劍錚錚出鞘，綻放出耀眼鋒芒，守護著其背後的那個人不再在黑暗中踽踽獨行。他不自禁地低下頭，看著自己羸弱的雙腿，黯然歎了口氣。

姑表妹嫁給弘王妃兄長伍敬道的那人名叫黃復，素來性情暴烈、受不得激，被謝朗這番逼問激得失了鎮靜，怒道：「輩分不輩分的先且放下，薛閣主大你這麼多歲，你也好意思說上一聲『愛慕』！自古以來，男為天、女為地，女大男小相差這麼多，成何體統？」

謝朗斜睨著對方，冷冷道：「別人還可問一問這種話，獨獨你問不得。」

黃復一愣，猛然想起弘王生母俞貴妃本為景安帝少年時身邊的大宮女，恰恰比景安帝大幾歲。他處心積慮說服姑父將女兒嫁給伍敬道，就是將一族的前途都押在了弘王身上，此刻頓時大汗淋漓，自然不敢再說，縮回原位坐下。

見他吃了癟，又有人咄咄逼問道：「你早與公主訂了親，豈能做下毀婚這種背信棄義之事？」

謝朗毫不退讓，向著皇宮方向一拱手，「去年十月，我下天牢之時，聖上便有明詔，褫奪了我的駙馬身分。我早就不是什麼駙馬爺，為何不能另覓心上人？」

「你洗清冤屈後，聖上不是又重招你為駙馬了麼？」

謝朗望向平王，「王爺，聖上下過這樣的旨麼，我為何沒接過旨？」

平王張了張嘴，作聲不得。謝朗出獄後，景安帝是說了要讓他和柔嘉成親的話，可未下明詔。後來平王向謝峻傳了話，謝峻再上摺子奏請二月迎娶公主，景安帝只在謝峻的摺子上批覆了一個「准」字。其後景安帝封謝朗為尚尉駙馬、賜食邑，聖旨卻都是直接送到謝府，當時謝朗正在雲臺守著尚未甦醒的薛蘅，謝府歡天喜地接了旨，謝恩之人獨獨缺了他這個準駙馬。

見平王沉吟不語，眾人的喧譁聲逐漸平靜下來。

薛勇起初也被謝朗繞得有些暈頭轉向，正極力想著辯駁的話，驀然心中一凜，清醒過來，急道：「今日之事，根本就不是和你爭辯你與薛蘅能否相戀，而是你們不守禮節行下了苟且之事，薛蘅早已失貞！」

貞？」

眾人齊齊點頭，「是，這個才是最打緊的。」

謝朗大怒，手指幾乎指到了薛勇的鼻尖，「你血口噴人！我與蘅姐清清白白，發乎情而止乎禮，何談失貞？」

「是不是血口噴人，你叫你的蘅姐試點守宮砂，不就眞相大白了？」

謝朗看向薛蘅，輕聲道：「蘅姐，就讓他們點一下，驗個分明，好讓他們知道我們是清白的。」

謝朗舌戰眾人、雄辯滔滔之時，薛蘅一直垂首站在他背後，此刻才款款抬起頭看向他，毫無血色的嘴唇緊抿著。

院子裡，農夫打扮的青年男子把女童抱起來，架在脖子上，笑著說了一句什麼。是什麼呢？薛蘅竭力回想著，太陽穴又開始突突地劇痛起來。

謝朗目不轉睛地凝視著她，見她目光散亂且神情痛苦，急道：「蘅姐，怎麼了？」

「嘖嘖嘖……」薛勇負著雙手，踱近二人身邊，陰惻惻地一笑，「謝將軍還眞是唱作俱佳，我們都險些被你騙過！可惜你的蘅姐沒有你這麼會演戲，她若非心虛，怎麼到現下都不肯讓我們驗明眞相呢？」

謝朗急得踏前一步，「蘅姐，不能讓他們玷污了你的名聲！就讓他們驗個清楚，又有甚打緊？」

「明遠！」薛忱忽然出聲怒喝，「三妹身子剛好，受不得氣，你怎能這樣？」

謝朗心中一驚，忙扶住薛蘅的右臂，柔聲道：「哪裡不舒服麼？」

他動作親密、話語溫柔，皆發自內心，自己不覺得，但在座者皆爲謹守禮法、循規蹈矩之人，何曾見過這等大膽的當眾親密之舉？一時間，驚駭、惱怒、鄙夷、不屑的表情，形形色色，莫不有之。

薛蘅則似是怔住了，呆呆望著謝朗，一言不發。

「瞧瞧！」薛勇抱著雙臂，譏諷道：「若說這兩人沒有姦情，大家相信麼？」

薛眉忽地走了過來，忿忿道：「眞是逼人太甚！三姐，走，我們這就去驗個明白，免得教你背負這種污名！」說著，抓住薛蘅的左腕，便要將她的衣袖往上捋。

這個動作似是刺激到了薛蘅，她雙目中乍露出無限驚惶警惕，猛然掙脫薛眉的手，退後幾步。

「三姐，你怎麼了……」薛眉驚訝地睜大了雙眼。

眾人見薛蘅這樣抗拒，皆心生疑惑，議論之聲如潮水般越來越烈。謝朗聽得十分刺耳，踏前一步，「蘅姐，就讓他們去驗吧！」

「是啊！」有人大聲道：「爲甚不敢驗清楚呢？」

「是不是眞的心中有鬼啊？」

「我看多半是早就失了貞潔，所以才不敢點這守宮砂……」

謝朗見薛蘅遲遲不願查驗守宮砂，大感不解，面上便帶出幾分疑惑之色。薛蘅看著他，雙唇無力地翕動了一下，搖搖晃晃向後退了兩步。

眼前的面容逐漸模糊，像浸入水中的墨跡，逐漸濡成一縷縷黑霧。黑霧後，那隻野獸眼中的猙獰光芒清晰可見，牠步步向她逼近，彷彿要將她的肌膚撕裂剝開，讓她鮮血淋漓地呈現在熾烈豔陽之下……

她的耳邊倏地清清楚楚聽到了那句話：「小妹，今天乖不乖啊？」

爲什麼會這樣……她顫慄著，忽然身子一軟，栽倒在了地上。

這變故來得太過突然，眾人都驚得呆住。謝朗大駭，撲過去將薛蘅抱住，「蘅姐！」

薛勇修眉一挑，正要開口發話，驟然間人聲鼎沸，堂外傳來震天的銅鑼之聲，「不好了！走水了！走水了！」

四面八方皆是驚恐的呼喝。清思堂內上百人齊齊扭頭，只見外面濃煙大作、火光烈烈。

薛忱趁薛勇與一眾人都扭頭去觀看火勢，撲到謝朗身邊急促地低聲說道：「快帶她走！」

這時姚稹反應過來，大聲道：「管家！快去看看，到底怎麼回事！」

不等管家轉身，一大群人衝了進來，有的提著水桶、有的端著瓷盆，衝進清思堂便對著眾人潑水，還有人嚷道：「救火啊！救火啊！」

姚稹被兜頭淋了一大盆水，睜不開眼，又不知道火勢究竟烈到何種程度，想起平王還在座，急得大呼：「護駕！快護駕！」

一時間，清思堂內亂得像鍋煮沸的粥，眾人爭相往外湧，姚府外的侍衛們又擁進來護著平王。你推我搡之間，有人跌倒在地，被後面的人踩著，倉皇驚呼。

混亂之際，薛勇回過頭，見謝朗將薛蘅抱起往外衝，急忙追了上去。他剛踏出門檻，迎面忽潑來一盆水，將他淋了個落湯雞。等他抹去臉上的水珠，衝出清思堂，斜刺裡又過來一群人，亂衝亂撞。

薛勇閃躲間見謝朗負著薛蘅正往東面奔去，剛想拔身而追，忽又被一人攔腰抱住。他掙了一下沒有掙脫，那人大叫道：「快潑水啊，他身上著火了！」

等薛勇狼狽萬分地擺脫阻攔，掠上清思堂的挑簷，四周只有無邊雪色，已不見了薛、謝二人的身影。他氣得冷哼一聲，面色鐵青地回到混亂不堪的清思堂前。

卻見姚稹衣冠凌亂，正指著姚奐大罵：「說！是不是你搗的鬼？」

姚奐滿面委屈之色，「太叔公，我真的是來看熱鬧的，不曾想看見柴房著了火，火勢又往這邊蔓延。我想起王爺和各位長輩都在，只得趕緊救火。」見姚稹似是不信，他忙道：「太叔公若不信，可問一問世子。」

德郡王世子一直攏著狐裘靜靜站在一旁，聽言轉過頭來，眉目穎秀的面容上綻著溫雅笑容，「姚博士，姚奐所說，並無虛假。」

不遠處，方道之望著陰霾的雪空，眸中震撼感觸之色慢慢消去，發出一聲低低歎息。歎息聲和著飛雪，融入蕭瑟的寒風之中。

三十四 誰無痼疾難相笑

謝朗聽了薛忱的話，將薛蘅抱出清思堂，混亂中正不知該往何處去，耳邊忽聽見有人說：「小謝，走東角門！」

他心中一凜，急忙抱著薛蘅往姚府的東角門走。出得角門，陳傑迎上來急道：「小謝，你先和薛閣主躲一段時日。小蔡在杏兒胡同有間屋子，你曾去過的。」說著，往他手裡塞了把銅匙。

謝朗對涑陽的地形瞭若指掌，負著薛蘅專挑沒人的幽僻地方行走，小半個時辰後便拐到了杏子胡同。這是一條極幽深的小巷，只有巷子盡頭這一間宅院。

謝朗打開銅鎖，揹著薛蘅進了屋子，將她放落榻上，低頭急喚：「蘅姐！」

薛蘅雙目緊閉，秀眉蹙起，雙肩抽搐，似正陷於極深的驚恐之中。謝朗握上她的左手，竟冰涼得如玉石，他心中一疼，哽咽道：「蘅姐，是我不好，累你受他們欺負。」

他試著將內力送入薛蘅體內，可半個時辰過去，她還是沒有醒轉。眼見她的手仍冰冷異常，他一陣衝動，解開自己的袍子，將她雙手捂在胸口。

薛蘅的雙手慢慢地溫熱起來，呼吸卻變得急促，過得少頃，她猛地動彈一下，發出一聲短而尖的驚呼。謝朗著了慌，手足無措。薛蘅顫抖得越加厲害，毫無血色的雙唇吐出簡短倉皇之聲：「不、不……啊！」

眼見她似寒風中飄零落葉般瑟瑟發抖，謝朗心中大慟，一把將她抱在懷中，不停輕拍她的後背，「蘅姐，我們走，走到他們找不著的地方……」

「不！」薛蘅忽發出淒厲嘶啞的慘叫。

謝朗驚得低頭細看，乍見她緊閉的雙目，有兩行清淚自眼角無聲淌下。謝朗沒辦法，只得不停輕撫著她的秀髮，輕聲哄著，「不怕，不怕……」

天色漸黑，雪不知何時已然停歇，清冷月光自窗外透進來，照映榻上的二人。

他緊緊摟抱著她，她蜷在他懷中，慢慢地平靜下來，猶若一艘險些被驚濤駭浪吞沒的孤舟，終於抵達了可以安然棲息的港灣。

薛蘅直到夜半時分才完全平靜下來，謝朗捨不得放開她，但曲縮的雙腿實在痲得難受，只得將她輕放在榻上。才剛站起來，他整個人便跌坐在地。虧他反應快，怕驚到薛蘅，愣生生將到嘴邊的呼痛聲嚥了回去，疼得好一會兒才能齜牙咧嘴地站起來。

他扯過錦被替薛蘅蓋上，見她面上淚痕猶在，心中大生憐意，便想著去燒點熱水。他一瘸一拐走出西廂房，足底似有千根針在刺著，剛推開廚房的門，忽然雙眉一動，彎著腰溜到大門後。

「咚咚咚！」門上的鎏金銅環被人輕輕扣響。門外之人壓低聲音喚著：「小謝！」

謝朗聽著覺得像姚奐的聲音，忙將門打開，迎面卻是平王沉肅的面容。謝朗嚇了一跳，本能下要關門，平王將門重重一推，邁進院中，冷笑一聲，「外面鬧翻了天，你倒自在！」

眼見平王要往屋中走，謝朗一個起落躍到平王身前，將雙臂一張，面上神色甚是堅定，「王爺。」

平王負手看著他，眼神如刀鋒般銳利，緩緩言道：「謝朗，那一年在順和宮的東暖閣下，你應承過我什麼？」

東暖閣外，天空是三月陽春的那種蔚藍，油光碧綠的樹葉間開出各色花朵，春光透入東暖閣，讓少年們的眼神都熠熠生輝。擺在長案上的是一張輿圖，天下山川河流，莫不詳盡。

江山萬里、逶迤畫卷，只可惜北面戎狄鐵騎肆虐，南方叛軍烽火正熾。

平王俯視著這張輿圖，雙手撐在案上，似要將圖上的大好山川盡數攬入懷中。他望著圖上用朱紅勾勒出的地形，眸色深深，嗓音低沉地問：「你們說，是先安漠北，還是先定劍南？」

「劍南隔著天險濟江，要想收復劍南，不但要組建一支強大水師，且需有極熟悉當地地形、地勢的人做內應，甚至還要提前數年派人潛入劍南，進行刺探、策反。不過，這些都不是一蹴而就的。」陸元貞抱著雙肘，侃侃而談。

徐烈點頭，「不錯，也正是因爲有了濟江，劍南的反賊要攻過來，並非三年五載能夠辦到。反觀丹賊鐵騎，不時侵擾我朝邊境，處處掣肘，若不是忙著和丹軍交鋒，國庫何至如此空虛？不將丹賊趕回阿克善草原，永難安寧！」

平王望向負手立於一旁的謝朗，他正看著輿圖上的朱紅標記，眸子裡閃著難言的興奮。

「小謝，你看呢？」

謝朗抬起頭，傲然一笑，「王爺，阿克善草原本來就是我們的，只不過被柔然人、丹賊占領了這麼多年，是時候在王爺手上收回來了。殺我百姓、占我疆土者，雖遠至千里，亦必誅殺之！」

一干少年血脈賁張，齊聲道：「是！」

平王默默地點頭。謝朗向他抱拳，朗聲道：「我等願爲王爺驅策，定朔邊、守疆土，助王爺有朝一日成就大業！」

那樣的春光下，十六歲少年意氣風發的誓言，穿透順和宮東暖閣的窗戶，和著春風扶搖直上……

——謝朗低了低頭，再抬頭直視平王，「謝朗答應過王爺的事，從未有片刻忘懷。」

「那你今日……」

謝朗打斷了平王的話，「王爺，我和蘅姐之事，與當日誓言有何相干？」他頓了頓，聲音慢慢低沉下去，「若沒了蘅姐，縱然彪炳千秋，又有何意思？」

平王怔住，默然凝視著謝朗。二人就這樣在夜色中、寒風裡靜靜對望，謝朗的眼神平靜如常，但始終沒有半分退讓。

寒霧輕湧，平王最終斂收目中精光，笑著搖了搖頭，拍拍謝朗的肩膀，「薛先生可好？」說著就要往屋裡走，謝朗再度將他攔住。平王不禁歎道：「小謝，你可知你今天捅了多大的馬蜂窩？謝大人現下還跪在玄貞門外請罪。」

謝朗心中愧疚，但仍不肯讓開半步，倔強地道：「不管怎樣，你們就是殺了我，我也不會娶柔嘉的。」

「哈！」平王忍不住仰頭一笑，又惱怒地嗤笑道：「你眞當我妹子嫁不出去，巴巴地往你們謝家塞麼？你今日做下這等事，置柔嘉的顏面於何地？也不知柔嘉上輩子欠了你什麼，這輩子要這樣受你的羞辱！」

謝朗對柔嘉深懷歉意，聽言不禁低下了頭，吶吶道：「王爺，是我對不住柔嘉。我只有這條命，以後都是王爺的。」

平王看了他片刻，道：「回頭你去謝一謝方先生吧，若不是他進宮勸了父皇，現下來找你的就不是我，而是羽林軍了。還有德郡王，方先生在替你們求情的時候，他也沒少說好話。不過你記住，你如今臥病在床，所以暫時不能和柔嘉成親，二月十八的婚禮取消。」

「啊……」謝朗驚喜得不知說什麼才好。

平王問道：「薛先生呢？」

「她還沒醒。」

「你就打算和薛先生在這裡躲一輩子？」

謝朗不敢吱聲。

「走吧。」平王揚了揚下巴。

「去哪兒？」謝朗忙問，又連連擺手，「我不回家。」

平王恨不得衝著他揍上一拳，「薛先生這般病著，你總要請大夫看一看吧。還有，要買藥買菜的，難道你親自上街？」見謝朗還不動，平王厲聲道：「去我王府！薛二先生在等著！」說完一拂袖，轉身往外走。

謝朗覺平王說得有理，既然已經被找到了，也不可能躲上一輩子，何況蘅姐一直未醒，真得請薛忱看一看才好。他進屋子揹上薛蘅，隨平王出了院子。

剛邁出大門，旋有人遞上連著風帽的黑袍。謝朗知平王不欲讓人知悉自己和薛蘅藏在王府，便接過黑袍，連人帶頭都包住了。

巷口有兩駕馬車悄悄等候，謝朗揹著薛蘅上了前一輛，平王則登上了後頭一輛馬車。

雕輪繡幃的香車裡，秋珍珠蛾眉婉轉、皓腕輕抬，給平王注滿一杯，微笑道：「剛才見到呂三公子在這附近飲酒。」

「哦？」平王俊眉一挑，沉思片刻，道：「不妨事。」

「他到底是哪方的人？」

平王並不飲酒，將身軀靠上軟軟羅墊，吐出胸臆中的一口氣，闔上眼淡淡道：「現下看來，他是父皇的人。」

秋珍珠看著手中的瑪瑙杯，掠了掠鬢髮，淺笑道：「看來聖上挺在意小謝的，還讓呂三公子盯著他。」

「不。」平王睜開眼，取過秋珍珠手中的瑪瑙杯，一飲而盡，「父皇在意的是薛先生。」他坐正了，沉吟道：「父皇和薛先生之間，必定存有個十分重要的祕密。瞧父皇的樣子，根本就不想把薛先生逼到這一步。」

「所以……」秋珍珠橫過來一眼秋波，「王爺眞不打算逼小謝娶柔嘉了？」

平王恨恨道：「他這樣鬧開了，還怎麼逼他？柔嘉的臉面還要不要？這小子闖下如斯大禍，還硬得像塊石頭。現下就是拿刀子逼著他，他也不會和柔嘉成親。」

秋珍珠再注滿一杯，遞到平王面前，忽然幽幽地問道：「王爺，若您是小謝，您會有他那樣的勇氣麼？」

平王聞言一怔，款款抬眸看向秋珍珠。她望著他嫵媚而笑，但眉梢眼角卻流動著像霧一樣朦朧的淡淡傷懷與酸楚。

平王颯然想起幾年前，當左長歌將秋珍珠帶到他面前，那是怎樣一個靈秀的女子，而如今，她美豔的面容後有著掩飾不住的風霜之色。

香車向前，流蘇輕搖。秋珍珠看著平王恍惚的神色，驀地掩口一笑，「也只有小謝那種性子，才說得出那種話。」

平王漫不經心地「哦哦」應著。秋珍珠卻不再看他，挑起簾子往外瞥了一眼，淡淡道：「前面就是王府了，王爺，我可只能送到這裡。」

平王因為在北疆帶兵三年，尚未大婚，平王府並不鋪張華麗。風桑一事後，平王將王府內的人認眞清理了一遍。他將謝朗帶到竹月小築，裡面安排的幾位侍女皆是心腹之人，而薛忱也早在竹月小築裡等候。

謝朗見到薛忱，頗為心虛地嚥了口唾沫，一聲「二師叔」再不好意思叫出口。

薛忱盯視他一眼，便去看床上的薛蘅。

見薛忱把完脈後面色沉重，謝朗的心緊揪了一下，急問道：「蘅姐怎樣？」

薛忱上下掃了他一回，道：「她一直沒醒過？」

「沒有。」謝朗忙應道：「但也一直睡得不踏實，像被什麼噩夢魘住了。」

薛忱看看薛蘅，又看看謝朗，心情說不出的複雜。他微歎了口氣，「你先去歇息吧，我來守著她就好。」

謝朗不肯離開。薛忱忽然怒了，斥道：「你看看你的樣子！你守在這裡，她就能夠醒來麼？她現下需要的是不受任何驚擾！」

謝朗低頭看了看，甫才發現自己還穿著被關在地窖時的那身黑色衣裳，腳上有被鐵鍊拴著時留下的傷痕，一雙黑緞靴子血跡斑斑，頭髮也是凌亂不堪。再一想，才想起自己大半天都未進水糧，他只得戀戀不捨地看了薛蘅一眼，挪步到隔壁屋子。

平王選派來的侍女訓練有素，服侍他吃了點東西、沐浴更衣，隨就悄無聲息地退下。

這時，街道方向遙遙傳來梆鼓之聲，謝朗用心聽了聽，竟已是四更初點。他躺落床榻，將雙手枕在腦後，看著從窗外透進來的淡淡月光，長吁出一口氣。

從昨日午時逃出地窖，趕往姚府，當眾說出對薛蘅的一番心意，與眾人爭辯論戰，趁亂帶走薛蘅，再到這一刻在王府內安靜地休憩，他直如做了一場驚心動魄、一波三折的夢。此刻，他一直緊繃著的神經才漸漸放鬆下來。他將這大半天的事情細細回想，既興奮又隱約有一絲憂慮，過得片刻，又決定要將對前路的憂慮徹底拋卻。可剛決定拋開憂慮，在床上翻了個身，他忽又想起長老大會上的薛蘅，於驗明守宮砂一事上，抗拒的舉止頗為異常。

二月十五的月光，宛若水銀瀉地鋪灑在窗前。謝朗徐徐坐起身凝望著月色，心中疑念像月宮中桂樹的陰影，越來越濃。

月影在青磚上極緩慢地移動，似一條小小的毒蛇盤旋著向上爬。謝朗下意識地甩了甩頭，鑽回被子裡，強迫自己閉上眼。可他如何睡得著，翻來覆去，思緒紛紜，直到窗外天空露出淡淡蟹青色，他才迷迷糊糊地睡去。

醒來時，已是辰時末。謝朗看著窗紙上透進來的日光，急忙跳下床。

他剛推開隔壁房間的門，一名侍女對著他做了個手勢，「噓……」

侍女在錯金香爐裡撒了把香，躡手躡腳地走出並帶上房門，輕聲道：「公子，薛二先生吩咐了，讓薛閣主多睡一會兒，暫時別驚擾她。」

「二師叔呢？」

「薛二先生替薛閣主施過針，守了半個晚上，剛剛歇息去了。他叮囑我們，萬不能再讓薛閣主受到一丁點的驚擾和刺激。」

謝朗聽了，便不敢再進薛蘅的屋子。他回到自己房裡用過早膳，在竹月小築裡來回走動，思忖片刻，覺得現下鬧成這樣，聖上雖被方道之勸住了，但家裡那邊還需求平王出面平撫才行。

念及此，他隨往王府前廳尋平王。遠遠地見平王與陸元貞正在廊下說話，陸元貞的聲音飄過來，卻是極爲憤恨的一句：「敢這麼對柔嘉，別讓我見著這臭小子，見到了我非扒了他的皮不可！」

謝朗心虛得躲到了垂花門後，卻聽平王驟然歎了口氣，極輕地問了一句：「小陸，若是你，你有沒有小謝那種勇氣？」

陸元貞頓時怔住，若是柔嘉，自己怎會沒有那種勇氣？偏偏柔嘉心中只有謝朗，自己便是有那股勇氣，又能怎樣？他雙眸黯淡下去，低低地歎了口氣。

平王似是被這個問題困擾了大半夜，此刻凝望著天空中的浮雲，默默出神。謝朗正猶豫要不要先走開，忽有侍女過來稟道：「王爺，公主來了。」

平王一聽，揉著鼻子苦笑一聲，「她怎麼來了？我還沒想好怎麼對她說呢。」他拍了拍陸元貞的肩膀，「小陸子，你幫我擋一下。」說完溜之大吉。

「王爺……」陸元貞急得原地轉了個圈，本也想溜走，可環珮聲響，他抬起頭，見念茲在茲的那抹嬌柔身影從長廊轉過來，頓如癡了一般，再提不動腳步。

大婚之日一天天臨近，柔嘉在宮中坐立難安。她心中滿懷憂慮與恐懼，又抱著一絲忐忑的希望。抱琴打探回稟，謝朗這段時日沒再去過太清宮，似是安心在家待著準備成親，她才略略心安。她隱隱指望著，那真的只是明遠哥哥一時糊塗而已。

她昨天也收到了天清閣要召開長老大會的風聲，可派出去打聽的人回來都說得語焉不詳。到了夜間，皇后到珍萃宮看她，抱著她歎了口氣，只說謝朗病了，婚事暫時取消，便匆匆離去。

柔嘉不知到底發生了什麼事，又聽謝朗病了，聯想起他之前多日不曾露面，不由急得六神無主。可當時宮門已經下鑰，她好不容易熬到天亮，就帶著抱琴溜了出來，直奔平王府打探消息。

「皇兄呢？」

陸元貞看著柔嘉靈動的雙眸，腦中一陣迷糊，好半天才能嘿嘿一笑，「柔嘉來了。」

「元貞哥哥，皇兄呢？不是說他在這裡麼？」柔嘉不解地望著他。

「呃，那個……王爺方才是在這裡的，可剛剛收到急報，他、他去天牢看裴將軍了！」陸元貞急中生智，總算想到一條藉口。

「哦。」柔嘉也知平王為了將裴無忌早日弄回軍中頗為心煩，她怏怏地頓了頓腳，正待離開，倏地靈機一動，回頭望著陸元貞，拿央求口氣問道：「元貞哥哥，你能不能告訴我，明遠哥哥到底怎麼了？」

陸元貞支支吾吾。柔嘉知道只要自己婉言求他，有甚事他都會答應，便伸出手揪住他的衣袖，搖晃幾下，柔聲道：「元貞哥哥，你就告訴我吧。」

陸元貞被她搖得心中一蕩，正咬著牙齒猶豫不決，抱琴在旁邊冷哼出聲：「他不說也沒關係，咱們上謝府，總知道謝朗是真病還是假病！若在謝府見不到人，我就不信別的地方打聽不到！」

陸元貞深知抱琴的性子說到做到，萬一讓柔嘉在別處聽到一些經過加油添醋的話，可就……他遲疑良久，終禁不住柔嘉央求的眼神，只得將昨天在姚府發生的一切，用最委婉的話語緩緩述出。

柔嘉聽得呆了，萬萬沒料到謝朗竟會當著那麼多人的面坦承他對薛蘅的心意，還帶著薛蘅跑了，而且按眾人的說法，他們已然走到了那一步。

陸元貞見她面色蒼白、搖搖欲墜的樣子，心中痛惜不已，囁嚅著道：「柔嘉，這……那個……小謝是一時糊塗，可事已至此，你也別太傷心了……」

柔嘉淒然地搖了搖頭，「他不是一時糊塗，原來他和薛先生，早就已經……」忽又猛地抬起頭來，「不，我不相信。明遠哥哥不是那種人，他絕不會、絕不會和薛先生做出那樣、那樣……」她滿懷希望地望著陸元貞，似欲從他嘴裡聽到否定的答案。

陸元貞背脊上冒出一陣冷汗，只覺自己在別人面前侃侃而談、揮灑自如的本事，到了柔嘉面前竟施展不出半分。柔嘉見他沉默不語，只覺椎心似的疼痛，撲簌簌掉下淚來。陸元貞手足無措，一時不知如何相勸。

抱琴心思細膩，她細細將陸元貞所敘述的當時情狀琢磨了一遍，忙道：「公主，我看事有蹊蹺。先撇開當時並未驗明薛閣主是否已經失貞不說，謝將軍當時的言行，可是心中絲毫無愧的，他不是還口口聲聲要求薛閣主當眾驗明麼？倒是薛閣主推三阻四的……」

柔嘉一聽亦感有理，慢慢止了淚水。

抱琴冷哼一聲，「依我看，謝將軍是一時糊塗，不過他這個『糊塗』，很有可能是他一廂情願，還白替別人揹了黑鍋！」她睇看一眼陸元貞，仍忍不住說了出來，「公主，您還記得麼？我們在安南道時，那個殺人凶手，叫張若谷的那個人，他替薛閣主療傷時，把她的衣服都脫了的！」

柔嘉急忙斥道：「抱琴，別亂說！」

「我可沒有亂說，當時大家都親眼見到了的。他們在屋子裡療傷大半日，那張若谷才出來，我們再進去看，薛閣主當時可是外衫都被他脫了丟在一邊的。像薛閣主這種經常行走江湖的女子，本就不像閨閣女子那般檢點守禮。她口口聲聲叫他張兄張兄的，可親熱了。平時，和她那個二哥也常常共處一室，半夜三更都不出來，一點都不避男女之嫌。」抱琴再哼了一聲，「依我看，謝將軍這次當眞糊塗大了！」

陸元貞尷尬地別過頭去，乍見垂花門後似有衣袂的影子飄忽閃過。

「誰！」陸元貞喝了聲，急躍過去，只見花叢仍在輕輕顫動，然已不見了那個人影。

謝朗發足疾奔，不曾有片刻停留，彷彿腳後跟有一條毒蛇在追趕。

直奔到竹月小築薛蘅的屋子外，他才停住腳步，心跳似擂鼓，耳邊還有嗡嗡震動的聲音。他在門外久久地喘息，提不起勇氣推開這扇薄薄木門。

風過婆娑，將竹月小築內栽著的紫竹吹得如波浪翻湧，竹子上的薄雪紛紛掉落，發出「沙沙」聲響。

謝朗終於輕推開房門，屋內薰香細細，青羅帳中，薛蘅猶安靜闔著雙眼。

那沉秀面容撞入眼簾的瞬間，謝朗猛然抬手搧了自己一記耳光，快步走到床前，替她將滑落些許的被子提上來，輕柔地掖好。他在床邊坐下，目光凝在她的面容上，片刻都捨不得移開。

不知過得多久，薛蘅眉頭微微蹙起，低低地「嗯」了一聲，睫羽微顫，睜開了雙眼。

「蘅姐。」謝朗欣喜地湊上前。

薛蘅眼神迷濛地看了一陣，謝朗的面容逐漸清晰，與此同時，昨日發生的種種也清晰地兜上心頭。她驚惶下猛然坐起，「這是哪裡？」

「這是平王府。蘅姐放心，一切都過去了，沒事了。」謝朗忙柔言安慰，同時伸出雙手想扶她坐起。可他的指尖剛觸到薛蘅的肩膀，她面上便露出惶恐不安的神情，猛地伸手將他雙手一把拂開。

謝朗的笑容驟僵在了臉上，錯金香爐裡繚繞而出的薰香，盤旋糾結，在他眼前逐漸放大，薰得他險些就要失去理智。好半天，他才壓下沉重的呼吸。

見薛蘅盯看著床邊堆放著的外衫，他低聲道：「蘅姐，我過會兒再進來。」

謝朗在廊下心神不寧地等了許久，門終於被「吱呀」拉開。薛蘅一身衣著齊整，邁出門檻後睇看他一眼便往外走。謝朗急忙追上幾步，一把攥住她的手，攔在她面前，「你去哪兒？」

薛蘅低下頭，不敢承受他的目光，遲疑了少頃甫輕聲道：「回孤山。」

謝朗未料到自己當眾表白心意，又爲她承受外界如斯指責，不惜辜負所有親人的期望，不惜背負滔天的罵名，換來的竟是她冰冷的三個字：「回孤山」。這一刻，他才恍然想起，自始至終她都沒有答應過他，要留在他的身邊。

他耳中嗡嗡聲響更加厲害了，全身的血彷似都往太陽穴沖，不禁脫口而出：「那我呢，我怎麼辦？」

薛蘅眼睛盯著腳尖，半晌才低聲道：「明遠，對不住，我不能喝你的喜酒了。」

謝朗心中酸楚難當，顫著聲音道：「我的喜酒？」

他的聲音太過奇怪，薛蘅不禁抬起頭來。只見他雙目通紅，俊容扭曲著，看著她的眼神滿是傷楚與酸澀，似一隻被遺棄的小獸，哀哀地望著孤寂的原野。

「明遠，我……」這樣的眼神令她十分不安，可他將她手腕攥得生疼，這一刻，她的內力竟半分都使不出來，怎麼也無法掙脫。

她掙扎的動作刺激到了謝朗，他心頭那把烈火終於熊熊燃起，猛地用力將她往屋子裡拖。

薛蘅被他拖得跌跌撞撞邁過門檻，謝朗足跟一磕，重重叩上房門後便張開雙臂，將她緊緊鎖在懷中。

他身上強烈的男子氣息令薛蘅驚惶失措，恨不得遠遠地逃開，可他的雙臂如此有力，箍得她喘不過氣來，只得奮力在他的懷抱中輾轉掙扎。

她微張著的雙唇在此時的謝朗看來，就像一顆甜美而神祕的果子。他要將這枚果子堅硬的外殼剝開，讓那果肉的甘甜悉數沁入自己的齒頰。也許，只有剝開這堅硬的外殼，他才能徹底地擁有她。

「蘅姐……」謝朗的聲音嘶啞而顫慄，「別走，留在我身邊……」

懷中的身軀滾燙柔軟，引他心神激蕩。他終於不管不顧，猛地低下頭，吻上了她的雙唇。

粗重的呼吸，陌生的氣息，悍厲的箝制……

薛蘅幾欲窒息，零碎的片段，一幕接一幕，從腦海呼嘯而出，擊得她天旋地轉。微微張開著的眼睛看出去，是謝朗背後的檀木雕花窗。木窗角落處雕著一隻蝴蝶，那是一隻巨大而醜陋的蝴蝶，有著長長的觸鬚，牠那雙邪惡眼睛正死死地盯著她……

薛蘅尖叫一聲，拚命推拒。可謝朗抱得更緊了，掙扎中，她用力咬上他的唇，一股濃重的腥甜在兩人唇齒間擴散開來。

謝朗雙臂一軟，怔怔地後退兩步，薛蘅也踉蹌地依在門邊的花机上。

「你……」他呑下口中的腥甜，喃喃地說：「你的心裡果然沒有我，只有那個姓張的……」

薛蘅面如死灰，抬起頭來。

謝朗看著她，心中有一刻躊躇，可腳後跟的那條毒蛇沿著背脊飛快地往上爬，在他後頸處狠狠咬下。他低頭看著她，憤怒地笑了，「既然你已失身於他，爲何昨天不當著大家的面說清楚，爲何還要我來背這個罵名？」說完，他大力拉開門，衝了出去。

薛蘅頓如木雕泥塑一般，依著花杌滑坐在地。

當錯金香爐裡的香終於燃成灰燼，她掙扎著爬起身，踉踉蹌蹌走到妝臺前。她手指顫慄著，將凌亂的頭髮撥至耳後，慢慢地將右耳向前翻。

銅鏡中，依稀可見耳朵後有條極細微的印痕，細微得她若不竭力睜大雙眼便看不出來。

她身形搖晃了一下，扶著妝臺，緩緩滑坐在冷硬的青磚地上，眼淚泉湧而出。她不停地哭，似乎要將積蓄了十多年的淚水，都在這一刻傾洩出來。

十多年來，她不斷做著一個噩夢。這噩夢像毒蛇一樣纏繞著她，讓她心裡充滿了永遠無法擺脫的憂傷、焦慮、惶恐與自卑，還有濃重的被遺棄感和……罪惡感。

這種感覺，讓她一直深深厭惡著自己。她住在最簡陋的竹廬，穿著最粗糙的衣服，夜以繼日地練功讀書，做閣中最出色的弟子……唯有這樣，她才能暫時壓下心頭的那塊陰影，才覺得自己有資格在陽光下呼吸。

一直以來，她不明白爲甚會做這個噩夢，爲甚總有一種憂傷恐懼的感覺糾纏著自己。她沒辦法像薛眉她們那樣在長輩面前撒嬌歡笑，也沒辦法和除了薛忱以外的男子稍有接近。

她總覺得自己的生命中缺失了什麼，可又隱隱覺得，將缺失了的東西找回來的那一天，她將會失去更多。

她也曾想探知這是爲什麼，可每次興起這個念頭，那種如影隨形的恐懼便會襲上心頭，令她失去了揭開包在心房外那層堅硬外殼的勇氣。

可這一刻，她全明白了，全想起來了。

她坐在地上無聲地哭泣，哭得肝腸寸斷，淚水浸透衣襟，濡濕了青磚地面……

夜深沉，三更的梆鼓聲在街道上悠長迴響。

謝朗在夜幕下遊蕩，偌大的涑陽，他不知該往何處去，更不知如何才能平息那直入骨髓的傷痛。月光如許清冷，彷似在嘲笑他做了一場虛幻之夢。

嘴唇被咬破的地方還火辣辣發疼，他不想用酒來麻醉自己神經，只得拚命奔走，待走到雙腿再無半絲力氣，他發現自己來到了北塔山下。

幽幽夜色下的北塔像一支長矛無聲地指向夜空，他提著如鉛般沉重的雙腿，爬上北塔頂層。他在塔頂石窗的石臺上躺下來，甚至沒有將石臺上的積雪拂掉。夜風將他的袍子吹得欲乘風而去，他忽然間希望風也將自己捲走，捲到荒無人煙的地方。

如果時光能夠倒回，他會從最初始就在心裡尊她爲「師叔」；會拖著呂青一起跳下那石橋；會在受傷後聽從她的安排，讓她隻身上京。他不會對夢魘的她充滿了好奇；不會跳入河中，只爲撈回那兩盞河燈；不會因爲能改口叫她「蘅姐」而暗中欣喜；更不會因爲她的一個眼神、一個微笑而心頭狂跳……

她是清高孤傲的一閣之主，他是春風得意的駙馬郎。他們，本就是天上的參商二星，永遠不應該有任何交點……一切可以結束了。

當東面天空露出淡淡的魚肚白，凍得幾乎僵掉的謝朗「啊」的大叫一聲，猛然坐起，他不停抓著凌亂的頭髮，將疼痛欲裂的頭埋在掌間。

枯樹上棲息的寒鴉被他的叫聲驚得成群飛起，過了一會兒，空中傳來數聲熟悉的鵰鳴，謝朗木然地抬起頭。

大白和小黑幾乎同時落在石臺上，牠們並著肩，親熱地來啄他的衣裳。

謝朗呆呆看著小黑，正想一腳將牠踢開之時，塔下傳來薛忱惱怒的聲音：「裴姑娘，麻煩你幫我把那小子揪下來！」

謝朗凍得全身發麻，裴紅菱沒費什麼力氣，便將他拖到了北塔下。

「三妹呢？」薛忱厲聲而問。

謝朗斜靠著石塔，並不看薛忱，冷冷回應：「不知道。」

薛忱急了，「你怎會不知道？她去哪裡了？」

薛忱守了薛蘅半夜，直到天快亮時實在撐不住，才去睡了一覺。還沒睡醒，平王便來敲門。他想起薛蘅的叮囑，給平王診了脈，仔細詢問一番，正想過去找薛蘅商量，有侍女慌慌張張地跑來向平王稟報：「薛閣主和謝將軍不見了。」

薛忱和平王起始都以爲謝朗又帶著薛蘅跑了，可平王向來謹慎，仔細問了侍女一番。侍女們當時也在歇息，但其中一人睡得較淺，朦朧中隱約聽到隔壁房中謝朗和薛蘅似乎起了爭執，薛蘅驚呼了數聲，謝朗還大聲說了「失身」二字。

薛忱一聽，五內俱焚。他只得回到謝府帶上小黑，又請裴紅菱指揮大白，讓牠們在空中尋找薛、謝二人的蹤跡。尋了一晝夜，最後才在北塔發現謝朗。

這刻謝朗的表情和語氣加劇了薛忱的擔心，薛忱耐著性子問道：「明遠，三妹到底去哪裡了？我有急事找她。」

謝朗仍不看他，冷哼一聲，「她去哪裡關我甚事？她是天清閣閣主，交遊廣闊，有那麼多的江湖朋友，誰知道她又去見哪個張兄王兄？你不是她二哥麼，緣何來問我這個不相干的人？」

「不相干的人？」薛忱氣得冷笑，片刻後，忍不住說道：「不相干的人，她會爲了替你洗冤，差點連命都丟了？」

謝朗一愣，半晌後冷冷道：「那只不過是聖上降下聖旨，她忠心耿耿辦事罷了。」

「喂！謝朗！你是發神經，還是良心讓狗吃了？」裴紅菱終於聽不下去了，指著謝朗大罵。

薛忱涵養再好，這刻也捏緊了拳頭，冷聲道：「啞叔，麻煩你幫我揍醒這狼心狗肺的小子！」

啞叔「啊啊」應著，將薛忱放下，大步過來，一把將謝朗拎起，提手便是一拳。謝朗身手本就不及對方，又凍了大半夜，無力反抗，被這一拳打得眼冒金星，連步後退。

還沒等他站穩，啞叔的雙拳又連環擊來。謝朗勉力招架，但仍被啞叔最後一拳擊得向後直飛出去，眼看便要撞上石塔，危急之下，他展開「千斤墜」功夫，雙足牢牢釘在地上，才免去一厄。

他急怒下，大聲說道：「她心裡頭根本就沒有我！她是回孤山也好，還是去找那張若谷也好，又與我有何相干？」

啞叔氣得攥緊拳頭，便要再打。薛忱怒道：「啞叔！不用打了，不值得！」

啞叔忿忿地退回薛忱身邊，裴紅菱對著謝朗發出「嘖嘖嘖」聲，連連搖頭，「謝朗，你太讓人失望了。」

薛忱直盯著謝朗，看得他頭皮發毛，末了終於冷冷地說道：「她是怎麼待你的，你摸著自己的心好好想一想！」

謝朗張了張嘴，又緊緊閉上。

薛忱不再多看謝朗，道：「啞叔，我們走！」他一聲呼哨，小黑便跳到了他肩頭。

大白骨碌碌的眼珠看看謝朗，又看著小黑，滿是不捨之色。

小黑跳下薛忱的肩頭，欲飛掠向大白。薛忱一聲厲喝，「小黑！」小黑嚇得一拍翅，在空中轉了個圈飛回來，跟著薛忱往山下飛，只不時回頭看看大白，淒哀地叫上一聲。

裴紅菱摸了摸煩躁不安的大白，又瞪了謝朗一眼，恨聲道：「你吃錯藥了不成！」說罷，急急提步，追向薛忱，「喂！等等我！」

啞叔奔得極快，裴紅菱怎麼也追趕不上，眼見就要失去薛忱的影子，她急得腳下一踉蹌，絆倒在雪地中，啃了一口的雪泥。

「死薛忱！新人上了床，媒人丟過牆！不用我指揮大白了，你就這樣對我，沒良心！」她氣得吐掉口中的雪泥，拍著膝蓋上的雪漬，罵罵咧咧地站了起來。

剛站直，抬起頭，正對上薛忱溫和的眼神。她的心「咚」的一跳，啞叔的面容也看不清了，遠處的屋舍、近處的樹木都是模糊一片，只有他清俊的面容在無限放大。

「裴姑娘、裴姑娘！」

薛忱喚了幾聲，裴紅菱才回過神來，忽然間連脖子都紅了，慌慌張張地低下頭，輕「嗯」一聲。

薛忱覺得十分奇怪，這咋咋呼呼的姑娘怎地忽然忸怩起來了？唯這刻他急著去找薛蘅，亦未細想，和聲道：「裴姑娘，多謝你幫我找人，我更要謝謝你的救命之恩。只是我即刻要去找三妹，就此別過，以後……若是裴姑娘有雅興到孤山遊玩，我定盡地主之誼，以報裴姑娘救命之恩。」

裴紅菱仍低著頭，好半天才輕聲問道：「我若去孤山，你眞的會盡地主之誼？」

「當然。」

裴紅菱倏地抬起頭來，笑吟吟道：「你說話算數？」

薛忱望著她如花笑靨，心中有片刻的恍惚，柔聲道：「定然算數。」

三十五　舊事如天遠

「別吵我……」謝朗皺著眉頭，翻了個身。可腿還是被硬物敲打，他吃痛下猛地坐起，右腳一抬，看清眼前之人，吶吶道：「單爺爺，您怎麼來了？」

單風負著手站在床前，盯著他看了好半天，甫道：「我不能到你家裡來麼？」

「不是。」謝朗從床上跳下，恭恭敬敬地端來椅子，又爲單風沏上一杯熱茶。

單風環顧室內，問道：「你媳婦兒呢？」

「啊？」謝朗心頭一跳，張大了嘴。

單風不耐煩地說道：「她娘沒當閣主之前和我有過一面之緣，還不叫她來拜見我這個老頭子？」

謝朗愣了片刻，尷尬得低下了頭，好半天才悶聲道：「她不是我媳婦兒。」

「不是你媳婦兒？」單風面露訝色，「不是你媳婦兒，你去長老大會把她搶走做甚？我剛回涑陽便聽人家說得有鼻子有眼的，高興得不得了，想著你小子有本事，居然敢當著那麼多人的面將天清閣的閣主搶了做媳婦兒，這才跑來，想讓她給我敬杯茶。你竟然說她不是你媳婦兒！」

謝朗恨不得挖個地洞鑽進去。單風眉頭一皺，「吵架了？」

「不是。」謝朗脖子漲得通紅，硬邦邦回答。

單風站起來，負著手在屋子裡走了數圈，忽然一腿飛出。總算謝朗心中還有一絲警惕，胸口微縮，右臂同時揮出，架住他這一踢之勢。

單風喝了一聲，出腿如電，待謝朗連退數步，他一套長拳如風輪般揮出。謝朗凝定心神，見招拆招，「砰砰」聲響不絕。

兩人招數迅捷絕倫，轉眼間便對了三十招。到得第三十招，單風一聲大喝，猛然收拳，謝朗猝不及防，來不及收力，向前撲了一步才站穩身形。單風搖頭，冷聲道：「這段時日沒練功？」

謝朗想起自己這段時日消沉頹廢，未免太對不住這位恩重如山的授業老人，不由滿面羞愧地低下了頭。

單風卻忽「啊」的一聲，齜牙咧嘴地在床榻躺下，嚷道：「哎呀，果然人老了不中用了，過幾招就腿疼。來，小子，快給我捶捶腿。」

謝朗忙拖了椅子坐在床邊，用心地替他捶腿。

「舒服……」單風瞇起眼睛，極為享受之狀，俄頃又歎了口氣，「有個人給自己捶腿就是好啊！唉，只怪我沒福分，無兒無女，孤老頭一個。」

謝朗忙道：「單爺爺，您還是聽我的吧，搬到我家來。您一個人住，我放心不下。您在這裡住著，也好讓我盡一盡孝心。」

「算了，我一個人住慣了，天天看見年輕人在眼前晃蕩就心煩。」

過得一陣，單風無比惆悵地歎了口氣，低聲道：「唉，要是當年我沒有和我那小媳婦兒吵架，重孫子肯定也有你這麼大了，也不至於到現下連個捶腿的人都沒有。」

謝朗聽他言中無盡傷楚之意，這又是他初次在自己面前提起舊事，忙問道：「緣何會和她吵架？」

單風歎道：「而今想來都是不足一提的小事。只怪我當時年輕氣盛，她是世家小姐，自有她的難處，可我不曉得體諒她，把她氣跑了。唉……」

「那後來呢？您沒去找過她？」

「找了。可過了半年才去找她，她早被她爹娘逼著嫁給了別人。」單風徐徐閉上眼，蒼老的聲音飽含痛悔，「只能怪我自己年輕時太任性，不懂得珍惜，現在後悔又有甚用……」

謝朗捶腿的動作慢了下來，單風張開眼皮看了他一眼，又趕緊閉上。

「少爺，方先生派人送來的帖子。」小柱子將帖子奉給謝朗，趕緊溜出屋子。

小武子湊過來，低聲問道：「還是老樣子？」

「比前幾天倒是好些了，不過照樣喜歡發呆。總而言之，咱們還是小心爲妙。」

二人正說話，忽聽屋內謝朗喚道：「打水！」

謝朗沐浴更衣後穿戴齊整，到馬廄牽了馬，正要出大門，便聽到謝峻嚴厲的聲音：「站住！你去哪裡？」

謝朗忙回過身，從袖中取出方道之的帖子，畢恭畢敬奉至謝峻面前，不敢抬頭看父親的面色，「方先生請孩兒去他家一趟。」

謝峻看了帖子，面色稍霽，「你早就應該去拜謝方先生，闖了那麼大的禍，若不是方先生，你還能站在這裡麼？不爭氣的東西！」

謝朗神色黯然，垂手道：「是，那孩兒就去了。」

「記住，你現下是臥病在床！」

「是，孩兒知道。」謝朗退後幾步，戴上風帽，甫轉身離去。

「不爭氣的東西！」謝峻望著他的背影，又恨聲罵了一句。

二姨娘走過來柔聲勸道：「老爺，明遠既然肯回家，那就證明他知道自己錯了，是一時糊塗。他性子向來倔強，越逼他他越要擰著來，故才闖下那麼大的禍。不逼他了，他反倒會自個兒想通。您看，他現下不是沒和那薛閣主在一起，也肯回家了麼？只要他們沒在一起，外面的流言蜚語過段時日自然會平息下去的。前幾天老祖宗入宮給皇后祝壽，聽皇后的口風，似乎公主心意未變，一樣想嫁給我們明遠。只等這事漸漸淡了，還是有希望的。」

謝峻縱知她說得有理，面子上仍拉不下來，便瞪了她一眼，「他這又臭又硬的性子，還不都是你們慣出來的！」說完一拂袖，轉身往裡走。

二姨娘哭笑不得，低聲嘀咕：「這又臭又硬的性子，也不知隨了誰。」

謝朗由青雲寺紅牆西面山路往上走，剛走入那片茂密竹林中，馬上聽到一縷琴聲。

琴聲起始柔和清幽，讓人宛如置身青天碧水之間，又似有無限婉轉之意。謝朗聽著，驀然想起那日清晨看著她在自己肩頭醒來的情景，不禁心中一酸。

一段過後，琴音漸轉，節奏凝滯、弦音嗚咽。謝朗下意識停住了腳步，定定地聽著，雙拳慢慢捏緊，生怕那根琴弦就要不堪重負而綳斷。

琴聲至末段，琴音飄而細碎，如同夜風寂寥地拂過孤崖，悵然嗚咽，無限唏噓。謝朗怔怔站在原地，直到琴音裊裊散去，他才發現自己眼中已經濕潤。颯然間涼風鼓滿衣襟，四周虛茫一片，他覺得自己就像一盞光芒微弱的河燈，在莽莽蒼蒼的河面上形單影隻地漂流。

他黯然良久，收定心神，走到山路盡頭，向竹亭中的方道之拜下，「謝朗拜見方先生。」

方道之微笑欠身，「明遠切莫行如此大禮，請坐。」

謝朗在亭中鋪著的錦氈上盤膝落坐，一位穿著簡樸的青衣婦人端著茶盤過來。謝朗正猜她是何人，方道之已微笑道：「這是拙荊。」又看著那青衣婦人，柔聲道：「這位是謝朗謝將軍。」

謝朗嚇得連忙起身行禮，方夫人向他微微頷首，放下茶盤。她剛握起茶壺，一位十二三歲的少年奔了過來，嚷道：「娘，您把我那本《林文山選集》收到哪處了？」

方夫人看了看方道之，目光中透出一絲慌亂，「林、林什麼的，我沒看見。」

「您收哪裡了？我明兒個要和克莊他們舉行詩會，等著急用。」少年忽拍了拍腦門，道：「唉，我忘了，您不識字，跟您說也沒用。娘，您以後還是別動我的書，屋子我自己收拾就行了。」

「懋修！」方道之沉下臉來，「沒見這裡有客人麼，還不快見過謝將軍！」

少年一聽這位便是威名赫赫的驍衛將軍，興奮得雙眸閃亮，急忙趨近行禮，「方懋修拜見謝將軍。」

待方夫人和方懋修都離去，方道之笑道：「犬子無狀，明遠莫怪。」

謝朗忙應：「方兄弟家學淵源，他日必成大器。」

方道之歎了口氣，「其實我對他們幾兄弟期望不高，並不求他們中舉入仕，但能過得安康幸福就好。」

謝朗微愣，沒想到一代鴻儒對兒子的要求竟這樣尋常，和他父親動不動就是「治國齊家、光耀門楣」的課子作風大不相同。

方道之看他一眼，微笑道：「當然也是因爲他們天資愚鈍，又天性懶散，不夠勤奮。若是像明遠一樣，或者像薛閣主那樣的資質和刻苦，我也不至於這般無奈了。」

聽到「薛閣主」三字，謝朗茶盞中的茶潑了一小半出來。他默然有頃，放下茶盞，向方道之拜道：「謝朗謝過方先生大恩。」

「明遠快起來。」方道之微笑道：「明遠，你可知我入宮勸聖上時，說了句什麼話？」

「謝朗願聞其詳。」

方道之站起來走到亭子邊，負手凝望著西面天空，輕聲道：「我問聖上：如果柔嘉往後一直鬱鬱寡歡，甚至幾十年都難得開心大笑一回，他是否會心疼？朝廷如果失去一位驍勇善戰的大將、一位才華橫溢的閣主，是否爲社稷之福？」

謝朗微微低下頭，呆望著腳前的那方五弦琴，胸口似堵住了般，無言以對。

竹林裡拂來的幽風吹動方道之寬大的袍袖，他的布衣洗得發白，一塵不染，滿山清冷的薄霧更讓他的身影顯出幾分孤寂與蕭瑟。他沉默許久，低低地歎了口氣，道：「我的恩師與我爹是好友，在我七歲、我夫人三歲時，即替我們訂下了親事。然恩師一直秉守『女子無才便是德』的古訓，他滿腹經綸都傳授給了我，卻沒有讓我夫人讀書識字，只讓她學習刺繡女紅。我二十歲那年本要完婚的，但那一年恩師去世，我夫人要守孝三年，婚事遂只得推後。也就是在那一年，我奉恩師遺命，去了一趟天清閣。」

謝朗沒想到方道之叫他來竟會述起這樣的往事，他站起身，走近方道之身邊默默聆聽，不敢插話。

「恩師與天清閣的周閣主曾進行過辯經論道，但輸在了對方手下。他臨終前叮囑我，要我替他一雪前恥。我當時學業初成，又在涑陽有了點微薄的名氣，渾不將天下人放在眼裡，便一路西行到了孤山。

「走到半山腰的翼然亭，正碰上幾位天清閣弟子在那裡聯詩，我下場挑戰，語多含譏諷之意，激起了他們的憤慨，將我堵在了翼然亭。後來，周閣主得知我是陶仲鈞的弟子，命人將我接上天清閣。我提出要和他辯經論道，他卻說他是長輩，贏了我勝之不武，問我有無膽量與他的一名女弟子比試，若我能勝過他那名女弟子，便算我勝了他。

「當時的我目中無人，又豈會將一個女子放在眼內？自然覺得周閣主這話是在羞辱我，可又不能不應戰，只得憤然答應。周閣主於是叫出了他的那位女弟子……」

方道之的眼睛微微瞇起，彷彿要穿透滿山的寒霧，看清遙遠記憶中的那個身影，「她走出來的時候，我霎時間明白了『腹有詩書氣自華』這句話是何意思。」

謝朗心中一動，忍不住問道：「這位女弟子，是不是故去的薛先生？」

「是。」方道之雙眸微黯，沉默了好半晌才續道：「周閣主說她叫薛季蘭，是他的關門弟子，我見她比我還小上一歲，便瞧不起她。這份輕敵狂妄之心讓我心浮氣躁，最終敗在了她手下。

「我敗在一名女子的手下，已是羞憤難當，周閣主卻還讓她送我下山。我裝作若無其事的樣子往山下走，心裡著實難過，恨不得回去在恩師墓前一了殘生才好。薛季蘭一直默默跟在我背後，到了山腳，她忽然用很輕蔑的口氣問我，可有膽量和她再比一次。我未立刻回答，她就笑道：『你是不是怕了？』我脫口而出：『誰怕了？』她說：『你要是不怕，明年今日你再來，我們再比一次，就怕你不敢來。』

「我離開孤山，冷靜下來之後覺得自己輸在光會埋頭苦讀，而實際歷練不足。於是我沒回去涑陽，那一年我遊歷天下，每到一個地方，即找當地有名的學者辯經論道。一年之後，我滿懷信心地重上天清閣，和薛季蘭在翼然亭激辯了一整夜。」

謝朗聽得入神，忙問道：「誰贏了？」

方道之輕歎一聲，「還是她贏了。」

謝朗遙想當年薛季蘭的風采，心生嚮往，歎道：「倘我早生幾十年就好了，便可一睹二位先生的風采。」

方道之微微一笑，似是不勝風寒，將雙手攏入袖中，淡淡續言：「比完之後，她還是那句話：『有沒有膽子明年再比？』我自然再次應承下來。接著又在外遊歷了一年，這一年，我甚至去了北梁、南梁等國，闖下不小名氣，當時天下人說起涑陽方道之都十分尊敬。我卻知道，如果我贏不了薛季蘭，便永遠當不起這份尊敬。

「第三年，我如期到了孤山，還是在翼然亭，一夜的激辯，這一次我與她不分勝負。辯完後，我不等她說話，就說道：『我明年再來，定要贏了你。』她當時笑了笑，我迷迷糊糊地下了山，直到山腳還想著她那抹笑是甚意思。

「又過了一年，我博學的名聲在殷國達到了頂點，快到三月初十，我滿懷期待地往孤山趕，心裡想著這次定要贏了她。我比預期早到了半天，到翼然亭時她還沒出現，只有兩名天清閣弟子在那裡對著滿山桃花作畫。

我不想橫生枝節，在一邊的樹林裡靜靜歇憩。卻聽亭中一人說道：『師姐，你說明天的下任閣主選拔大賽，誰會勝出？』那名師姐應道：『還用問麼，自然是薛師妹。』

「我聽她們提到她的名字，便用心聽了下去。那年紀小的又問：『閣主早在很多場合公開說過，想讓薛師妹繼任閣主，緣何還要舉行這次選拔大賽呢？』那師姐答道：『你這就不知道了，武師兄一直爲了這個不滿，昨天譏諷了薛師妹幾句，薛師妹當時未加反駁，起身去了閣主房間，她與閣主關起門來談論很久，閣主再出來時即宣布要透過比賽選出下一任閣主。其實薛師妹是想著反正武師兄不是她的對手，爲免這些人不服，索性光明正大地擊敗他們，樹立威信。』

「我當時聽了這話，心裡說不出是什麼滋味。在林子裡呆坐許久，薛季蘭來了。她見到我就笑了，似乎很歡喜的樣子。我們從下午一直辯論到子時，這回竟是我贏了。我終於贏了她，卻無預料中那般歡喜，她輸了，卻笑得很開心。那天晚上，孤山桃花全部綻開，香氣薰得我心魂不寧。她猶豫有頃，問了我一句話，我卻未登即想明白她那句話的意思。唉……」方道之停住話語，長長歎了口氣，滿是唏噓惆悵之意。

謝朗見他停在了最關鍵的地方，心頭癢癢，忙問道：「方先生，師叔祖問了您一句什麼話？」

方道之轉過頭來看著謝朗，唇角微有笑意，「你叫故薛先生一聲『師叔祖』，卻稱懋修爲『方兄弟』，我與故薛先生又是平輩知交，這輩分怎麼算呢？」

謝朗知他取笑自己當日在長老大會上的驚天之言，不禁俊面微紅。

方道之復將目光投向竹海，輕聲道：「那時，她問我：『方兄，你願不願意在以後的每一年，都與我辯經論道？』」

風停止了，方道之像凝化成了岩石，一動不動。

謝朗將薛季蘭這句話細想一遍，輕輕地「啊」了一聲。

「是。明遠，你都想明白了，我當時卻不明白。」方道之歎道：「我很快回答：『好啊，一言爲定，就怕你贏不了我。』她聽了我的話，臉都紅了，我莫名其妙地也說不出話來，我們就那樣靜坐在亭子裡。天快亮時，天清閣傳來早課的鐘聲，她向我說道：『方兄，今天閣中有件大事，待這件事一過，我再帶你去見師父。』我不明白她爲什麼要帶我去見周閣主，我一聽她說起下任閣主選拔大賽便覺心煩意亂，脫口回道：『不用了，我還得趕回涑陽，來月我要和恩師的女兒成親。』」

謝朗不禁扼腕歎惜。

方道之苦笑一聲，「她聽了我的話，『啊』了一聲。過了許久，她面色蒼白看著我，問道：『方兄，你已經訂親了？』我點點頭，說因爲恩師去世，未婚妻須守孝三年，所以拖到今年才成親。她呆愣了很久，苦笑一下後說：『原來方兄來月就要成親，只怕我不能喝方兄的喜酒了。』我頭腦發昏地回道：『以後你來京城的話，請到寒舍作客。』她笑了笑，看著我說道：『方兄，今日是天清閣下任閣主選拔大賽，不知方兄可願當觀禮者？』

「我以爲她想讓我見證她登上閣主之位，順口應下，隨著她上了天清閣，一路上她再沒和我說過話。周閣主看見我很開心，讓我坐在他身邊，十分親切地和我敘話。比賽進行到黃昏，勝出的是那位武師兄，周閣主便站起來，問還有沒有要挑戰的？他問到第三遍時，薛季蘭站了出來，說她要挑戰。

「大家都很平靜，好像就等著她站出來一樣，但周閣主卻露出驚訝之色。他看了看我，又看向薛季蘭，問道：『季蘭，你想明白了？』她說想明白了。周閣主又說：『季蘭，你是女子，一旦繼任閣主，須得終身不嫁，你可得想明白了。』她沉默了一會兒，低聲說：『弟子想明白了，弟子願終身不嫁，將天清閣發揚光大。』

「我當時呆坐在一邊，心裡一時清醒一時糊塗。周閣主再瞅看我一眼，又問她：『季蘭，你前天不是和我說，不想接任天清閣的閣主麼？因為你這樣說，我才舉行選拔大賽啊。』我霎時間全明白過來了，我看向她，她也正看著我。可我沒有勇氣站起來，更無勇氣開口。她等了很久，轉過頭去，看著周閣主，說：『師父，您一直對我寄予厚望，我不能辜負，我願意繼任閣主之位。』」

謝朗聽到這裡，霍然明白了方道之今天叫自己來說這些話的用意。他囁嚅道：「方先生，我……」

方道之卻未停住回憶，他凝望著西面的天空，繼續說了下去。也許他這一生，永遠再沒有機會將這些事情說出來，唯只這一刻，他才可以在陽光下，將壓在心底的回憶吐說出來。

「我回京後不久就成了親，我的妻子性情溫婉、勤儉持家、孝順公婆，一切以我的意思為主。我又獲得了先帝的器重，經常宣我入宮諮詢國政，世人都尊稱我一聲『方先生』。可我對凡事都提不起精神來，婉拒了先帝讓我入朝為相的旨意，也不想收什麼弟子，就住在這山上聽聽佛鐘，看看竹海。沒多久，我聽說她接任閣主之位，便給她捎去一封道賀信，她也回了信。後來，我們一直魚雁往返。

「當今聖上當年是景王，有日來拜訪我，突地問我，這世上是否有人比我的學問更強？我說：『有，天清閣薛閣主遠勝過我。』沒想到兩個月後，聖上竟將她請到了涑陽，讓我們當著眾人的面在王府內辯經論道。那天晚上，我夫人也應先皇后的邀請前赴王府，她們坐在珠簾後觀看了我與薛閣主的辯論。回來後，夫人忽然說了一句：『難怪你說要讓女兒多讀點書。』從此以後，我便很少再看見她笑。」

竹林上空繚繞著乳白色霧氣，謝朗心頭也似籠罩了一層這樣的霧。他細想著方、薛二人的往事，從中咀嚼出千般滋味。

「明遠，故薛先生去世之前兩個月，給我寫了最後一封信，拜託我照拂她的女兒阿蘅。」方道之轉過身，靜靜看著謝朗。

謝朗心中迷亂成一團，怔立半晌，道：「方先生，我有個問題想請教您。」

「請說。」

謝朗輕聲道：「自古人心最難猜測，如何分辨一個人的眞心？」

方道之微笑應道：「明遠，用你的眼睛和心，別用耳朵。莫聽人怎麼說，要看她是怎麼做的，再用你的心去想。」

「她是怎麼待你的，你摸著自己的心好好想一想。」——薛忱的話在耳邊迴響，謝朗身形微晃了一下。

幽風吹過，杯中清茶泛起一層淺波，像極了她總如漣漪般稍縱即逝的微笑。

走出竹林時，青雲寺的鐘聲悠然敲響。

謝朗從沉思中驚醒，抬起頭，寺院內高大的佛塔清晰可見，陽光照在白色塔尖上，耀出淡淡光澤。

他想起亡母的長明燈供奉在青雲寺內，便折向廟門。經過大殿、六祖殿，有一間小小的配殿，謝家供奉的長明燈就在這裡。

謝朗往長明燈中添了油，在蒲團上跪了下來。他凝望著長明燈中微微跳躍的火焰，心頭一片迷茫。

風從殿門外吹進，數排長明燈齊齊暗了一下，謝朗不自禁站起來。風止，燈明，他又慢慢跪回蒲團上。

磬鐘再度敲響，謝朗才從蒲團上站起，默默地向長明燈合十，轉身出了殿門。

他在寺廟內慢悠悠走著，正想去找智惠方丈，才轉過東耳房，忽然一愣，停住了腳步。

柏樹下，一個熟悉的身影正在與智惠方丈說話。鬚髮皆白的智惠方丈像是正在勸解著她，而她仍然滿面迷惘之色。

謝朗沒料到竟會在這裡遇到柔嘉，正想轉身，抱琴已經發現了他，失聲喊道：「謝將軍！」

腳步沙沙，兩人並肩在竹林裡走著。柔嘉已經記不清，她和謝朗多久沒有這樣相處過。

「明遠哥哥……」

「柔嘉。」他打斷了她要說的話，轉過身來，肅容拜下。

柔嘉頓時慌了手腳，吶吶道：「明遠哥哥，你這是做什麼？」

謝朗凝望著她，輕聲道：「柔嘉，我一直欠你一聲『謝謝』。」

柔嘉滿頭霧水，摸不著頭腦，訝道：「謝我什麼？」

「為了幫我洗冤，你吃了很多苦，做了很多事情。沒有你，我的冤屈很難洗清，多謝。」

柔嘉未想時過境遷，還能聽到曾經十分期盼的這句話。她心底湧上一絲甜蜜，輕聲道：「我也沒做什麼，你不用謝我。」她驀地感到面上一陣潮熱，赧然低下頭，嗔道：「紅菱也是，什麼都對你說了。」

「不。」謝朗遲疑了一會兒，低聲道：「不是紅菱告訴我的，是……」

柔嘉一怔，抬起頭來，「薛先生？」

謝朗神情黯然，默然點了點頭。

柔嘉怔了許久，看著眼前這張不復神采飛揚、陽光燦爛的面容，心疼之餘又湧出一絲期盼來，喃喃道：「明遠哥哥，一切都過去了，你就忘了吧。我們……」

「柔嘉。」謝朗急急道：「是，一切都過去了。以前我救過你一次，你不要因為我救過你，就想著要嫁給我來報答我。你身分高貴、性情又好，定可找到一個比我更好的駙馬。」

柔嘉渾身發顫，忽地挺直了脊梁，秀麗的臉上露出一股傲氣，「明遠哥哥，你放心，我絕不會因為幫過你便強迫你娶我。若因為這個，你應該去娶薛先生。她不是為你做得更多麼，好幾次都差點丟了命。」

「好幾次都差點丟了命？」謝朗心中揪緊，踏前一步，「柔嘉，到底怎麼回事？」

柔嘉沒料到薛蘅將自己做過的一切告訴了謝朗，而她自己所做出的努力和犧牲卻未提及。她沉默少頃，將查案一路的事情詳詳細細、原原本本地述出。薛蘅為了阻止裴無忌自殺，與羽紫過招而重傷；找到張若谷，卻因鐵思的一掌而險些喪命；張若谷說她身有舊傷，不能勞心，她卻為了破案連性命都不顧……

謝朗聽得呆住了，心中如翻江倒海一般，臉上神色數變。

柔嘉說罷，高昂起頭，「明遠哥哥，薛先生是為了讓你娶我，才把我做過的事情告訴你。但我秦姝，絕不需要這樣的施捨。」語畢，她決然轉身，飛快地奔出竹林。

抱琴狠狠瞪視謝朗一眼，便跟著她跑了出去。

柔嘉一邊跑，淚水一邊撲簌簌地往下掉。抱琴趕將上來，心疼地一把拉住她道：「公主，為什麼要把薛閣主的事告訴他？」

柔嘉轉身抱住抱琴，泣不成聲，「我寧願他知道真相，也不要他瞧不起我……」

抱琴輕輕撫拍著她，喃喃地說道：「公主……唉，您真傻，真傻……」

另一邊，正午的陽光移到竹林上方，透過稀疏竹枝照在謝朗的衣衫上。

「噹！噹！噹！」青雲寺午時鐘聲敲響，如一記春雷在謝朗心頭轟然炸開。他猛地跳起來，飛奔下山。

治德堂，太奶奶和謝峻坐在椅中，四位姨娘列於一旁，所有人的面色均是說不出的複雜。

謝朗深深叩下頭去，「太奶奶，爹，請恕孩兒不孝。孩兒這就要啓程往孤山去見蘅姐，求得她的原諒，再帶她回來見你們。」

謝峻已無力再發作，兒子的表情已然說明了一切，難道還能鎖他一輩子不成？

四位姨娘面面相覷，二姨娘剛要張口，另外三位齊齊對她搖了搖頭，她的話旋吞回了肚中。

太奶奶顫顫巍巍站起來，「明遠，你隨我來。」

謝朗扶著太奶奶走到松風苑，撩袍跪下，「太奶奶，求您成全。」

太奶奶凝望了他很久，沉聲問道：「明遠，你真的想清楚了？你可知道，你要和薛先生在一起，一輩子都要面對人們的非議和指責，都要承受異樣的目光。別人會罵你不知羞恥，罵你……」

「太奶奶。」謝朗哽咽道：「我不知道被別人指著議論一輩子是什麼滋味，我只知道，若是沒有了蘅姐，我……」兩行眼淚流了下來。

太奶奶怔怔看著謝朗，她記不清有多少年沒見到他哭。他從小性子就倔強，被謝峻的板子打得昏過去都不會求饒，更別說哭了。一次摔斷肋骨、一次摔斷胳膊，他哼都沒哼過一聲。

她忽然覺得，這一刻，她已經無話可說。她只得伸出手撫上謝朗的頭頂，凝望著他，輕聲道：「路上照顧好自己。」

謝朗大喜，重重叩頭。他跳起來奔到松風苑門口，又回過頭看了看太奶奶，再轉頭奔了出去。

絢麗的夕陽鋪滿半面天空，涑陽城的西門似鍍上了一層淡淡金箔。夕陽下，黑衣青年揮下馬鞭，迎著黃昏的風，向西疾馳。

第八章　履霜堅冰

這是薛忱頭一次看見薛蘅哭。十多年了，他看著她用厚重的外殼將自己包裹起來，看著她變得越來越出色，也越趨沉默堅強。

他凝視著薛蘅，微笑道：「阿蘅，你知道麼？我還是頭一回看到你哭呢……你以前總是不愛說話，也不愛笑。可是，我看到你和明遠在一起的時候，愛和他吵嘴，也愛笑了，變得有生氣了……」他輕撫著薛蘅的秀髮，「阿蘅，去吧，去找他吧！」

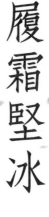

三十六　幸有心事難成灰

天色逐漸暗下，當濃雲變成黑雲，一道閃電劃過，接著幾聲炸雷，暴雨就「嘩啦啦」落下來。

雨下了一整天，黃昏時還未停歇，浮丘山腳下一座小小酒肆內擠滿了躲雨的人。由於浮丘山是西部十三州去往京都的必經之路，且前後三四十里又無集鎮，這裡便成了行路客必進的打尖之處。

行路客帶進來的泥濘造成客棧內十分濕滑，掌櫃不時囑咐夥計，將飯菜端給客人時要格外當心。店裡有客人喝醉了，拍著桌子吵將起來，正鬧得不可開交，忽有人失聲道：「女鬼啊！」

此時正是陰陽交替的逢魔時刻，又恰有一道閃電劈過，心氣不穩的人馬上嚇得尖叫一聲，所有人不約而同地安靜下來，看向客棧外。

滂沱大雨中，依稀可見路上有道身影。從身形看是個女子，但她腳程極快，遠遠看過去竟像在雨霧裡飄。女子髮絲散亂披在肩頭，偶爾被狂風一吹，在空中凌厲地撒開。

想起浮丘山曾經有過鬧鬼傳聞，客棧內的人都緊張得心「怦怦」亂跳。掌櫃的開始牙關打顫，「不、不會真的是、是女鬼吧？」

那「女鬼」飄到客棧前，直直地轉過頭來，立時有人嚇得「媽呀」一聲，鑽到桌底下。但隨即眾人也看清了她並非「女鬼」，而是一位被暴雨淋得渾身濕透、雙唇慘白、面無人色的藍衣女子。

藍衣女子沒走進客棧，繼續在大雨中向前奔走著。

正在客棧內避雨的一名老嫗搖頭歎息，「這姑娘莫不是得了失心瘋了？可憐年紀輕輕的……」

眼見那藍衣女子就要消失在黑沉沉的雨霧，她身形忽然搖晃了一下，軟倒在泥濘之中。

客棧內的人不及發出驚呼，便均覺眼前一花，只見一道黑影掠向藍衣女子，將她負在肩頭，片刻又閃回客棧前。這是名身著黑色衣裳的年輕男子，他丟出一錠銀子，吩咐掌櫃：「兩間上房，還有，去幫我請個大夫來！」

薛蘅陷入半昏迷狀態，渾身打著寒噤，身邊有人在說話，聲音依稀有些熟悉，她卻不想知道那是誰。

「大夫，您看嚴重麼？」

「這位姑娘淋雨太久，染上了風寒，而且她似是受了什麼嚴重打擊，心脈極不穩定。我先開幾帖藥，試試吧。」

「多謝大夫。」

薛蘅不想喝藥，可有人捏開了她的牙關，苦澀之藥順著喉嚨滑下，她逐漸失去知覺。再睜開眼的一剎那，她木然地轉動眼珠，看清床邊的人，又闔上了雙眼。

「薛閣主，你這是何苦呢？」一襲黑衫的呂青抱著雙臂，輕歎了一聲。

薛蘅不想說話，仍閉著雙眼。

呂青道：「薛閣主，在下不知道你是爲了什麼要這樣作踐自己的身子。但在下身命在身，須得保住閣主性命。得罪之處，閣主莫怪。」

薛蘅毫無血色的面容上閃過一絲厭倦，仍舊緊闔雙眼，並不開腔應話。

呂青也不在意，從袖中掏出一塊魚符，道：「薛閣主，你的衣服已經濕透，我請老闆娘幫你換過了一套，這塊魚符是你原來衣服裡唯一的一樣東西，現下原璧歸趙。」他將魚符擱放床邊的黑漆凳上，再歎道：「若一心求死，又何必在乎這塊小小魚符？這是故薛先生留給你的吧，唉，眞正可惜了她的一番心意。」說罷，他輕步走出去，關上了房門。

窗外密雲急雨，打得屋瓦啪啪作響，薛蘅睜開眼，緩緩坐起身。她拿起魚符輕輕地轉過來，魚符內側篆刻著一個楷體的「蘅」字，這是天清閣閣主才能持有的魚符。她定定地望著那個「蘅」字，驀然想起十歲那年，到天清閣的第七個月，薛季蘭把著她的手，一筆一畫地教她寫下「蘅」字。

——「蘅，乃生長在野地上的草，『杜蘅』爲藥，『蘅蕪』爲香。」

薛季蘭輕柔的話語猶在耳邊。薛蘅將魚符攥在胸前，怔怔出神，兩行淚水從眼中淌落而下。

呂青繼續跟著薛蘅，見她一路西行，沒再故意淋雨或跑到孤崖上徹夜吹風，遂就慢慢放下心來。行得幾日，路邊的風景越來越眼熟，呂青見到了孤山附近的雙雁村，知道薛蘅要回天清閣，這才眞正鬆了一口氣。可到了那片桃林後，薛蘅並未上去天清閣所在的主峰，而是折向主峰東面的碧蘿峰。

碧蘿峰並不高，但極幽深僻靜。約莫小半個時辰後，薛蘅走到一座茂密的松樹林邊。青松掩映下有座麻石砌成的墳墓，墓前立著一塊石碑，碑上刻著「先妣薛氏季蘭之墓」。呂青這才知道這裡是天清閣上代閣主薛季蘭之墓，不知爲何她竟未葬在天清閣歷代閣主安葬之處龍泉谷，只在這不起眼的碧蘿峰建了一個小小的墳墓。他見薛蘅在墓前跪下叩頭，忙也上去叩首爲禮。

薛蘅卻在墓前長跪著，直到冷月當空她才站起來，到林中尋些果子吃了，逕自在墓邊的草廬內睡下。

呂青見這草廬略顯簡陋破蔽，料想應當是薛季蘭剛過世的頭一年，子女在此守墓所居之處。他有命在身，不敢失了薛蘅蹤跡，只得在林中一棵大松樹上尋了處較平整的枝椏，看著東面夜空漸漸亮起的繁星，取出一管竹笛，幽幽地吹了起來。

他以爲薛蘅在薛季蘭墓前不過待上幾日便會回天清閣，誰知她竟就一直住在草廬，飲山泉、食野果，渾無回轉天清閣的意思。她總是一整日呆坐在薛季蘭墓前，神情木然，一言不發。晚間睡在草廬，縱使春夜清寒，她也不蓋被氈，只在草堆上和衣而臥，瞪著眼直到天明。

碧蘿峰幽深僻靜，鮮有人來。偶有天清閣的弟子往這處來尋野物，以薛蘅之武功，早早便聽見避開，半個月下來，竟無人得知她已回到孤山。

這日滿山暝色、倦鳥投林時，薛蘅剛從墓前站起，颯然神色微變，躍上墓邊一棵松樹隱起身形。

山路盡頭，薛忱正費力地推動輪椅往墓前而來。由於薛季蘭遺命要葬在碧蘿峰，當初修繕山路時薛蘅即考慮過方便讓薛忱前來祭掃，遇有上坡處均設有機關拉索，儘管如此，到得墓前，薛忱還是累出一身大汗。

薛忱在墓前叩首後，環視松林，大聲喚道：「三妹！」

雲山茫茫、松林寂寂，唯聞他的呼喚聲悠悠迴響。他再焦慮喚了數聲，頹然坐在輪椅上，怔怔望著墓碑。

薛蘅藏在松枝間，眼眶逐漸濡濕，然她始終沒有勇氣分開枝葉，走到薛忱的面前。

薛忱終於失望地離去，夜幕低垂，薛蘅仍呆坐松樹間。她靠在樹上，疲倦不堪地閉上眼。

次日黃昏，山路盡頭又有了動靜，薛蘅忙又藏起身形，來的卻是薛定。他在薛季蘭墓前恭恭敬敬地叩了三個頭後，爬上松林中最高的那棵松樹，瞧他的樣子，竟是要去掏那樹頂上的鳥窩。

眼見他如猿猴般攀爬上去，卻在指尖快要搆到鳥窩時腳底一滑，「哎呀」一聲，直栽下來。薛蘅本能下不及思索，身形電射而出，右袖一拂，在薛定屁股快著地時將他身軀兜住，輕輕一送，他便穩穩地站在了地上。

薛定笑嘻嘻地回過頭來，面上殊無訝色，「三姐。」

薛蘅明白上了他的當而露了行蹤，冷哼一聲，正要教訓他幾句，倏地身軀一僵，只見山路盡頭，薛忱正往墓前而來。薛蘅知道定是薛忱猜到自己待在這裡，讓薛定前來相誘，她心中一慌，轉身欲跑開。

她剛踏出一步，便聽到薛忱焦灼如焚的呼喚聲：「三妹！啊……」後一聲卻是驚呼，伴隨著他摔倒在地的聲音。

「三妹！」薛忱伏在地上，急急喚道：「三妹，你、你連我也不見麼？」

薛蘅心中一慟，腳步頓似釘住了一般。耳聽得薛忱的喘氣聲越來越劇烈，她終於轉過身來，與薛定合力將他扶至墓前。薛忱三叩首後，拍了拍地面，二人分別在他身側坐下。

薛定轉動著烏溜溜的眼珠，說：「三姐，你別躲了，我們都知道你回來了。」

見薛蘅默不作聲，薛定又拍拍胸脯，氣壯山河地說道：「三姐你別怕，有我呢。誰敢欺負你，我就讓他吃不了兜著走！」

「阿定，」薛忱輕聲道：「你別聒噪，讓三姐安靜一下吧。」

薛定怏怏坐了片刻，便似猴子一樣扭來扭去。薛忱一拍他的背脊，「去玩吧，記住：不管誰問你，你都說沒見過三姐。」

薛定正掛念著自己剛擺下的新陣形，聞言「嗖」的一聲跳起，轉眼間消失不見。

呆坐了許久，薛忱輕歎了口氣，「三妹，再過十多天，就是娘的忌日……」

薛蘅看著墓碑，一言不發。

薛忱有心相勸，但看薛蘅情形，竟是一副心如死水、萬念俱灰的模樣，千言萬語不知要如何說起。他只得勉強笑了笑，將話題岔開，「我們不在的這段日子，阿定差點就將天清閣都拆了。山下的桃花陣，他拆了又擺、擺了又拆，現下連我都要費一番工夫才能破解。聶師叔和鄭師兄是前天回的，也被阿定的桃花陣給困住，險些上不了山。這小子，在這方面頗有天賦。」

薛蘅還是沒有說話，眼底充滿了疲憊倦怠之意。薛忱心中難過，道：「三妹，你住在這裡……」

「娘一個人在這邊挺孤單的，我想在這裡陪著她。」半晌，薛蘅方輕聲說道。

此時此刻，薛忱只要她不避開自己便已知足，點頭道：「好，那你自己要保重身體，我明天再來看……看娘……」

薛蘅低低「嗯」了一聲，將他推出松林。薛忱在山路轉彎處回過頭，只見她單薄的身影在暮色裡愈顯淒涼，不禁心頭一酸，險些落下淚來。

自此，薛忱每日都來墓前陪薛蘅。薛蘅仍是很少說話，薛忱只求能每日看到她待在眼前，遂亦不敢多勸，反而覺得二人這樣靜靜相處，彷彿又回到過往時光，倒是一年來從未有過的安寧。他心中偶爾也燃起希望，期盼一生一世都能如此。但每當看到薛蘅空蕩蕩的眼神，他又恨不得將謝朗那小子揪到眼前，狠狠痛打一頓。

這日，薛蘅望著墳塋邊盛開的一叢野花，低聲道：「二哥，是不是娘回來看我們了？」

薛忱心中一驚，他偷偷瞧看薛蘅，見她眼神發直，怔怔地看著那叢野花出神，不禁心中作酸，「也許吧。三妹，你別胡思亂想，娘也不希望見到你這樣。」

「娘……」薛蘅望著在山風中微微搖擺的野花，低喚了一聲。

薛忱正要開口，忽見薛定「嗖」的竄將上來，一邊手舞足蹈地大叫道：「三姐！三姐！欺負你的那個臭小子來了！」

薛蘅渾身一顫，頃刻間又恢復了冷漠神情。薛忱瞪著薛定，道：「什麼臭小子？別胡說！」

「我沒胡說！」薛定眼珠子滴溜溜地轉，「就是以前來過咱們天清閣的那個姓謝的，不是他欺負了三姐麼？」

「阿定！」薛忱急忙喝了一聲。

薛定嘻嘻地笑著，「我正在山腳擺桃花陣，看著他闖了進來。他問我三姐有沒有回來，我說：『關你什麼事？』他說想求見三姐。我聽聶師叔他們議論，說三姐被他害得好慘，我便對他說：『三姐說你若是想見她，就在這裡跪著。』他二話沒說，馬上跪下。我接著發動桃花陣，把他困在那裡。嘿嘿，三姐，我替你出了氣，你怎麼獎勵我？」

薛蘅好不容易才控制住自己顫抖的身體，一句話也沒說即轉身走進草廬，關上了門。她一下子仆倒草墊上，只覺得心力交瘁，爲甚就不能讓她安安靜靜地待在這裡陪著娘呢？唯願前塵往事，盡皆忘卻。

門外，薛定嚇得一吐舌，輕聲問薛忱：「二哥，我做錯了麼？要不要放那個臭小子上山？」

薛忱眉間如聚霜雪，恨聲道：「讓那狼心狗肺的小子跪著！不許放他上山！」

謝朗在桃林中跪了三日，薛蘅始終未出現。

到了第三日，他餓得頭昏眼花，試圖走出桃花陣，但走了十餘遍均以失敗告終，只得繼續摘些桃葉和桃花慢慢嚼著，聊解饑渴，吃罷仍舊在原地跪下。

這一日下起了雨，桃林中沒有地方可以躲雨，不過俄頃，謝朗便被淋成了落湯雞。

雨下了一天一夜仍不止歇，他饑寒交迫，在樹下瑟瑟發抖，眼前逐漸迷糊起來。朦朧中，他恍似見到薛蘅的身影朝自己走來，不由喃喃道：「蘅姐……是我錯了，我對不住你，你打我、罵我都好，只別、別不見我……」可等他勉力張開眼簾，只見大雨仍「嘩嘩」下著，哪有薛蘅的身影？

他心中又痛悔又失望，加上餓了幾日，終於支撐不住，「咕咚」栽倒在泥濘之中。

昏昏沉沉間，他漸覺酷寒難當，牙關也在顫抖，心中知道自己饑餓過度、淋雨過久，染上風寒。這般熬了一盞茶工夫，謝朗徹底昏厥過去。

再醒轉時已是天露晨光，身邊一人目光冰冷，正是薛忱。

謝朗顧不得四肢痠軟，骨碌爬起，連聲問道：「二師叔，蘅姐怎麼樣？她身子好些沒有？」薛忱漠然看了他一眼，一言不發，冷若冰霜。謝朗急了，顫聲道：「二師叔，蘅姐到底怎樣了？」

薛忱將視線從謝朗焦慮的面容上收回，拂了拂素袍，冷聲道：「你來做甚？」

「二師叔，我、我想見蘅姐，我……」

薛忱一挑眉，冷笑一聲，打斷了謝朗的話，「三妹她交遊廣闊，現下保不定在哪裡會什麼張兄王兄。哦，對了，謝將軍曾經說過她見誰都與你不相干，請問你還來這裡做甚？」

謝朗羞愧得無地自容，吶吶道：「二師叔，是我錯了……」見薛忱的目光仍是十分冷漠疏離，他一咬牙，「撲通」一聲跪下，眼神執拗熱切地望著薛忱，「二師叔，要是見不到蘅姐，得不到她的原諒，我絕不離開孤山！」

「隨你的便。」薛忱拋下一句，旋拂袖而去。

謝朗待薛忱走遠了，循著輪椅留下的輾痕往前走，可走不多遠，眼前景色逐漸朦朧，「喀喀」之聲不斷響起，陣法變動，他又失了去路，只得怏怏地重新跪下。

所幸到了黃昏，薛定送來了幾顆饅頭、一壺清水，還有一小瓶藥丸。這小鬼神情鬱悶地拋下這些東西後，哼了一聲，忿忿不平地閃身離去。

謝朗在後面連聲喚道「小師叔」，薛定氣哼哼回過頭道：「謝師姪，我看你還是老老實實跪著吧，我三姐不讓我和你說話。」

謝朗忙問道：「小師叔，蘅姐她在哪兒？請你告訴我吧，求求你了。」

薛定眼珠骨碌碌一轉，「你想知道麼？行啊，先給我這個小師叔磕三個響頭吧。」

謝朗哪裡還會跟他計較，馬上「咚咚咚」的磕了三個頭。

薛定大方受了禮，見謝朗磕完頭後滿懷希望地睇望著自己，便笑嘻嘻道：「謝師姪，本來呢，三姐是不許我告訴你的，可是我看你頗有誠意，就勉爲其難破例一次吧。來，我告訴你……」他慢慢湊到謝朗面前，忽然「咦」了一聲，眼睛吃驚地看向謝朗背後，「三姐，你怎麼來了？」

謝朗驚喜之下連忙轉過身去，卻只見灼灼桃花在微風中顫顫搖曳，哪裡有薛蘅的身影？

他回頭一看，薛定已連影子都不見了。

謝朗苦笑一聲，心裡失望極了。所幸他服下藥丸之後，風寒漸祛，遂仍舊老老實實跪在桃樹下，心中企盼蒼天垂憐，能讓自己見上蘅姐一面。

一天、兩天過去了，薛蘅連影子都沒出現過。謝朗下定決心，無論如何也要見到她。

又過了兩天，薛忱颯然出現在桃林中，還帶來了一壺酒。他給自己和謝朗各斟了一杯酒，兩人對酌，默然不語。

幾杯過後，薛忱出了一會兒神，乍然開口：「明遠，我問你……」一句未完，他倏又停了下來。

謝朗道：「二師叔要問什麼？」

薛忱慢慢轉動著手中的酒杯，「你是涑陽世家子弟，阿蘅無父無母，身世飄零。你，會不會嫌棄她？」

謝朗擱下酒杯，正容答道：「不會，我只會愛她、憐她。」

「她比你大那麼多，還是你長輩，你不介意？」

「不介意，我只敬她、惜她。」

「如果有人中傷她，欺負她，你又將如何？」

「我護她、助她。」

「你知不知道，如果你和她在一起，將會遭世人恥笑唾棄，甚至一輩子都不能被接受？你們以後的路，會萬分艱難？」

謝朗輕聲答道：「二師叔，我知道。來的路上我都想過了，以後也許會很艱難，但，和失去蘅姐比起來，這些難又算什麼？我不怕吃苦，只怕、只怕蘅姐不肯原諒我……」

「若是、若是……」薛忱猝然停了下來，神色扭曲變幻了幾次，終咬著牙說：「若是她曾經有過什麼……不堪的往事，你，又會如何？」

謝朗全身一震，過得一陣，他才開口道：「二師叔，我說了，這些，和失去蘅姐比起來，都算不得什麼。今生今世，若有人傷害蘅姐，我就算追到天涯海角，也要讓這人生不如死！他們加諸蘅姐身上的傷害越深，我就越發加倍地疼惜她。只要有我在，絕不會讓她再受半點傷害！」停了頃刻，他小心翼翼地問道：「二師叔，蘅姐她……她到底……」

薛忱搖搖頭，輕聲道：「不，我也不知道。她是十歲那年，被娘帶回的。娘把她抱回來的時候，她渾身都是血，我那時不知道這麼小的孩子竟會流這麼多的血，還以爲她已經死了。回到孤山後，娘把她安置在風廬，治療許久，她才活了過來，可是醒轉後她就把從前的事情全忘記了。直到一年後，我才又看見她。」他微微失神，想起他初次正式和這個女孩見面時的情景，那樣瘦削單薄的身材，颯然抬頭看見他的時候，眼瞳裡流露著驚恐、戒備，還有隱約的敵意……

他猛地抬起頭，目光炯炯盯著謝朗，道：「謝朗，阿蘅已經受過很多很多的苦，如果你沒有勇氣和她走到底，那就立刻離開這裡！走得越遠越好，永遠都別來招惹她！」

謝朗眼睛濕潤，他咬著牙說道：「我要是因爲這樣嫌棄蘅姐，那我還是個人麼？二師叔，您放心，即便、即便是蘅姐不要我，我也絕不放手！」

薛忱望著謝朗堅定明亮的眼眸，微微動容。他沉吟片刻，忽厲聲道：「謝朗，你要記住你今天說過的話！他日你若做出對不起我三妹的事情，休怪我翻臉無情！」

謝朗馬上起身，無比鄭重地說道：「二師叔，若我有違此誓，就如同此杯！」說罷，手一用力，酒杯化為齏粉。

薛忱看了看他，舉起酒杯一飲而盡，把輪椅一轉，一言不發地出了桃林。

薛忱思量一夜，終於下了決定，翌日吃過午飯便出了天清閣。走不多遠，小黑不知從何處撲出來，站在輪椅上蔫蔫地叫了一聲。

薛忱輕撫了一下牠的黑羽，微笑道：「別急，再等一等，等三妹想通了，你就可以見到大白啦。」

小黑聽到「大白」二字，無論如何都不肯飛走，薛忱只得帶著牠直奔碧蘿峰。到達薛季蘭墓前時，薛蘅正彎著腰，拔去墳塋旁長出的幾叢野草。

小黑見到薛蘅，撲了過去，在她身邊來回跳著，不時啄上她的衣衫，狀極歡喜。薛忱躊躇一陣，輕聲喚道：「三妹。」

「嗯。」薛蘅並不抬頭。

「那個……」薛忱揉了揉鼻子，輕咳一聲，「明遠幾天沒吃東西，又淋了雨，染了風寒。你看是不是先放他上山，讓他養好身子……」

薛蘅仍舊專注地拔著野草，似未聽到他的話。待將野草全部拔完，她才抬起頭，對薛忱說道：「我不認識這個人，你讓他走吧。」說罷走入草廬。

薛忱看著她如枯井深潭般的神情，心中一歎，正思量著如何再勸，墓碑上站著的小黑突然「嘎」的大叫一聲，雙翅一振，直衝雲霄。

但聽空中傳來一聲高亢入雲的鵰鳴，薛忱抬頭乍見碧空白雲下，一道白影與小黑迅速會合在一起，並肩翱翔，不禁訝道：「大白怎麼也來了？」
桃林方向隱約傳來謝朗的呼哨，大白長鳴一聲，俯衝下去。
薛忱想起上次大白千里迢迢飛到孤山，送來的便是一封血書，心中忽有一種不祥的預感，急忙推動輪椅直奔桃林。
到達桃林時，謝朗正心焦如焚，見到薛忱出現旋即快步迎上，連聲道：「二師叔，求求您，能不能讓我見見蘅姐？」
薛忱見他額頭上全是汗，忙問道：「怎麼了？」
謝朗將手中攥著的一紙白箋遞給薛忱，薛忱接過細看。白箋上字跡遒勁峻峭，正是平王的筆墨，寫道：「丹軍聯同庫莫奚族、鐵勒族、赫蘭族南侵，赤水原失守，孤王奉旨率軍北上抗敵。驍衛將軍謝朗見信，速歸軍中！」
薛忱不由抽了口冷氣，丹國竟聯合各遊牧民族南侵，這是以往從未有過的事情。此時的北境十府，又是怎樣一幅戰火紛飛、生靈塗炭的人間慘象？
謝朗望著薛忱，央求道：「二師叔，軍情刻不容緩，我須得馬上動身趕回軍中。能不能讓我見見蘅姐再走？」
薛忱沉吟片刻，道：「你等等。」說著出了桃林。
那廂薛蘅仍在草廬中枯坐，聽到聲響只抬了一下眼，並不動彈。
薛忱斟酌著說道：「三妹，丹軍南侵，王爺率軍北上，讓大白傳信來，要明遠即刻前往軍中。你……還是去見他一面吧。」

薛蘅的睫羽微微顫動，半晌都不說話。薛忱繼續勸道：「他是來認錯的，你就……」

薛蘅颯然起身，淡淡道：「二哥，這些事情，你不消告訴我了。」說罷步出草廬，折入松林，幾個閃縱便不見了身影。

薛忱無奈之餘只得又回到桃林，這番折騰下來竟已近黃昏。謝朗見薛忱孤身而返，失望至極，黯然後退兩步，呆呆不語。

薛忱歎道：「明遠，三妹她暫時還無法原諒你，即使我放你上山，她也會避而不見的。」

謝朗知道自己傷她極深，只是此刻也無法求得她的原諒，不由心中大痛。唯北境戰火重燃、國家蒙難，自己又怎能爲了一己私情而置天下安危於不顧？

他心中難過不已，到最後終於咬咬牙，整肅衣冠，向著薛忱大禮拜下，「二師叔，我想求您一事。」

薛忱道：「明遠，你這就走麼？」

謝朗望著孤山主峰，戀戀不捨，輕聲道：「請二師叔替我轉告蘅姐，我要走了，抵禦外侮、保家衛國乃我謝家男兒的責任，請她定要等我回來。若……若我不幸戰死沙場，我的魂魄也會回來找她，無論天涯海角，都要求得她的原諒。」

薛忱心中震撼，靜默少頃，推動了輪椅。謝朗跟上，幾個轉彎便繞出了困住他數日的桃花陣。

黑驄馬還在桃林外的山坡上啃草。謝朗翻身上馬，看了薛忱一眼，壓下心頭愁思，笑了笑，「二師叔，拜託您了。回來後我們再痛飲一場吧。」

薛忱仰望著他，微微頷首。謝朗又萬般不捨地看了一眼孤山主峰，旋硬著心腸轉過頭去，揮下馬鞭。

薛忱望著那一人一騎消失在暮靄之中，悵然微歎，心情沉重地回返碧蘿峰。

草廬空空，寂無聲息，不見薛蘅的身影。

薛忱默然坐在墓前，看著夕陽逐寸下落，忽地開口道：「三妹，明遠走了。」

「他請我轉告你……」他望著如血般瑰麗的雲霞，一字一句說道：「他是軍人，也是謝家的人，所以他必須要走，請你定要等他回來。即便、即便他不幸戰死沙場……他的魂魄也定會回來找到你。」

背後的松林中，空氣似乎凝滯了一瞬，但仍無人走出來。薛忱輕輕歎息一聲，轉動輪椅離開了碧蘿峰。

待天色漆黑，薛蘅才慢慢地從松林中走出。她在墓前靜立許久，然後緩緩坐倒在地上，靠著墓碑，疲倦得閉上了雙眼。

三十七　蚌傷成珠

風沙吹過千里大漠，慘澹的夕陽照著血流成河的大地。戰旗散亂在地，輜重傾覆，車輪偶爾無力地滾動。滿目都是屍體，蒼鷹於頭頂盤旋，隨時準備衝下來攫食死人的血肉。

狼煙仍在滾滾燃燒，一個渾身是血的身影掙扎著爬起來，對著夕陽喃喃地叫了聲：「蘅姐……」又重重地倒下。俊朗面容早已失去了昔日光彩，透出死亡的顏色，失血過多的唇角再也彎不出讓她心跳的弧度。

一陣白霧捲來，他的身軀正一點一點消失，生生世世永無相見之日……

「明遠！不！」薛蘅驚呼道，猛地睜開雙眼，驚惶四顧。周遭星月靜寂、夜蟲啾啾，自己還依坐在墓碑前。

——「我的魂魄，總會回來見蘅姐，求得她的原諒。」

夜風中，她冷汗直冒，身體控制不住地輕輕發顫。

夜色深沉，薛蘅在孤山山峰間疾走，不知不覺中上了主峰，站在天清閣前。閣門上碗口大的銅釘在燈籠照映下閃著幽暗光芒，她卻乏勇氣推開這扇門，走入曾經生活十多年的地方。

夜風拂動，閣後天一樓屋簷上的銅鈴叮噹作響。薛蘅繞過了天清閣，來到了天一樓。

天一樓乃天清閣重地，存放著大量的珍貴典籍，現下由啞叔看守。頂層則存放著歷代閣主的著作及手札、信件，除了閣主外旁人不得擅入。薛蘅避開啞叔，悄悄登上了頂層。

夜風拂動銅鈴的聲音如同金鐵交擊、戰馬嘶鳴，她靠在頂層的窗臺前，抱住雙膝並閉上雙眼，但覺心亂如麻。她索性站起身在樓中踱行幾步，視線倏地停在屋角幾口黑漆箱子上，不由走了過去。這幾口箱子裡面均是薛季蘭生前的著作、手札、信件和最喜愛的書籍。薛季蘭過世後，薛蘅將此類物事都收在這裡。

此時，她忽然心中一動，便擦燃火摺點亮油燈，打開箱子，將箱中書札逐一取出來細看。睹物思人，看著這些發黃紙張上熟悉的字體，薛蘅不禁眼眶濕潤。

她重新把母親的遺物細細地整理一遍，到了最後一口箱子時，突覺得那箱子的厚度有點問題，敲了敲箱板，發現聲音不對勁，再仔細察看了一下，揭開箱板竟見底下有層暗格，暗格中用防蟲的油布包裹著一些東西。

薛蘅頓然好奇心起，究竟是什麼東西，娘要藏在這箱子的暗格之中呢？

她解開油布，裡頭包裹著一疊信札。信札整齊地堆成一疊，最下面的信封邊沿早已發黃褪色，而最上面的一封則較新，顯是依年代疊好收藏的。

薛蘅拿起最頂上那封信，信封上寫著「天清閣薛季蘭閣主親啓」，左下角署名爲「方道之」。薛蘅再粗略翻了翻底下信函，每一封的署名皆爲「方道之」。

她心中不禁泛起疑雲，從未聽娘提過她與方道之有書信來往，而且這幾口黑漆箱子是薛季蘭過世之前一個月才備下的，她那時已經十分虛弱，竟還將這些信如許嚴嚴實實地藏好，難道有甚隱情？

她一時按捺不住，抽出了信箋。信中書道：

薛先生如晤：

今日往青雲寺與智惠方丈參禪，歸來即收到先生的信，在竹林枯坐一夜，提筆回信，竟忽淚濕衣襟。佛曰人生七苦，吾不知參透幾苦。先生將西行，吾尚顛沛於塵世，不知何時方得解脫。只恨當年冥頑懦弱，誤人誤己，致有今日之苦。先生豁達，七苦皆能放下。唯願十年後，吾能相從先生於泉下矣。

先生之女阿蘅，吾定會盡力照拂，勿念。

薛蘅看了看信末日期，乃薛季蘭過世前一個月收到的。看來是薛季蘭知曉將不久於人世，捎信給方道之託他照拂自己，方道之再回了這封信。

「只恨當年冥頑懦弱，誤人誤己，致有今日之苦。」——是何意思呢？

她又將最底下那封發黃的信抽了出來。這封信卻極平常客套，是當年薛季蘭承繼閣主之位時，方道之寫給她的賀信。

薛蘅按著年日順序，將後面的信逐一抽出細看，漸漸呆住。信中話語皆平淡如水，未見什麼私情，但字裡行間卻予人平生無限惆悵之感。方道之在學問上有何新的見解，或作了一首新詩，都會在信中細細道來，有時他也會就時政諮詢薛季蘭的意見。從他的話語中可以揣測，薛季蘭也不時向他請教遇到的疑難，或欣悅地告訴他天清閣發生哪些新鮮事，就連她新培育了一盆雙葉蘭，亦曾向他傾訴。

薛蘅怔了好半晌，又繼續翻下去。翻到乾安三年的信件時，她的手停住了。那一年，她十歲，剛到孤山。果然，在一封信件中，她看到了自己的名字。

……先生為其所取名字甚佳。芳草披離，蘅有香魂。雖生僻野，素性堅韌。能為靈藥，治病救人。松竹秀茂，高下難分。唯願此女能於創痛中成長，他日得成大器，不負先生之期望矣。

薛蘅把信貼在胸口，淚盈於睫。

她將剩下的信一一細讀，驟然發現最後一封竟是薛季蘭的字跡。仔細一看，才知這是薛季蘭在過世之前所寫下卻未發出的信，書道：「方先生如晤：昨夜忽夢先師，先師宛若生前模樣，仍問：『季蘭，你可想好了？』醒來淚濕衣襟，知大限將至。回首一生……」信寫到這處，字跡凌亂，又有墨圈將後文塗去。信的右邊，重重寫著一句「老來多健忘！」最後一個「忘」字收筆一點，是滴落在紙上的一滴濃墨。墨跡宛似淚水，在信箋上暈染開來。

薛蘅將信札抱在懷中，怔怔看著一豆燭火，只覺胸中如遭鈍刃鋸磨，隱隱作痛。

「老來多健忘……」薛蘅記得下句是：「唯不忘相思。」

「娘……我該怎麼辦？」晨曦下薛蘅坐在墓前，望著墓碑，心頭一片惘然。

她不時抬頭看一看山路，隱隱期盼薛忱前來，可三日過去始終不見他的身影，倒是天清閣方向數次傳來召集長老的鐘聲。她不曉閣內發生了什麼大事，每次走到松林邊，又遲疑地停住腳步。

直到第四日黃昏，才見到薛忱的身影。

薛忱在墓旁坐下，拍了拍身邊的草地，面色凝重，彷彿有甚重大話語要說。薛蘅坐在他身邊，他凝望她片刻，輕聲道：「三妹，你還記得我們初次見面時，娘對我們說的話麼？」

薛蘅一愣，不明白他此刻爲何問起這個，但猶是答道：「記得。娘說：『以後，你們就是手足，有什麼事，都要一起擔當……』」

「當時我怎樣回答的，你記得麼？」

薛蘅遲疑少頃，甫道：「你問娘：『那她也會姓薛麼？』娘說：『是，你們都姓薛，都是我的兒女。』」

薛忱深深凝視著她，柔聲道：「三妹，娘去世的前幾天，把我喚到她面前，對我說了一番話。」

薛蘅心頭一顫，雙目微紅地看著他。

「娘說：『阿忱，娘就要走了，其他的人娘都不擔心，唯一放心不下的是阿蘅。娘既怕她想起以前的事，又希望她能夠想起來。她若是想起來了……或者，即便她一輩子都想不起來，但當她遇到過不去的難關時，阿忱，你就將這封信交給她。』」

薛忱從懷中取出一封信，遞到薛蘅面前。薛蘅顫慄地接過信，一時竟乏勇氣將信箋抽出來。薛忱拍了拍她的手背，她才哆哆嗦嗦地抽出信箋，慢慢展開。

阿蘅：

若有日此信開啓，定是你遭遇異常艱險爲難之事。

當初阿娘以天清閣重任相託，誠乃出於無奈。阿娘自任閣主以來，精力多耗在尋找《寰宇志》，於天清閣發展實在建樹不多。本想《寰宇志》事一了，即可履行閣主最重要之革故鼎新一責，無奈天不假年矣！我走後，重擔落於你身上，每思及此，阿娘便深感愧疚。

阿娘亦是女子，深知身爲女子當家之難處。但諸兒女中阿勇急功好利，性情偏狹，難當大任。阿眉眼界心胸不廣，阿定年紀尚幼，阿忱又身有殘疾，皆非閣主合適人選。其餘各系中亦無出眾弟子。唯你自小堅忍刻苦，人品學識、武功才智皆屬上乘，實爲閣主不貳人選。

唯一擔心者，你身世孤苦，遭遇至慘，自年少時便飽受噩夢困擾。阿娘每見你自夢中輾轉驚哭，常恨不能以身代之。然轉念細想，我走之後，又誰來承替慰你？身傷易治，心病難醫。佛不度人人自度，療救之希望，僅繫於你一身矣。

《易經》有云：「天行健，君子以自強不息。」武功才略皆不可恃，唯自愛自強，方爲眞正強大之根本。阿蘅啊阿蘅，世上無一人不苦，無一事不難。然而青蓮生於污泥，難掩潔質；明珠孕自蚌傷，無損光華。人皆棄我而我絕不自棄，則苦難雖多，亦不過歷練而已。

最難之時，勿忘阿娘對你之期望，勿忘所愛之人對你之依賴，勿忘你對自己之允諾。若有日傷痛難癒，切記得小時阿娘曾說：「噩夢雖長，終非眞實，又何傷於你？」

阿忱乃至誠君子，可依之信之。唯願我兒女一生平安，喜樂無憂，則阿娘於九泉之下亦可含笑矣。

紙箋上的字跡漸漸模糊，遙遠的畫面逐漸清晰——「阿蘅，別怕，這是夢，夢都是假的，不能傷到你的。」

清冷的夜晚，母親將十歲的她抱在懷中，不停輕撫著她的額頭。她渾身顫抖，眼中滿是驚恐，緊緊地攥著薛季蘭的衣襟，生怕一鬆手就會掉入萬劫不復的地獄。母親的手溫柔地、輕輕地撫摸著她，彷彿帶著一股神奇的安定力量。最後，她終於平靜下來，蜷在母親懷中沉沉睡去……

母親教她讀書識字，教她練功習武。每當她取得半分進步，抬起頭便總能看到母親讚許的目光和鼓勵的微笑。她暗暗下了決心：爲了留住那樣的目光和微笑，無論怎麼苦，她也定要堅持下去。

記憶中的母親，總是那樣溫和謙遜，無論何時都是面帶微笑，但在她纖弱身軀裡卻似蘊含著一股讓人無法逼視的力量，能讓最強大的對手都不得不折腰。在彌留之際，那雙眼睛因爲她的消瘦而顯得更大、更幽深了，她無力地握著薛蘅的手，眼裡流露出深切悲憫和憐愛，發出最後一聲輕輕的歎息：「阿蘅，我的女兒，不要哭……」

薛蘅再抬起頭時，已是淚流滿面。晶瑩淚水後，薛忱目光中的溫柔與憐惜，彷若母親從流逝光陰中走出來，慈愛地看著她。她伏在薛忱的雙腿上，放聲大哭。

淚水浸濕了薛忱的衣裳，他低下頭來，怔怔看著她哭得不斷顫抖著的雙肩。他不由在心裡默道：「娘，您看見了麼？阿蘅哭了。」

這是他頭一次看見薛蘅哭，就連母親過世，她也只徹夜跪在靈前，神情憔悴、呆滯，然後沉默而俐落地操持葬禮上的諸多事宜，卻沒有落下一滴眼淚。十多年了，他看著她用厚重的外殼將自己包裹起來，看著她變得越來越出色，也越趨沉默堅強。他總在想，她這輩子還能否像尋常的姑娘家一樣，開心地笑、痛快地哭？誰會看到她堅硬外表下那顆傷痕累累的脆弱心靈？又有誰能打開她緊閉的心門？

他心中發酸，凝視著薛蘅，微笑道：「阿蘅，你知道麼？我還是頭一回看到你哭呢……你以前總是不愛說話，也不愛笑。可是，我看到你和明遠在一起的時候，愛和他吵嘴，也愛笑了，變得有生氣了……」他輕撫著薛蘅的秀髮，「阿蘅，去吧，去找他吧！」

陽春三月，晚霞燦爛明媚，空氣中瀰漫著松樹清香。

薛蘅哭了很久才款款坐直身子，忽覺自恢復記憶以來一直壓在心頭的那塊巨石，隨著這場痛哭減輕了許多。她以袖拭淚，抬起頭時，向著薛忱略帶羞澀地微微笑了一下。

薛忱凝望著這抹睽違已久的微笑，輕聲道：「三妹，你打算怎麼辦？」

薛蘅靜默有頃，問道：「二哥，閣中是不是發生了什麼事？」

「大哥回來了。」

「哦？」

「他和姜師叔他們一道回閣的，隨他前來的還有聖上派來的兩位祕書丞。大哥打的主意怕是只要你一回天清閣，便仍要想法子處置了你，再由長老大會推舉他為閣主，故而多方活動，請聖上派了祕書丞前來作見證。」

薛蘅想起一事，問道：「二哥，王爺的脈你可有診探過？」

「正要和你說說這事。」薛忱忙將自己的疑慮說了出來。

薛蘅思忖一番後回道：「若是這樣的話，那定然要用上虎背草和藤苓子。」

「可這兩味藥，長老們也曾提煉過。」

薛蘅緩緩道：「二哥，你還記得《寰宇志》的事麼？」

薛忱一驚，「你是說，一切都是大哥洩露出去的？可他如何得知的呢？」

「二哥，我得去密室一趟，再加確認。」薛蘅道：「你先回閣中穩住大哥，透露點口風，說明天是娘的忌日，我定會回來祭拜。」

「好。」薛忱應了，乍然醒覺過來，驚喜地望向薛蘅，「三妹，你……」

薛蘅露出個淡淡的微笑，回頭看向石墓，細聲道：「娘說，往昔的一切，不過是場噩夢。」

三月二十七是天清閣上任閣主薛季蘭的忌日，這日辰時，天清閣各系長老率門下弟子，偕景安帝派來的兩位祕書丞，抵達碧蘿峰。

薛勇白衣素帶，走在最前頭。快到石墓時，他緊走兩步撲到墓碑前，涕淚縱橫。眾人見他至誠至孝的模樣，不免都低聲稱讚。

薛勇一番痛哭後，撫著墓碑，一副椎心刺骨之狀，泣道：「娘，孩兒不孝，未能照顧好三妹，令她走入歧途。求娘保佑三妹平安歸來，孩兒定會好生照顧她。」

弟子們擺上香燭祭拜之物，薛勇點燃三炷香，插在墓前。姜延長喝一聲，「致祭開始！」

「慢著。」一直坐在一邊默不作聲的薛忱忽然開口，「再怎麼樣，三妹現下還是閣主，這祭禮應當由她主持。」

薛勇心中忌恨，但也巴不得薛蘅即刻露面，更何況薛忱在閣中威信極高、人緣又好，他不便得罪這位二弟，遂點頭道：「二弟言之有理。」

譚長碧以一貫的陰陽怪氣語調道：「我看她是不敢回來了吧。」

薛勇歎了口氣，「不會的，娘生前最疼三妹，三妹若還有良心，定會趕回來。雖然她做了錯事，但我們身爲她的親人，總得給她一分向善的機會。既然二弟說她會回來，那我們就不妨再等一等，反正吉時未過，尚有一個時辰。兩位大人和眾位師叔先歇歇吧。」於是便有弟子上前鋪設蒲團，請各人坐下歇息，又奉上香茶。

姜延方才被薛忱打斷，十分不快，坐下後冷笑一聲，「薛大師姪倒是宅心仁厚，怪只怪阿蘅自個兒不爭氣，與人無尤。唉，眞是本門不幸，家醜、家醜啊。」

譚長碧附和道：「正是。我看她這閣主也別想當了，自己行爲不端，還有何資格管束閣中弟子？薛大師姪正當盛年，又能力出眾，這麼多年全靠你在外頭爲閣裡掙回大筆資金，稱得上是勞苦功高，堪爲閣主的最佳人選啊。」

薛勇連連謙讓，譚長碧、姜延等眾長老都一力恭維。那兩位朝廷裡來的祕書丞皆是久歷官場的老油條，見此情景也只點頭微笑打哈哈，對眾人的這番做張做致卻是不置可否。

譚長碧冷笑道：「阿勇，你就別謙讓了。你說說，你們這一輩的弟子中哪有一個武功、能力能勝得過你的？我就只看好你！哼，薛蘅掌閣三年有餘，閣中收入從未見增長過，田地租賃沒有一年能收齊的。雖說憐貧惜弱是我閣中人的本分，可淨會節流而不知開源，再大的家業也架不住這麼坐吃山空啊。」眾位長老皆頻頻點頭稱是，只有聶薇等少數幾人微微蹙起了眉頭。

薛勇何等伶俐，見兩位朝廷官員不肯明確表態，知此事不能操之過急，遂連忙道：「各位師叔，閣主一事猶需朝廷確認，咱們還是暫且不表。倒是譚師叔說得頗有道理。以往三妹太過膠柱鼓瑟，不敢開拓財源，又濫施恩惠，致有開支吃緊之窘況。後輩我倒有個想法，說出來請各位師叔參詳參詳。咱們京城裡現有幾處產業，比如聚德坊、柳樹胡同、朱雀大街這幾處，都是很不錯的，不妨先拿出來放租，我知道京城裡有好幾家大商號都對這幾個地方虎視眈眈的。」

聶薇皺眉道：「那幾處不是藥房醫館便是義學善堂，怎能拿出來放租呢？」

姜延也沉吟道：「是啊，這都是青雲祖師和歷任祖師爺積攢下來的功德，拿來放租賺錢，似嫌不妥。」

薛勇忙道：「這純是權宜之計，放出去收租讓資金回籠得快，先解了閣中的燃眉之急，等有了錢咱們再另外選址，重建藥房醫館和義學善堂好了，倒也不算違背祖師的教訓呀。再說，若資金充足了，我們還可擴大規模多建幾個嘛，這不是一舉數得麼？」

譚長碧等幾人都連連點頭，姜延和另一群長老卻猶在沉吟。

薛忱猛然開口道：「京城裡的產業其實有放出去租的，還是當初由三妹所決定的，可兩年來也沒見收回多少租金。這箇中原因，恐怕大哥最清楚了吧？」

薛勇一怔，立即又笑道：「二弟，你這是懷疑我中飽私囊麼？我薛勇對天清閣忠心耿耿，天日可表，怎會做出這等事情？」

薛忱不理他，繼續道：「我在京城的時候，問過那裡的租客，他們回說租金這兩年都加了將近三成，但是錢跑哪去了呢？大哥送回來的帳本上可沒有這一筆錢啊。」

薛勇歎了口氣，「二弟是個讀書人，你是不懂在外辦事的艱難啊。這幾年，我在京城裡上上下下打點、迎來送往的，在在都需要錢啊。就閣裡撥的這點錢，根本不夠我宴客應酬的，我還得常常拿自己的體己錢去貼呢。各位師叔要是不信，大可拿我的帳本去查驗。」

薛忱又道：「那閣中每年撥給京中那幾處善堂的款項呢？藥房購買藥材的錢、義學的修繕款、支付給店裡夥計的薪金，這幾項我逐一看過，似也有點問題呢。」

薛勇明曉這位二弟心細如髮，儘管自己帳面上做得滴水不漏，亦難保對方會在什麼地方發現蛛絲馬跡，心內不禁有點忐忑，但眼下絕不能讓對方在此事上繼續糾纏，遂便勃然作色道：「二弟這是什麼意思？爲兄知道你和三妹感情好，我揭發她的醜事你肯定不悅，可你也不能這般擠對我呀！說我貪污公款，何妨拿出證據來！若無憑無據，我死也不服！各位師叔若覺得薛勇是這種貪財好利的小人，那就另請高明吧，京城這爛攤子我是早就不想管了！」說完作勢要拂袖而去。

譚、姜幾位長老連忙上前勸解半天，薛勇才顯出甚受委屈的樣子，勉強留下。薛忱看著，只微微冷笑。

譚長碧溫言安撫，「阿勇，我們都知道你在外邊奔波，爲了閣裡的事情盡心盡力，確實勞苦功高，大家都相信你。二師姪的話，你別放在心上，他純是關心閣中事務罷了。只是有一件，一下子要租出這麼多地方，事務肯定繁瑣，我們又乏內行之人手打點，只怕不好辦哪。」

薛勇連忙應道：「不妨，我有個朋友伍敬道在京城裡人面很廣，又是弘王的親戚，他願意爲我們引介客源，且可替我們管理京中產業的諸項事宜。此人能耐高，辦事穩妥，足堪勝任。」

譚長碧拊掌笑道：「若此事眞能辦成，對我天清閣倒是大大的福祉一樁，薛大師姪你功德無量啊，閣主之位捨你其誰？」

聶薇卻露出滿臉疑慮，「伍敬道？我記得他是弘王妃的兄長吧？現下皇嗣未定，朝裡已議論紛紛。青雲祖師爺有遺訓：『天清閣不得牽涉朝政事務。』我們和伍敬道這樣的人走得太近，不妥吧？」

此話一出，就連姜延等人也不禁點頭稱是，眾人又猶豫起來。

薛勇心中暗罵：「眞是一幫不開竅的老榆木疙瘩！」但臉上還是笑道：「哪裡會呢？一事歸一事，我們只和對方有生意來往，不參與朝政就是了，再說，伍敬道有這樣的背景，總歸對我們有利，往後辦起事來會方便不少。師叔們放心，我薛勇在此發誓：定不辜負各位師長的厚愛，竭盡全力爲我天清閣效力；定當謹遵青雲祖師的教誨，絕不摻和朝堂之事……」

「是麼？那大哥眞是用心良苦了。」他話語未畢，林中颯然傳來一聲輕笑，驟見一道身影緩步走出，白衣姍姍、神色清冷，正是失蹤多日的薛蘅。

經過薛勇的大肆渲染，天清閣弟子俱已知曉在涑陽發生的一切，有一部分人開始交頭接耳、目帶疑慮和不屑，但多半弟子依舊上前向她致禮，尤其坤、艮兩系的弟子更是欣喜不已。

薛蘅向眾人微微頷首致意，走到石墓前，靜然看著薛勇。

薛勇被她的目光瞧得有些心慌，正欲開口。薛蘅緩緩道：「大哥，讓平王服下那藥，你費了不少心機吧？」她這句話說得甚輕，薛勇聽來卻宛如雷轟電擊，頃刻間全身冷汗淋漓。好半天他甫強作鎮定地笑道：「三妹說甚啊，我怎麼聽不明白？」

薛蘅淡淡一笑，從袖中取出一個銀盒，「虎背草和藤苓子，大哥，你的房中怎會出現這兩味藥物？」

薛勇面無人色，顫聲道：「三、三妹說笑，我一時好奇，鑽研這兩味藥物的藥性，又有何奇怪？」

眾人都覺二人的對話十分奇怪，景安帝派來的兩名祕書丞聽到薛蘅說「讓平王服下那藥」時，交換了一下目光，凝耳細聽。

薛蘅繼續說道：「《本草經》記載，虎背草和藤苓子，服之令人心悸目眩、頭疼耳鳴，還會出現類似癲癇、狂躁之症狀。」

「那又怎樣？」薛眉見薛勇面色慘白，心中不解，忙出言相助。

薛蘅笑了笑，緩聲說道：「大哥才智過人，破解了密室機關，但你卻不知道，你同時也留下了自己進出密室的證據。大哥，那本《山海經》中我對暗語的注釋，你還記得吧？要不要到聖上面前詳細默述出來呢？」

薛勇呆若木雞地站著，吐不出半句話。

眾人聽到此時，同知事關重大。薛勇偷入密室，其中似還牽涉到了當今聖上，僅此兩項已是犯下了天清閣最嚴重的大罪，便是姜延、譚長碧等支援他的長老亦不敢再輕易開口。

薛蘅撫上墓碑，歎道：「大哥，娘曾說過你天分極高，但也失之於浮躁，須得沉下心來，方能在學業上有所突破。龍泉谷幽深僻靜，極適合修行，你就去那裡守墓吧。」又掏出一粒丹藥道：「這是『九轉還丹』，你吃了吧。」

此言一出，天清閣諸人皆聳然動容。龍泉谷是歷代閣主墓室所在，最清苦不過的地方，薛蘅將薛勇派到那處守墓，分明等同變相的禁錮。那粒九轉還丹，聽起來好聽，卻是天清閣用來處置背叛師門的逆徒的，只要吃下兩粒即將周身功力化去。此時薛蘅只給他一顆，顯見是手下留情了。只是眾人渾不明白薛勇為何像被薛蘅抓住了七寸要害，不見半絲反抗之意。

薛眉憤怒地衝上前，質問道：「憑什麼！薛蘅，你已經不是閣主了，還有甚資格來管我們？」

薛蘅冷冷答道：「四妹，你別忘了，閣主是要朝廷認定才作數的，到目前為止，聖上還未下旨褫奪我閣主之職。」

薛眉指著薛蘅，怒道：「大哥哪裡錯了？你自己行下的醜事，全天下都知道了，你還有臉跑回來占著閣主之位不肯放！呸！」

薛蘅臉色霎時白了，隨即又鎮靜下來，她從袖裡拿出一本帳冊丟到薛眉面前，冷言道：「四妹，方才二哥說的那些，你以爲我們眞的沒有證據麼？我們本想回來以後先找大哥談談，讓他自己把錢給補回去，我們還可替他遮掩遮掩，偏偏……」

她停了少頃，環顧一下四周，深吸一口氣後提高音調，斬釘截鐵地說道：「至於我和謝朗，我們向來都是清清白白，並無任何苟且淫穢之事！娘在天上看著，她可以作證！」她注視著薛眉，目光清冽，「四妹，站在娘的墓前，你敢說這樣的話麼？」

薛眉登時窒住，逐漸低下了頭。

眾人皆知薛蘅對薛季蘭極其尊重，今日敢在墓前說出這番話來，顯見其心中並無愧疚，大部分人都不禁開始相信起她。

薛勇面上神情變幻不定，害怕、不甘、憤怒種種滋味湧上心頭，最後皆化成絕望。他面如死灰，垂下了頭，低聲道：「阿眉，別說了。」又轉向薛蘅道：「謹遵閣主之命。」說罷，一狠心把丹藥吞下，以袖掩面就往山下疾奔。

薛眉魂不守舍地追將上去，「大哥！大哥！你怎麼啦？」

薛勇好似沒聽見她的呼喚，中途腳步踉蹌，摔倒兩次，又強撐著爬起，不多時便消失不見。

薛忱和薛蘅望著他的背影，突都想起了他們兄妹幾人初次正式見面的情景：身材修長的英俊少年爽朗地笑著，對瘦削的小女孩說：「你叫阿蘅是麼？他叫阿忱，是你二哥。我叫薛勇，今年十四歲，是你們的大哥。」

薛忱和薛蘅對望一眼，眼底俱充滿了惆悵和茫然，又不約而同地在心中長歎了一聲。

山風吹動薛蘅的素服，她在薛季蘭墓前跪下，深深叩首。眾人甫從震撼中清醒過來，齊齊隨著她拜下。

禮罷，薛蘅回頭環視天清閣諸人，又看了看兩位祕書丞，目光沉靜，道：「閣主一事，薛蘅過一段時日自會給大家一個交代。但現下我要去辦一件很重要的事情，如果我回不來，閣主之位由薛忱接任。在此之前，閣中事務皆由他來主持。」

姜延、譚長碧等人互望一眼，皆是滿腹疑雲。但現下薛勇敗走，薛蘅也有讓出閣主之位的意思，而且接任的是人緣極好的薛忱，便都說不出反對話語。

薛蘅將兩位祕書丞請到林中，從袖中取出一封塗著火漆的信，道：「煩請二位大人回京將這封信轉呈聖上。」祕書丞忙雙手接過，應道：「閣主放心，我等自會將一切稟明聖上。」

出林後，薛蘅向薛忱大禮拜下，輕聲道：「二哥，我去了，你多珍重。」

薛忱心中又是歡喜又是傷悲，哽咽而應：「三妹，你也多珍重。」

二人相視微笑，眼裡都含著淚花。薛蘅又摸了摸薛定的額頭，再回頭看一眼薛季蘭的石墓，毅然轉身，在眾人的注視下飄然而去。

眾人萬未料到今日的祭掃竟會出現這樣奇異的變故，議論紛紛地離了碧蘿峰。

薛忱獨自靜坐在墓前。風拂山巒，桃花飄香，他遙望山腳，似是癡了一般。

不知坐了多久，薛定忽然從山路上跑過來，興奮得手舞足蹈，大喊：「二哥！二哥！」

薛忱悄然拭了拭濕潤的眼角，待薛定走近，沉臉道：「你若再不改改這毛躁性子，我就罰你掃一個月的庭院。」

薛定畏懼薛蘅，對薛忱卻是不怕的，嘻嘻笑道：「二哥，這段時日咱們天清閣真是熱鬧啊，剛去了個姓謝的臭小子，又迎來一個大姑娘。」

薛忱一愣，「大姑娘？」

「是啊，她闖進我的桃花陣，口口聲聲說要見你。二哥，你見是不見？」

薛忱陡然想不起究竟是何女子要見自己，薛定又道：「不過我看這位大姑娘脾氣未免大了點，還罵二哥你呢。說你不守信用，答應她要盡地主之誼，卻將她困在桃花陣裡……」

薛忱一聽，立覺頭大如牛，苦笑一聲，「她怎麼跑來了？」

「『她』是誰啊？」薛定無比好奇，湊近道：「二哥，看樣子你和她挺熟的，你的相好？」

薛忱狠狠地敲了一下薛定的額頭，「罰掃庭院三個月！」說著推動輪椅。

薛定抱著額頭跟在他身側，咕噥道：「我又不知道她是你的相好，不知者不罪，二哥你做甚要罰我？」

薛忱進了桃林，正見裴紅菱坐在一株桃樹上，將桃花不停扯下，恨聲罵著：「死薛忱，臭薛忱，說話不算數，讓你嘴上長疔，喉頭生瘡！」

薛忱揉了揉鼻子，苦笑道：「裴姑娘，嘴上長疔就罷了，喉頭生瘡可是絕症！」

裴紅菱大喜，跳下桃樹衝到他面前，又急忙板起臉道：「誰讓你說話不算數？反正你是神醫，什麼疑難雜症都能治好。」

薛忱一笑，問道：「裴姑娘，你怎麼到孤山來了？」

裴紅菱聽這一問，不由張口結舌。

話說丹軍南侵的緊急軍報傳入京城，撼動涑陽。經過朝中連夜商議，仍由平王領兵出征，平王趁機提出，裴無忌多年與丹軍交戰，不如讓他戴罪立功、上陣殺敵。景安帝早有寬恕裴無忌之意，自然順水推舟地允了平王的請求，將裴無忌和參與「譁變」的神銳軍將士都從天牢放出。

平王再上奏，說謝朗的「病」就快痊癒，不如也讓他重歸軍中，景安帝同准了奏。誰知謝朗卻不在京中，平王向太奶奶一垂詢，甫知謝朗半個月前就去了孤山，他只得讓裴紅菱指揮大白，往孤山送信。

裴紅菱費了九牛二虎之力才令大白聽懂自己的指令，可等大白飛走，她忽生一股衝動，對裴無忌說怕大白中途有什麼變故，自己要跟著才放心。這一跟，便跟到了孤山。只是她雖打馬疾行，終究快不過大白，這廂大白和謝朗走了數日，她始抵達孤山。

此刻聽到薛忱問自己爲何來孤山，她一時間想不通是何原因，愣站在原地，雙頰緋紅，扭捏了半天才道：「我、我就要隨大哥回軍中了。」

薛忱微愣，不明她爲何突然冒出來這麼一句。

裴紅菱低下頭，細聲道：「這一次上前線，我也不知道能不能有命歸來，想到和薛神醫相識一場，應該要來道別。」

薛忱輕輕地「哦」了一聲。

裴紅菱等了半天，不見他答話，訕訕道：「那……我走了。」她再等了一陣，仍不見薛忱說話，終於失望地挪動腳步。

走出十餘步，忽聽薛忱喚道：「裴姑娘。」

裴紅菱急忙轉過身。薛忱看著她期盼的目光，輕咳一聲道：「裴姑娘，此番兩國交戰，將士們必有傷亡，前線定然需要幾位經驗豐富的大夫。不如……不如我隨你一起去前線，也算是爲國家盡綿薄之力。」

裴紅菱喜得心怦怦亂跳，連聲道：「好啊、好啊，那咱們就一路吧。」

薛忱露出爲難的神色，「只是這樣一來，我需攜帶藥箱、醫書，還要帶一些藥材……」

裴紅菱忙道：「不怕、不怕，我身子結實，我來挑！」

三十八　馬踏雄關箭指心

薛蘅離了孤山，一路向東北而行。未到平口關，便見有難民相攜南下，待過了平口關，逃難的百姓已是成群結隊、連綿不絕。

薛蘅向難民打聽前方戰況，卻無一人說得清楚。有人說丹軍主力正攻打燕雲關，有的則說已打到了幽州城下，又有人說丹軍及各族聯軍兵分數路，軍行神速，席捲岷山至白沙河一帶。但眾口一詞則是：丹軍十分殘暴，燒殺擄掠無一不爲，虜騎所過之處莫不絕戶。

薛蘅一聽，旋知前方戰況複雜，向這些難民也打聽不出謝朗現在何處，只得依舊向北而行。難民們見她一個年輕女子孤身北上，莫不側目。

這日到了漁州，城內一派兵荒馬亂景象，駐守這處的是東陽軍，爲首副將薛蘅並不認識。她深夜潛入軍營中探聽，可連那名副將好像也不曉得平王主力現在何處。薛蘅隱隱覺得，丹軍此次作戰方式與以往大不相同，加上有庫莫奚等族聯合作戰，殷軍現下竟似只有招架之功，而無還手之力。

她憂心忡忡地繼續北上，所經過村莊已十室九空。這日黃昏遇到上百名殘兵，薛蘅知道殘兵敗將招惹不得，儘管自己身有武功，並不畏懼，但多一事不如少一事，遂躲入灌木叢中。

從服飾來看，他們是孫恩的寧朔軍。這些殘兵罵罵咧咧，言談間提及了平王及謝朗。薛蘅用心聽罷，才知平王正和謝朗、裴無忌等人率大軍守著金野，迎戰丹王主力，命孫恩在岷山一帶拖住丹王二子阿勒的葉捷軍。

誰知葉捷軍凶悍異常，孫恩連吃敗仗，節節後退。

薛蘅辨明方向，往金野而行，心中卻有一絲納悶：金野並無山川阻隔之險，似乎更有利於丹軍鐵騎作戰，平王爲何要選在此處進行阻擊呢？

她將小黑放了出去，期盼牠能覓到大白的蹤跡，可小黑高飛多日，都未見大白前來相會。

薛蘅並未到過金野，憑著對輿圖的記憶行路。這一日黃昏，她走到三岔路口，正猶豫不決，乍見東北方向黑煙飄蕩，風中傳來一股血腥味，忙策馬馳向右側小徑。

待她走到某個小村莊前，不由驚住了。只見整個村莊被燒成焦土，一片殘垣斷壁，村口的水井邊，數十具屍首都被砍去了頭顱，有的還被開膛破肚，腸子流滿一地。而水井不遠處的一棵大槐樹下，數名女子赤身裸體仰倒在地，身上遍布遭凌辱的傷痕，也皆被割去了頭顱，更有一人的雙乳被齊整整地割下。

薛蘅渾身發抖，過得許久才緩緩走到那幾具女屍旁，顫抖著伸出手去，從旁側拾起被扯爛的衣裳，想將她們蓋住。可那些衣裳被撕扯得幾近粉碎，哪還能蔽住她們的赤裸身軀？她望著這幾具女屍，只覺那些血淋淋的傷口宛如刻在自己身上一般，心中悲憤難言，淚水滾滾而下。

此時忽聽到有人馬喧譁的聲音，她急忙躍上槐樹。

不多時，一隊丹兵馳騁而來，見到村中屍體的首級皆被割去，放聲大罵。聽他們的話語，竟是在和另一隊丹兵比賽，看哪一隊砍回去的首級居多，便能得到更多獎勵。薛蘅大怒，抬起雙臂，袖箭「嗖嗖」射出，十餘名丹兵跌落下馬。

丹兵突遭襲擊，一時又不見敵人，手腳大亂。薛蘅拔劍飛落，她心中恨極，招招奪命，身形如鬼魅，一陣衝殺。憑著這股勇厲之氣，片刻工夫又有二十餘名丹兵倒在她劍下。

剩下的十餘名丹兵雙股顫慄，不知誰發了一聲喊，俱皆轉頭逃逸。薛蘅驅馬追趕，手起劍落，待追至最後一人，那名丹兵嚇得屁滾尿流，滾落馬鞍，趴在地上用殷國話大喊：「饒命！」

薛蘅冷峻望著他，雙眼通紅，一字一句道：「殺我百姓、辱我姐妹者，血·債·血·償！」

寒光閃爍，鮮血噴濺，那名丹兵慘叫一聲，抽搐著倒在血泊之中。

薛蘅回到村莊，將村民的屍體搬到一處，點燃了柴堆。

看著火舌將那些女子的屍體吞沒，她眉間恨意勃發，猛地拔出長劍割下鬢邊一綹烏髮。她凝望著熊熊烈焰，緩緩道：「蒼天在上，我薛蘅在此發誓，縱粉身碎骨，亦絕不讓我殷國同胞姐妹們再遭受我所經歷過的苦難！」她一鬆手，烏髮被夜風吹得在空中盤旋捲飛，最終沒入烈焰之中。

薛蘅離了小村莊，根據星象繼續往金野方向走，既知這一帶有丹軍出沒，便行得小心翼翼。走到第三日黃昏，忽聽前方人聲喧天，她忙隱入路邊的叢林。

不多時，上千名難民逶迤而來，扶老攜幼、衣衫襤褸，有的手中還抱著嗷嗷啼哭的嬰兒。男丁們則手持木棍長棒，將婦孺老幼護在中間。

薛蘅遙望天際如血般瑰麗的晚霞，低低長歎了一聲。天地不仁，以萬物爲芻狗，黎民百姓飽受戰亂之苦，不知何時才能止息干戈？

她在叢林中怔然出神時，那些難民當已累極，眼見天色快黑，有人一聲令下，便都倒在叢林邊的小山丘上。他們似是同族之人，有白髮長者統一指揮，乾糧先分給護衛的壯漢，再分給孩子，最後才輪到婦女和老者。

薛蘅正要走出叢林，猛聽得馬蹄聲急，前方過來一隊人馬。難民們嚇得紛紛站起，待看清馬上之人皆身著本國寧朔軍的軍服，甫紛紛鬆了口氣。

這批寧朔軍居首的黑甲將領拉住坐騎，看著大隊難民，眉頭微蹙。他將馬鞭虛抽一下，指著難民中的壯漢們喝道：「拉回去！」這竟是要臨時抓丁了。

難民們霎時都慌了神，若壯丁被拉走，誰來護著本族之人南下逃難？鬚髮皆白的族長上前哀告，被那黑甲將領一腳踹翻在地。正哀聲遍野，忽有一名女子喊道：「住手！」

薛蘅霍然變色，凝目一看，只見兩名姑娘從難民中出來，走在前面的一人身形婀娜、面目清麗，正是柔嘉公主。她萬萬沒料到會在這裡見到柔嘉，心中一顫，按捺住想躍將出去的衝動，伏低了身子。

黑甲將領沒想到一個姑娘竟敢叫自己「住手」，上下打量了柔嘉一眼，見她雖顯憔悴，仍掩不住天生麗質，不禁起了邪念。他拿馬鞭一指，笑道：「弟兄們，帶回去，咱們今晚也開開葷！」

寧朔兵哄堂大笑，上前來拉柔嘉。抱琴一聲怒喝，劍生寒光，將當先一人的手臂卸了下來，那人抱著肩膀在血泊中哀號。

黑甲將領吃了一驚，柔嘉從袖中取出一塊玉牌，大聲道：「本宮乃柔嘉公主！這些是護衛本宮的百姓，你等還不速速退去！」總算她一路北上，顛沛流離，長了見識，知曉不能讓這些兵痞起殺心，沒說出「你等私拉壯丁，擄掠民女，該當何罪」的話來。

黑甲將領驚疑不定，正不知眼前這位公主是真是假，倏然面色一變，驚恐地扭過頭去。

薛蘅已經先一步聽到遠處傳來似打雷般的聲音，察知正有千軍萬馬向這邊集結，心中大驚。眼下不曉來的是哪方人馬，薛蘅不及思忖，悄悄躍出叢林，穿過人群閃到柔嘉身邊，握上她的右手，低聲道：「快走！」

柔嘉嚇了一跳，轉頭看清是薛蘅，險些驚呼出聲。薛蘅做了個手勢，她才吞住話語，三人伏低身子往後急退。可還未退到叢林邊，已有數千丹兵如旋風馳到，頃刻間將難民和寧朔軍圍得密實。

薛蘅心知不妙，拉著柔嘉在人群中蹲下，同時抓起地上泥土往她面上抹去。抱琴會意，亦急忙將柔嘉的頭髮扯得凌亂不堪，再與薛蘅交換了眼色，二人心意相通，彼此微微點了點頭。

柔嘉看著不斷馳來的丹兵，心中害怕，低聲道：「薛先生，怎麼辦？」薛衡壓低聲音道：「看情況，只要有機會，我和抱琴製造混亂，你趁亂逃走。」

柔嘉默默地搖了搖頭，過得片刻，輕聲道：「薛先生，你怎麼也來了？」

那隊寧朔軍早嚇呆了，眼見丹軍比己方多出十倍人馬，只得拋下兵刃，束手就擒。

丹軍號角鳴響，鐵蹄奔踐，不多時，一名玄袍將軍策騎而至。他瞥看了一眼，下令道：「將當兵的殺了，這些殷人帶回去當肉盾。」

寧朔軍一聽就慌了神，紛紛逃竄。可失了兵刃和坐騎的他們如何跑得過丹兵鐵蹄？不過片刻工夫，便被戮殺殆盡，只剩下那名黑甲將領苦苦撐持。圍攻他的幾名丹軍騎兵有心戲弄，將他圍於中間，不時在他身上輕輕劃上一刀，見他垂死掙扎，數千丹兵皆哈哈大笑。

那黑甲將領漸陷絕望，忽地一咬牙，跪在地上嚷道：「我有絕密軍情！我有絕密軍情！」

丹軍那名玄袍將軍聽得懂殷國話，馬上道：「將他拉過來！」黑甲將領撲在他馬前，叫道：「將軍饒我性命，我便將絕密軍情奉上！」玄袍將軍笑道：「說吧，本王倒想聽聽，你這小小校尉，知悉什麼絕密軍情？」

黑甲將領聽他自稱「本王」，再看清他戰袍上用金線繡著一隻豹子，嚇得癱軟在地，喃喃道：「你、你是左忽喇王？」

玄袍將軍大笑，「少廢話，快說！若真是絕密軍情，本王就饒你一命。」

薛衡心中一沉，沒想到竟會在這裡遭遇丹國左忽喇王的大軍。這位左忽喇王摩罕掌握著丹軍五萬人馬，他性如狡狐、狠若豺狼，乃丹王最得力的幹將。當年高壁嶺一戰，謝朗正是中了此人的埋伏，險些喪命。

她正思忖如何護著柔嘉逃出生天，忽見那名寧朔軍校尉爬起來，附到摩罕耳邊低語了幾句，薛衡背脊骨不由泛起一股寒氣。摩罕如鷹隼般的眼神卻已望將過來，用殷國話朗聲笑道：「公主殿下駕臨，摩罕有失遠迎，恕罪、恕罪！」

薛蘅知道到了千鈞一髮的生死關頭，她當機立斷，抱上柔嘉的腰，將她往叢林方向遠遠拋出，舌綻春雷，「走！」同時疾撲而出。

這一瞬間，她聽到背後亂聲大作，知曉抱琴正製造混亂掩護柔嘉逃走，心中稍安。她人在空中，左臂抬起，袖箭「嗖嗖」射向摩罕。摩罕身側親兵急急擁上，手持盾牌護住摩罕。薛蘅怒喝一聲，劍氣陡然間劇增數倍，身形凌空飛掠，由盾牌上方越過，直刺摩罕咽喉！

她這一劍凝聚了畢生功力，縱使無法置摩罕於死地，也能令丹軍驚慌失措。只要多拖一刻，柔嘉便能逃遠一些。

眼見劍尖距摩罕咽喉不過尺許，他仍鎮定自若而不閃不避，薛蘅心中不由冒出一股不祥預感。乍見一抹鬼魅般的身影倏地出現在摩罕身側，電光石火間，她硬生生收住劍勢，足尖在一名丹兵頭頂勁點一下，凌空後翻。她不停倒退飛掠，青雲十二劍使到極致，才接下那「鬼魅」手中幻出的一道道白芒。

「轟！」如悶雷般的聲音響起，她手中湛風劍綻裂成無數碎片，激射而出，周遭丹軍紛紛倒地，但那「鬼魅」竟似能御空飛行，在空中輕巧轉折避過所有碎芒，飄然落地。

「鬼魅」緩緩抬起頭來，暮靄下他白得幾近透明的面容看上去十分詭異。他盯著薛蘅，森森一笑，「青雲十二劍，薛．閣．主？」

薛蘅體內真氣不停亂竄，正極力調息，颯然面色劇變，只見柔嘉已被丹軍從叢林中押了出來，柔嘉極力掙扎，卻怎掙得脫如狼似虎的丹兵？薛蘅驚怒不已，剛一抬腳，那「鬼魅」身形也同時閃動。只這一動，薛蘅便知他功力不在自己之下，只得收住了腳步。

柔嘉被押到摩罕面前，丹軍從她身上搜出那塊玉牌，奉給摩罕。

摩罕看過，縱聲長笑。笑罷，他又瞥了一眼薛蘅，向那「鬼魅」問道：「羽蒼兄，這位就是天清閣薛閣主麼？」

羽蒼！薛蘅面色一白。司詹收集回來的信息中，對「雲海十二鷹」中的十一位皆有詳細描述，唯獨對其中排行第六的羽蒼僅有簡短評價：「據傳此人盡得雲海老人眞傳，武功最爲高強，但無人見識過，只知其醉心武功，常年閉關故鮮少出現，若遇之當避爲上。」

羽蒼鬼魅般的眼神直盯著薛蘅，似要將她的五臟六腑看透。他陰陰一笑，露出白森森的牙齒，「我正想往孤山拜會閣主，不料在此偶遇，倒省卻我一番工夫。」

摩罕沒料想到今天行軍途中能有這等意外之喜，心懷大暢，哈哈笑道：「久聞薛閣主大名，不如也和公主殿下一同到我軍作客吧。我王若知公主和薛閣主到來，定會倒履相迎。」

柔嘉悲呼道：「薛先生快走！別管我！」呼罷，她牙關一張，便欲咬舌自盡。羽蒼卻比她動作更快，伸指一彈即點中她面部穴道。她半張著嘴，「啊啊」望著薛蘅，兩行珠淚絕望地淌下。

薛蘅一顆心沉到了谷底，自己頂多與羽蒼打成平手，還有數千丹兵虎視眈眈，自己脫身都難於登天，又如何救出柔嘉和這群難民？

羽蒼面上泛起得意的笑容，走到摩罕身邊低聲道：「這兩人，王必有大用，萬不能走漏風聲。」

摩罕點了點頭，「將這些殷人統統殺了！」

丹兵齊聲應喝，操刀向前，一陣砍殺過後便有數十位難民倒在血泊之中。薛蘅聽到慘呼聲，呆了一呆，急喝道：「慢著！」

摩罕舉起右手止住丹兵的屠殺，微笑道：「薛閣主有何見教？」

薛蘅知今日已無法善了，昂起頭直視著摩罕，「不知左忽喇王可知道，當今世上，唯只我薛蘅一人能默出

《寰宇志》。」

摩罕一聽，登時心動。他沉吟半晌，點頭道：「好，今日就給薛閣主一個面子，這些人不殺，但也不能放，將他們全部押回去！」

「是！」丹兵應了，上前驅趕那批難民。難民們不敢反抗，聚在一起低泣著往前走。

摩罕笑道：「薛閣主，請吧。」

薛蘅長歎一聲，拋下手中斷劍。羽蒼閃身上前，連拂她數處穴道和經脈，她內力盡失，羽蒼又順手將她的袖箭卸了下來。幾名丹兵立刻擁上，將她和柔嘉綑了個結結實實。

摩罕大笑道：「走！王在等著我們！」

被押上馬匹之時，薛蘅目光迅速在難民群中掃視而未見抱琴的身影，心中稍覺安穩，只盼抱琴已趁亂逃走，及時通知平王。

天色很快便黑了下來，薛蘅根據星辰方位，發現丹軍正朝燕雲關方向移動，不禁十分納悶：丹王不是正在金野與平王激戰麼？怎會到了燕雲關？

燕雲關。

斜陽近暮，晚霞將西半邊天空染成了殷紅血色。

北面曠野，丹軍正似流水般集結，謝朗觀察了整整一個下午，轉身時目光掠過西面天空的晚霞，驟想起薛蘅，雙眸一黯。他怔然片刻，強行壓下滿腹相思，急步往箭樓下走。

走進設在靖邊樓內的兵部分司，平王與陸元貞、裴無忌等人恰在交談，見他進來便隨口問道：「如何？」

「還未見到丹王的九旄白毛大纛，不過從他們集結的跡象來看，應當有十萬之眾。」謝朗握起茶壺，「咕嘟」灌下幾口水。

陸元貞沉吟道：「葉捷軍被拖在岷山，摩罕還在赤水原，如果丹軍在這處有十萬人馬，應當就是丹王的主力。」

「會不會是庫莫奚、鐵勒、赫蘭族的聯軍？」徐烈問道。

陸元貞搖了搖頭，「不大可能。據探子傳回來的消息，此次丹國是因爲去冬今春的雪災，草場枯萎，牲畜大量損亡，國內各派衝突激化，這才脅迫了三族一同南侵。丹王一爲奪糧，二爲轉移族內衝突，順便除去反對他的人。丹王此人疑心極重，三族的軍隊被他分散開來，而三族的領軍者則被他以各種藉口留在身邊，其實等同人質。否則三族加總也有八萬之眾，若讓他們聯合起來陣前反戈，丹王將會腹背受敵。」

平王道：「那如果現下他們真的在關外集結了十萬人馬，是否即可推定丹王果真中計，開始將分散的騎兵集結起來，主攻燕雲關？」

陸元貞歎道：「但願如此，目前就等丹王露面了。若再讓丹軍像前陣子那樣游擊作戰、各個突破，充分發揮騎兵特長，咱們可真真吃不消啦。咱們眼下最需要的是時間，只有將丹軍主力拖上一段時日，咱們才能順利撤走百姓、堅壁清野，切斷他們糧草的來源，再爭取分化庫莫奚、鐵勒和赫蘭人。」

平王默默頷首。

丹軍此回輕騎南下，分成多支縱隊，殺到何處便搶掠到何處。這般作戰兼顧就地供給，不需全靠國內支援糧草，也不需要帶大型輜重器具，十分靈活。殷軍不知敵軍主力究在何處，疲於奔命，一時相當被動。

平王甫抵北境，同被打了個措手不及，所幸陸元貞及時察覺到己方被對方戰術牽著鼻子走。他動用兩年前在丹國所布下最重要的一名「死間」，讓丹王誤信平王放棄了燕雲關以北，殷軍已將十府糧草轉移至燕雲關，平王欲在此處嚴防死守，故只要能拿下燕雲關則鐵騎攻到涑陽怕也不成問題，這才誘得丹王將分散的騎兵集結起來圍攻燕雲關。

平王望向謝朗，道：「小謝，只待丹王露面，我與裴將軍即要離開。燕雲關能否守住，全看你的了。」謝朗想起丹軍所過之處，屋廬焚毀、城郭丘墟的慘象，怒火上湧，冷聲回應：「丹王不來便罷。若來了，我便要教他有來無回！」

平王道：「需否再撥一萬人給你？」謝朗考慮一番後，搖頭道：「不用，兩萬足矣，再多的話糧草就成大問題。再說能否圍殲葉捷軍是我方由被動轉爲主動的關鍵，你們得以數倍兵力一舉得勝、速戰速決。」平王拍了拍他的肩膀，二人相視一笑，萬事心照，再無多話。

再商議了一回軍情，親兵進來稟告晚膳已經備好。眾人笑著並肩往外走，平王猛地想起一事，轉身從自己鎧甲上取下一樣東西，正是當初薛季蘭送給謝朗，又由謝朗轉送給平王的麒麟片。他將麒麟片遞給謝朗，「小謝，你守燕雲關，定是一場血戰。這麒麟片，鑲在護心鏡裡吧。」

謝朗一怔，慢慢地從平王手中接過麒麟片。

這夜月光如水、銀光遍地，謝朗站在燕雲關箭樓上的城牆後，看著一丸冷月，聽著戰馬嘶鳴，將麒麟片握在手心，不停地輕柔摩挲。

再過兩日，燕雲關前集結的丹軍已逾十五萬。這日晨陽初升，丹王的九旄白毛大纛終於在陣前樹起，隨風飄揚。

平王得稟，忙和謝朗等人登上城樓。只聽丹軍營地裡號角大作，塵沙揚起足有丈許高。三通鼓響後，數萬丹兵鐵甲鏗鏘，從營地中馳出。待至燕雲關城牆下，丹軍先鋒軍兩個萬人大隊向兩側分開，中軍前突，九旄白毛大纛下，一人鐵甲外披金色王袍，正是丹王。

平王舉起右手，燕雲關城樓上金鼓齊鳴，殷軍箭弩手、盾牌手、火器手、投石手、工兵齊齊到位，精銳騎兵也皆在關門後集結。

眾人神情肅穆，嚴陣以待，眼神最銳利的裴無忌驀地疑道：「那是誰？」

眾人隨其目光遙遙望去，只見丹軍一個千人中隊用馬車拉著兩個鐵籠子往關下馳來。鐵籠內站著兩名女子，因為隔得遠看不清她們的面目，但不知為何，眾人不約而同地感到脊骨發涼，如有芒刺在背。

再過一陣，馬車馳得近了，快到丹王身側。謝朗看清了籠中之人，大駭下疾衝兩步，身子探出城牆，失聲呼道：「蘅姐！」陸元貞也幾乎同時搶前兩步，呼道：「柔嘉！」

平王又驚又怒，不明白柔嘉和薛蘅怎會來到邊關，還讓丹軍給擒住了。裴無忌、徐烈等人面面相覷，均不知如何是好。一時間，城牆上鴉雀無聲。

謝朗一言不發，轉身就走，裴無忌眼疾手快，一把抱住他的腰。謝朗運力掙扎，裴無忌死死按住他腰間穴道。平王回過神來，上來對著謝朗就是一拳，怒道：「小謝！你冷靜點！」

謝朗正激憤難當之時，忽聽陸元貞緩聲道：「你現下出去救她們，不但人救不回，還會害了她們。」他抬起頭來，只見陸元貞神色平靜地看著關下，但負在背後的雙手卻捏得緊緊的，骨節泛白。

謝朗呆了呆，撲到關牆後，定定地望著那個日夜思念的身影，心亂如麻。

關牆下一陣鼙鼓後，丹王右手一舉，王旗搖動，數萬人肅靜下來。

丹王馬側一名身形枯瘦宛似鬼魅的黑衣人呵呵一笑，開口道：「平王殿下，我王想和你做筆交易。」他說得不徐不疾，聲音不大卻真氣綿長，兩軍之人都聽得清清楚楚。

平王怒意勃發，取下背後的鐵胎硬弓，搭上三枝鷹翎利箭，「嗖嗖嗖」連珠射出，大喝道：「本王從不與卑鄙無恥的小人交易！」

黑衣人從馬鞍上躍起，人在空中袍袖連捲，便將三箭連環擊落。他飄然落回馬鞍上，和丹王說了幾句話，森森笑道：「我王說你們中原蠻子陰險狡詐，我們丹人不會你們虛偽的那一套。就一句話吧！若平王殿下不開關投降，這尊貴的公主還有天清閣閣主，王便要將她們賜給有功將士，讓他們陣．前．享．用！」

此言一出，殷軍怒火填膺，群情激憤，紛紛請纓道：「王爺，出關救人吧！」

謝朗目光凝在薛蘅身上，呼吸急促，十指咯咯直響，差點把城牆青磚摳將下來。

平王正猶豫不決之時，丹王低聲吩咐一句，那黑衣人旋躍下駿馬走到鐵籠邊，將堵在柔嘉口中的布條取出，又一伸手，裂帛之聲響起，柔嘉的外衫被他扯落在地。柔嘉失聲驚叫，丹軍齊齊大笑，有將領嚷道：「王上，將她賜給我吧，能當著這麼多殷國蠻子的面『寵幸』他們的公主，實在是平生頭等樂事啊！」

平王周身如墮冰窖，若眞讓柔嘉和薛蘅在陣前遭到凌辱，殷軍士氣必受重創。他正要不顧一切下令開關搶人，忽見柔嘉自鐵籠中高昂起頭，厲聲嚷道：「皇兄，快殺了我！快啊！我絕不受他們凌辱！」她用盡了全部的力氣，叫聲淒厲，卻飽含凜然無懼之意。殷軍聽了，無不悲憤地低下了頭，有的更咬牙切齒，大罵丹王卑鄙無恥。

羽蒼同被柔嘉喊話聲中那股凜然之氣給震住了，一時未有反應。眼見柔嘉嚷罷，牙關一張意圖咬舌自盡，他才手指急伸，點上柔嘉牙關。但柔嘉的牙齒還是磕到了舌頭，鮮血自嘴角涔涔滴下，染紅了白色衣裙。她怒目冷視了丹王和羽蒼一眼，又傲然高昂著頭，望向關牆上的平王。

平王閉了閉眼，猛然搭箭拉弓瞄準柔嘉，心痛如絞下顫聲喊道：「柔嘉！好妹妹！只要他們敢動你，皇兄便送你一程！來世我們再做兄妹！」

柔嘉仰面看著平王，神情哀傷中又帶著無盡欣喜，眼中慢慢淌下淚來。

和風麗日下，謝朗一動不動，定定地看著鐵籠中的薛蘅。薛蘅同樣仰起頭，神色平靜地回望著他。這一刻，他與她兩人眼神膠著在一起，再也無法分開，悲憤、酸楚、欣喜、安慰種種情緒自眼神中傳遞而出，宛若執手訴說了千言萬語。

不曉過得多久，她對他輕輕點了點頭，又搖了搖頭。謝朗身形微晃，雙眼在一瞬間變得通紅，他壓下胸中如沸的熱血，看著薛蘅，徐徐點了點頭。他緩慢地解下腰間鐵胎硬弓，搭上黑翎長箭，深吸一口氣後拉滿弓弦，瞄準了薛蘅的咽喉！

他動作俐落沉穩，但就在箭尖對準她咽喉的刹那，他聽見了自己胸腔內某處愴然碎裂的聲音。薛蘅靜靜仰望著他，唇角泛出淡淡微笑。

平王依舊拉弦搭箭，瞄準柔嘉。他凝望著她決絕的面容，心中無限悲憤，運起丹田之氣大聲喝道：「殷國的男兒聽著！」

「是！」城牆上的殷國將士齊聲應喝，宛如驚雷轟鳴，震得天上浮雲抖了一抖。

平王怒喝道：「犯我疆土者，殺！」

殷軍將士熱血上湧，同聲喝道：「殺！」

平王再朗朗喝道：「屠我同胞者，殺！」

「殺！」

「辱我姐妹者，殺！」

「殺！殺！殺！」

朝陽下，北面黃沙大漠的勁風颯颯吹來，將一陣陣如怒濤般狂湧的喊殺聲捲過燕雲關，捲過青青河谷，捲向白沙河。

河水滔滔東去，滾滾不息，將這聲音傳遍萬里原野、如畫江山。

三十九　雲中幼雀終振翅

數萬丹軍都被這喊殺聲震住了，先前勇悍的氣勢爲之一沉。

九旄白毛大纛下，丹王漸皺起了眉頭。他身旁一名騎著「鵁鶄青」的灰裘青年突地開口道：「王，對方已成哀兵，今日不可強攻，否則傷亡必大。」

丹王冷哼一聲，但仍點了點頭，「離蘇王子說得有理。」隨即轉頭對羽蒼吩咐了幾句。

羽蒼大聲道：「平王殿下，我王再給你三天時間考慮，若三天之後再不開關投降，王就不會像今天這般優待公主了。」待他說罷，王旗揮出指令，丹軍井然有序地後退，鐵蹄翻飛，不多時便退得乾乾淨淨。

漫天塵土落下，平王始鬆開一直緊握著弓箭的手，腳步虛浮地後退幾步。

謝朗則「啊」的大叫一聲，抬起勁弓，長箭挾著凌厲風聲，對著空中射了出去。他將鐵胎弓擲在地上，冷聲道：「不行，我定要去救她們。」說完轉身就走。

陸元貞在謝朗身側，忙扼住他的手腕，急道：「小謝，從長計議！」

謝朗將陸元貞的手一把甩開。陸元貞氣極，猛然一拳擊出，正中謝朗面頰。謝朗被打得後退兩步，急怒攻心，大叫道：「我就是死，也不能讓衡姐遭受他們的凌辱！你們不在乎她，我在乎！」

陸元貞厲聲道：「若是燕雲關守不住，會有更多人遭受他們的凌辱！你心疼薛先生，願意爲了她去死，難道……」他鼻中酸楚難當，終再控制不住，將壓在心頭多年的話說了出來，「難道我就不心疼柔嘉麼？我同樣可以爲了她去死！但我想她寧願死，也不願看到燕雲關失守！」

平王、謝朗、徐烈等人聞言都一呆，陸元貞拂袖轉身下了城樓。

未能脅迫殷軍，反讓己方失了銳氣，丹王心內鬱惱，是夜在中軍大帳設宴，召了庫莫奚、鐵勒、赫蘭三族聯軍統領和軍中各大將領，飲酒解悶。

席間，摩罕見丹王悶悶不樂，便命人將抓來準備做「肉盾」的殷國女子押了上來。士卒們挑破她們的衣衫，逼迫她們跳舞唱歌，將領們看得哈哈大笑。丹王跟著逐漸露出笑容，看了片刻，他心念一動，抬起右手，席間立刻安靜下來。

丹王向摩罕道：「將那公主和薛蘅押上來。」

待柔嘉和薛蘅被押入帳中，丹王斜睨著她們，道：「既然殷人都不在乎你們了，留著也沒什麼用。聽說中原女人個個貞孝節烈，孤王倒要看看，你們是怎麼個貞烈法！」他將身子依上虎皮榻椅，把玩著手中的瑪瑙酒杯，笑道：「兒郎們，這兩個女子，今晚就賞給你們了。」

丹軍將領聞言大喜，紛紛擁上來，絕大多數人圍住了柔嘉。其中一人伸手一扯，將柔嘉的外裙撕下半幅。柔嘉雙手反綑在背後，口中被塞了布條，急得珠淚迸出，「嗚嗚」叫著，極力閃躲。可圍著她的都是身形魁梧的武將，一人伸手將她抱起，扛在肩頭便往帳外走。

薛蘅眼見柔嘉就要被扛出營帳，急怒下大聲道：「王，你放過她，我便默出《寰宇志》！」

扛著柔嘉的那名大將知曉丹王對《寰宇志》志在必得，唯恐王的命令是要演一場戲以逼迫薛蘅就範，忙在營帳門口停住了腳步。

丹王今日挫了銳氣，回來後又聽進羽翠的幾句挑撥，心中老大不爽，冷笑道：「只要孤王打到涑陽，《寰宇志》還不是照樣落入孤王手中？又何需你來默出？」

那大將一聽，哈哈大笑，用力把柔嘉一顛，眼看就要踏出營帳。薛蘅正絕望之時，忽聽一把極溫和清雅的聲音響起：「且慢！」

隨著這個聲音，席間站起來一位灰裘青年，他身形高眺、五官俊美，烏髮垂肩，只一個淺笑站起的動作，便讓人覺得其風姿飄逸難言。

丹王怔了一下，「離蘇王子有何見教？」

薛衡一聽，旋知這位灰裘男子是庫莫奚族最大部落阿克沁部的王子——回離蘇，不由細細打量了他一番。她在司詹近兩年的紀錄中閱過對這位王子的描述：此人自幼聰穎，通曉中原文化，善於調和族內各部落間的矛盾，因阿克沁王年老體衰，回離蘇已實際掌控了阿克沁部，並隱有成爲庫莫奚族統領者的趨勢。

回離蘇淡淡微笑道：「這兩個女人雖無法令平王就範，但她們尚有一項用途。若引她們激憤自盡，未免太過可惜。」

「哦？」丹王坐直了身子，「王子請說。」

回離蘇道：「守城者最忌心神不定。咱們不用殺這二人，僅須將她們押到關下，待大軍攻關時折磨折磨她們，讓平王看到她們痛苦的樣子，只要他心神受擾，總有一日會一時衝動做出錯誤的決定。」見丹王尚在沉吟，回離蘇笑著望向各丹軍將領，「這兩個女人一個太瘦，一個太老，未免無趣。我手下從族中帶來了幾個女子，都是沒服侍過人的，可我不喜歡小姑娘，留著乏味，不如送給各位將軍吧。」

庫莫奚族女子美貌之名在外，更何況是回離蘇身邊伺候的人。丹軍將領們聞言大喜，皆看向丹王。

丹王本只想出一口惡氣，此刻亦覺回離蘇說得有幾分道理，留著這二人確可起到干擾平王心神的作用，更何況回離蘇手下三萬人兵精馬壯，正在金野一帶牽制神銳軍，得賣對方幾分面子才行。他點了點頭，那將領立刻放下了柔嘉。

回離蘇又踱到薛蘅面前，淺笑道：「二位若仍想自盡呢，王的軍中還押著一千多名殷人，想來王是非常樂意讓他們爲二位陪葬的。」他的殷國話竟說得極標準。薛蘅瞅看他一眼，低頭應道：「是。」

因爲不再怕她們自盡，丹軍將薛蘅和柔嘉的繩索解了，也沒有再分開看押，而是一起押入一頂小帳篷裡。聽外面靴聲橐橐，顯然有重兵把守，柔嘉坐在地上，忽將頭埋在膝間嚶嚶哭泣起來。薛蘅默默抱上柔嘉的雙肩，待她不再顫抖得那般厲害，甫柔聲道：「別怕，沒事了。你今天陣前那麼勇敢，怎麼現在怕起來了？」

柔嘉泣道：「薛先生，對不住……」

薛蘅不停地輕拍著她的背脊，等她完全恢復平靜，輕聲問道：「你怎地跑到邊關來了？」

柔嘉一聽，又落下淚來。過得許久，她才低聲道：「薛先生，我講個故事給你聽，好麼？」

薛蘅一怔，旋即點頭，「好。」

「在最富貴溫柔的江南水鄉，有兩隻雲雀一塊兒長大……」柔嘉雙眸通紅，話語微顫，「他們出身尊貴，又生得嬌美，得到所有人的疼愛和呵護。其中一隻雲雀，對這樣的生活很滿足，想著只要能與另一隻雲雀在柳樹上這般快活地過一輩子，便再幸福不過。」

薛蘅默默聽著，無聲地歎了口氣。

「可是，另一隻雲雀總嚮往著千里草原、風沙大漠。有一天，他終於飛離了家鄉。等他回來時，他的同伴發現他已不是從前的那隻雲雀，而變成了在空中翱翔的蒼鷹，他飛得很高、很快，他的同伴再也跟不上他了……

「他的同伴很傷心，不知道是什麼讓他發生了這樣大的變化，她想讓自己也變成一隻蒼鷹，與他並肩飛翔。所以，她決定也要到塞外大漠看一看……」說到這處，柔嘉羽睫一低，珠淚滑落，滴濕了衣衫。

薛蘅默然良久，將柔嘉攬入懷中，像攬著自己的妹妹一般，輕聲道：「眞正的蒼鷹，是不會因爲害怕而哭泣的。」

「不……」柔嘉拚命搖頭，「薛先生，我不是害怕，我是怕連累皇兄和明遠哥哥。我寧願死也不要……」

「不到最後一刻，我們莫輕言放棄！即使眞的遭受了什麼……」薛蘅撫摸著她的秀髮，低聲道：「你也要堅強地活下去。你要記住，你還有愛你的親人、朋友，爲了他們，你得咬牙撐持下去，絕對不能放棄。別人加諸在我們身上的苦難，都只是一場噩夢。夢是傷害不到我們的，夢醒之後我們還會和從前一樣。」

柔嘉默默咀嚼著這句話，抬起頭來看著薛蘅，輕聲道：「薛先生，我終於知道了，即使我也變成了蒼鷹，他心中的人……仍然只有你。」

薛蘅心緒紛紜，正不知說什麼才好，帳外忽傳來腳步聲和說話聲。片晌後，帳簾被輕輕挑起，一人踱了進來，來者風姿瀟灑，面帶淺笑，正是那庫莫奚族王子回離蘇。

柔嘉不願在夷敵面前示弱，轉頭拭去眼淚。

回離蘇負著手在帳內踱行一圈，微笑道：「確實有點委屈公主與閣主了。」

薛蘅心中隱約一動，站起來向回離蘇抱拳道：「多謝離蘇王子。」柔嘉雖然不忿，還是跟著薛蘅站起，但並不說話。

回離蘇淺笑道：「閣主不必謝我，要謝，就謝裴姑娘吧。她和我表妹不打不相識，成了好朋友。我南下之前，表妹請我莫讓裴姑娘太爲難。薛閣主和公主既是裴姑娘的好朋友，也就等同於我表妹的好朋友。」

「紅菱？」薛蘅一怔。

柔嘉與裴紅菱相處幾個月，情同姐妹、無話不說，裴紅菱曾告訴過她在大峨谷時的趣事。她想了想，忙問道：「你是里末兒的表哥？」她重又打量了回離蘇，拍手道：「啊，我知道了，就是你讓里末兒將馬還給紅菱的。」

她雙眸因爲哭過，波光盈盈，此時唇邊又泛起一絲淺淺的微笑。回離蘇目光在她臉上盤桓有頃，低下頭拂了拂裘衣，淡淡道：「我也只能幫這一次，以後你們就聽天由命吧。」說完，向薛蘅微微欠身，挑簾離去。

薛蘅默想良久，握上柔嘉的手，二人並頭躺下歇息。

柔嘉被擒數日，身心俱疲，倒下來便闔上眼，正迷迷糊糊之時，薛蘅忽然湊到她耳邊，用極輕的聲音道：「柔嘉，不知道明日我們還會不會被關在一起，你現下記住我說的每一句話。」柔嘉一個激靈，立時清醒過來，用心聽著薛蘅的每一個字。

「柔嘉，你從明日起開始裝病，要病得很重的樣子，讓他們放鬆對你的警惕。三天之後，他們會押我們去關下。那時我的內力即可恢復，我會想辦法擊殺押運我們的士兵，再引開他們，你趁亂逃走。」

柔嘉的心「咚咚」亂跳，剛張口說了個「不……」便被薛蘅捂住了嘴。

「你記住，往關下去的路邊有片胡楊林，我會儘量在那處動手。你往林子裡逃，林子的東南方向是白沙河谷，河灘上有很多白色石頭的那個地方，如果你會泅水的話，可由那裡泅渡過河，過河後往南三里的地方是處峽谷，峽谷裡有一條小道，道口現在也許還有兩棵銀杏樹，你沿著小道直接逃到左家堡。這是當年青雲先生隨太祖作戰所留下的筆記上頭記載的，不知道這條路今日還在不在。不管怎樣，找不到路的話你就沿著河走。如果逃不進那片林子，你就往庫莫奚人的營地裡跑。庫莫奚人的旗幟上，繡著幾隻白鷹。

「還有，你若能順利逃回去，見了王爺，務將這裡的所見所聞都告訴他。今天帳中丹軍統率萬人以上縱隊的大將分別是：摩罕、那桑、俱羅勃、結骨、莫離支。」

柔嘉心中好奇，待薛蘅的手微微鬆了些，她低聲問道：「薛先生，你以前認識他們？」

薛蘅微笑應答：「我剛才在營帳中的時候，聽到侍衛和僕從對他們的稱呼，而且我以前也看過一些他們的資料，應該猜得差不離。」

柔嘉沒想到薛蘅在那樣的情況下居然還能留心注意觀察敵方將領，心中歎服，道：「好，我記下了。」

「還有……」薛蘅將聲音壓得極低，「你告訴王爺，讓他想辦法和庫莫奚人接觸，爭取分化他們，最好讓裴將軍去接觸。這個回離蘇，和丹王恐怕不是一條心，他對我國的動態瞭若指掌，必有自己的打算。」

柔嘉這時才明白過來，「對啊，他怎知道我和先生是紅菱的好朋友？庫莫奚族肯定有人在打探我朝的消息。」

「可他為何要讓我們得知呢？」薛蘅微笑問道。

柔嘉想了想，道：「是不是投石問路？試探？」

「所以，你定要記得告訴王爺。」

柔嘉先點頭，又忙搖頭，「不，薛先生，我不能丟下你獨自逃走。」

薛蘅道：「放心，只要公主不在他們手上，我的內力一恢復，他們是攔不下我的。」

柔嘉甫才放下心，可過了片刻她又省悟過來，薛蘅武功再高，也是血肉之軀，怎麼敵得過成千上萬如狼似虎的丹兵？她剛要再說，薛蘅緊緊握住她的手，道：「柔嘉，你寧願死，也不願意看著燕雲關失守，是不是？只有你逃走了，王爺才能專心守關。」

柔嘉急道：「那先生你呢？難道你被俘，明遠哥哥就不會在意麼？他……今天只看著你，那麼著急。」

薛蘅沉默了許久，低聲道：「他會明白的。」他會明白什麼，她沒有說下去。

柔嘉心中一陣茫然，卻未再多言。二人就這樣並頭臥著，握著彼此的手，各懷心事睡去。

翌日一早，柔嘉在薛蘅的指點下，在身上幾個穴位上點按了約一炷香的工夫，果然渾身發熱，小臉通紅。她倒在地上痛苦呻吟，看守的士兵進來看了看，稟奏上去，丹王即命隨軍大夫過來。

大夫把過脈，確定柔嘉是因連番驚嚇加上受了風寒而病倒，給她開了帖藥。柔嘉當著看守人之面將藥服下，回頭卻悄悄摳住喉嚨將藥嘔了出來。接下來的三日，她始終高燒不退，還不停說著胡話。

燕雲關的黃昏，雨雲逐漸厚重，黑沉沉的似要壓到關樓上頭。殷軍每一個人的心裡，同壓著一層黑雲，沉鬱而憤懣。

靖邊樓的兵部分司內，所有人俱看著平王。平王正心亂如麻，驟見室內少了一人，大聲問道：「咦，小陸呢？」

眾人這才發現不見了陸元貞的身影，謝朗正要出去尋他，他已急步走進來稟道：「王爺，有變！」

眾人均是凜然一驚，以為丹軍又來挑釁。陸元貞將手中的情報呈給平王。平王覽過，疑道：「確定無誤？摩罕也到了？」

「是，打探清楚了，柔嘉撞見摩罕的大軍，薛先生為了保護她，二人一併被擒。還有，丹王手下萬人縱隊以上的大將，除了阿勒，其餘的都到齊了。現下在城外的丹軍已達十八萬。」

謝朗雙眸一亮，「這麼說來，赤水原沒人了？難道丹王真的相信了『死間』的情報，決定以全軍之力攻打燕雲關？」

平王總算心情舒暢了些，道：「那名『死間』，定要好好撫恤他的家屬。」

陸元貞黯然道：「他是真正的忠勇之士，孑然一身，一心報國，無須用其家人相牽制。」

屋內之人皆默默垂下頭，向那位「死間」致以敬意。眾人都知道，在一場戰爭中，這些「死間」在干擾對方決策、傳遞情報方面起著重要作用，甚至可直接決定戰爭的勝負，但往往他們付出了生命卻沒有幾個人知曉他們的功績。

「丹王的後路沒人看守，我們只要能滅了葉捷軍，包抄到赤水原，便可夾攻他。可燕雲關這裡丹兵越來越多……公主又……」裴無忌心生憂慮，不禁問道。

平王、謝朗、陸元貞三人互相望了一眼，竟不約而同地說道：「棄守燕雲關！」

陸元貞在作戰圖上示意道：「我們原先的計畫是將丹王拖在燕雲關，主力先圍殲阿勒的葉捷軍，再攻打赤水原的摩罕，然後回過頭來夾擊丹王。目前丹王已將摩罕的五萬人馬從赤水原調上來，我們即使滅了葉捷軍後反過頭來夾擊，面對的是他全部的主力，保不定能夠得勝。更何況與葉捷軍作戰，倘不能速戰速決，那時丹王得知消息，又會重將摩罕派回赤水原守住後路，我們反倒會遭到對方的夾擊。

「眼下，唯有裝作戰敗，棄守燕雲關，丹王大勝之下必然貪心更熾，想一掃中原，這時他應會將葉捷軍也往南調。如此一來，他的後方就完全空虛。屆時，我們在漁州一帶堅壁清野讓他無糧可搶，然後在其後方截他的糧草，他二十萬大軍，糧草只要有幾天供不上，便會不戰自敗！」

裴無忌道：「有個時日的問題。」

「嗯。」謝朗也點頭，「從燕雲關撤至漁州，不能一下子退得太快而引丹王生疑，得讓丹王覺得我們確實在奮力抵抗。他打得吃力了，才會將阿勒往南調。關於何處戰、何時撤、何人接應、何人在漁州提前布防以及糧草如何調度，均得計畫周詳。」

裴無忌道：「還有，我們原先是計畫拿下岷山後插向赤水原，當前丹王一旦將阿勒往南調，那邊我們反而不好行軍，得走西邊。」

平王道：「西邊金野一帶是庫莫奚人，能不能一舉突破？」

「稍嫌棘手。」裴無忌正爲了這個頭疼，道：「剛收到鍾飛傳來的消息，庫莫奚人作戰相當穩健，簡直可以說滴水不漏，難找到他們的破綻，現下鍾飛正和他們僵持。」

陸元貞緩緩道：「所以，等漁州的布防到位了，咱們的主力得馬上往西邊調。小謝守漁州，擔子會更重了。」

平王道：「既然這樣，孫恩也無須再牽制葉捷軍，讓他裝作敗撤，來幫小謝守漁州。」

裴無忌性子豪爽不羈，然畢竟是老將，行軍打仗極謹慎不過的，道：「孫恩繞到漁州需要一段時日，我們由燕雲關假敗至漁州，這一路能不能撐半個月？若撐不了半個月，孫恩便到不了漁州，屆時漁州一旦守不住……」

平王道：「不妨。父皇獲悉前線吃緊，將郎崢的隴右軍往北調，估計今日已該抵達漁州。只要快馬前進，五天後他們能趕到欒家溝接應我們。有了隴右軍這三萬人，撐半個月再退至漁州絕不成問題。」

裴無忌甫放下心來，未再表示異議，只拿複雜目光看著行軍圖上欒家溝至左家堡一帶，低聲道：「這裡難免一場血戰啊。」

謝朗應道：「僅須安排妥當，接應及時，這個計策沒有大問題。只是蘅姐和柔嘉……」

陸元貞道：「這也是我建議棄守燕雲關的另一原因。眼下丹軍十幾萬大軍集結在一起，我們去硬搶是肯定搶不回的，唯只在他們游擊作戰、戰線拉長的時候，才有機會下手。從燕雲關往漁州的數百里路，丹軍邊作戰邊前進，看守她們的合該只有千餘人。而且這時局勢必定混亂，我們只消派出一支身手高強的精兵裝扮成丹兵，混水摸魚，就有機會將她們救出來！」

「何人負責去救她們呢？」平王十分爲難，「我、小謝和裴將軍必須與丹軍主力作戰，才能不讓丹王生疑……」說著，他看了看徐烈。

徐烈正要請纓，陸元貞忽道：「小徐不行，救柔嘉和薛先生，得我去。」

「爲什麼？」徐烈嚷道：「你身手還不如我，再說，你得留在王爺身邊。」

陸元貞神色平靜地望向平王，「帶領高手裝扮成丹兵去救人，一得熟悉這數百里的地形，二得通曉丹國話和丹軍軍規，還得動用我們在丹軍中的每一顆棋子。所有的『間士』全是我一手安插的，只有我最合適。」他又轉頭看向謝朗，輕聲道：「你放心，你守好漁州，我定替你將薛先生救回來。」

平王和謝朗望著他眼神中透出的堅毅之色，再想起他今日在城牆上說的話，個個不禁欲言又止。

四月的燕雲關本值草長鶯飛的季節，然因爲戰雲密布，令靖邊樓後的小庭院都透出幾分肅殺之氣。一盞孤燈之下，陸元貞獨坐亭中，握著酒盞遠望無垠夜色，默然不語。

腳步聲響起，平王與謝朗並肩過來。陸元貞替二人各斟一杯酒，三人同時仰頭喝盡，再相視一笑。三人就這樣默默飲著酒，皆微微出神，誰也沒先開口。

涼風起，亭外有雨絲斜飄進來，潤濕了青石臺階。

陸元貞輕聲道：「王爺，此戰打完，咱們得另行籌謀了。老是讓丹國人這麼想打便打，我們疲於應付，長此以往，又怎有餘力平定西南？時日一長，穆燕山尾大不掉，再想收服他就難了。」

平王的酒杯停在唇邊，他凝望著亭外斜飄的雨絲，目光複雜，好半晌才道：「小謝，小陸，還記得我們少時放風箏的事麼？」

謝朗與陸元貞眸子裡同時露出隱約的笑意。

「我記得當時我最喜歡的是一隻鷹，那鷹飛得很高，可只要我將手中的線一扯，它就會落下地來。」平王嘴角浮出一絲苦笑。

陸元貞轉動著手中的瑪瑙酒杯，歎道：「平定北疆，收復南方，中興大殷，這是一局需要幾年甚至幾十年光陰來統一籌謀的棋。若聖上還是一直心意不定，王爺掣肘太多，唉……」

平王這段時日不斷思忖同樣的問題，聞言默默地點了點頭。

謝朗神情恍惚，似在想著別的什麼。過得少頃，他收斂了眸中憂思，將杯中酒一飲而盡，笑道：「先莫爲這些事煩憂，眼下最關鍵的是先將丹賊趕回去，才能騰出手來。不管遇到什麼事情，只要我們尚有一口氣，總要將當年的誓言一一實現！」

平王看看謝朗一夜之間變得消瘦堅毅的面容，又看看陸元貞沉靜若水的雙眸。這些年來，波譎雲詭的形勢、舉步維艱的奮鬥，身邊始終有此二人相伴，從來不曾避離。他心中一暖，笑道：「小謝說得是，只有把這一仗打好了，才說得上其餘。」

陸元貞壓下心頭隱憂，跟著爽聲笑道：「是！倒是我多慮了！且先打完這一仗再說！」

謝朗一拍石几，「好，咱們再打一場漂亮的配合戰，像當年赤水原一樣，讓丹賊老老實實滾回阿克善！」

細雨乘風飄入亭中，濡濕了他們的鞋襪。三人各自斟滿，同時舉杯，眼中都溢出凜凜神光。誰都沒有再提三日後的激戰，誰也沒有再提起柔嘉和薛蘅。

這日清晨，聽到外邊號角鳴響、戰馬嘶叫，薛蘅與柔嘉對望一眼，知道丹軍要開始攻打燕雲關了。當丹兵挑起簾帳，進來將薛蘅綑住，她向柔嘉輕輕地點了點頭。

因為柔嘉看上去病得只有進氣沒有出氣，丹兵放鬆警惕而懶得綁她，直接將她拎了起來，往木籠裡一扔。

丹軍營地距燕雲關約里許路，出軍營不遠路邊有座小山丘，山丘上有片茂密的杉樹林。此時丹軍大軍已向關下集結，負責押送二人的是個千人小分隊，未帶強弩。薛蘅知機不可失，悄悄向柔嘉使了個眼色，柔嘉旋閉上雙眼，屏住了呼吸。

薛蘅撲到她身邊，焦灼無比地喚道：「公主！公主！你怎麼了？」又抬頭驚慌呼道：「公主不行了，快叫大夫來看一看啊！」

丹兵中有懂得殷國話的，忙向頂頭將領通報。那將領一舉手，隊伍停止行進。將領策馬過來，看柔嘉真像斷了氣的樣子，頗覺為難，若運個已經死了的公主到關下，只怕反而會激起殷軍同仇敵愾之心，丹王也必會怪罪。他吩咐下去，便有士兵打開木籠，鑽進來查看。

薛蘅暗提眞氣，待那丹兵鑽入木籠，力貫雙臂猛然綳斷繩索，奪過那丹兵腰間佩刀，手起刀落，丹兵慘呼聲剛剛出喉，她已鑽出了木籠。變故陡生，丹軍全愣住了。

薛蘅甫出木籠，手中佩刀如飛，頃刻間斬了十餘人。丹軍這時才反應過來，將領連聲下令圍攻薛蘅。薛蘅近身搏殺，刀起血濺，勇不可擋。丹兵擁在一起反而礙手礙腳，長槍戟矛不好施展，被她殺得節節後退。

此時，絕大部分的丹兵都去圍攻薛蘅，剩下的也凝目注視著這場搏殺，竟無一人看著早已「昏迷」的柔嘉。待一名丹兵無意中回過頭瞄看，才驚惶大叫道：「公主跑了！」

丹軍將領迅即回頭，只見柔嘉正飛快地往小山丘上逃逸。

丹軍忙分出一百多人，策馬追趕。柔嘉發足狂奔，丹軍緊追不捨，馬終究快過人，眼見就要趕上，小山丘上乍時冒出來兩名蒙面人，手持勁弩，利箭連環射出，丹兵猝不及防下紛紛中箭落馬。

柔嘉逃命之中未認出兩人是誰，只知來了援手。她從這二人身邊奔過，提氣縱身沒入林中。丹兵還要追趕，那兩人躲在樹林前的灌木叢後持弩連射，丹兵死傷嚴重，餘者心中生怯，一時間竟不敢下馬來追。等他們在頭領呼喝下全神戒備，一步一頓地追入林中，已不見了柔嘉和那兩名蒙面人的身影。

柔嘉聽薛蘅詳細講述過此處地形，知道向著東南便是白沙河谷。她認準方向發足狂奔，待跑到力盡氣竭，背後再無追兵的聲音，她才停住腳步，彎下腰大口喘氣。

柔嘉正擔心薛蘅是否脫離險境，忽聽有急促的腳步聲分荊撥草而來。她嚇得正要找地方躲匿，來者已急喚道：「公主！是我！」柔嘉大喜，回過頭，衝上去抱住來人，「抱琴！」

主僕二人重見，喜極而泣。

抱琴身邊之人取下蒙面黑巾，急道：「此地不可久留，你們快走！我去接應薛閣主！」

柔嘉看清他的面容，大爲驚訝，料想不到僕射堂的呂青怎會在此時此地出現。

四十　世上已無陸元貞

當日薛蘅將柔嘉拋出，抱琴便在人群中東衝西撞，又暗中彈射石塊，將圍在人群外的丹兵擊得跌落馬下。現場一片混亂，她趁機奔向柔嘉被拋出的方向。可她剛溜入小樹林，旋見一隊丹兵從另一邊追趕上去，將柔嘉按倒在地。

抱琴驚駭下正要躍過去，一側的灌木叢中突然無聲無息地伸來一隻手，捂住她的嘴，將她拖到灌木叢後。她還待掙扎，那人在她耳畔用極低的聲音道：「你這時候出去是送死！」

抱琴聽出是呂青的聲音，不由一呆。遙見柔嘉已被押遠，薛蘅又與那「鬼魅」般的黑衣人鬥成了平手，她頭腦稍得冷靜，遂不再掙扎。呂青仍捂得極緊，待丹軍押著所有俘虜遠去，才鬆開了手。

他手一鬆開，抱琴馬上大口地喘著氣。待劇烈的心跳平靜些許，見他的手還在面前，她猛然張口，狠狠咬了下去。呂青抱著手臂痛呼，抱琴轉過身來怒瞪著他，恨聲質問：「爲什麼不出去救公主？」

呂青苦笑道：「抱姑娘，啊不，琴姑娘，你想去送死以表忠心，我絕不反對，可我得留著這條命，想辦法將她們救出來。」他看著手臂上深深的齧痕，抽了口涼氣，搖頭道：「鄧總管說得沒錯，你確實有股狠勁。」

抱琴憂心如焚，無暇細想他這話，急問：「怎麼辦？怎麼救出公主？」

「先別急。」呂青站起身來，「我們先跟著，再找機會下手。」

抱琴無奈，只得跟著他出了樹林，二人遠遠跟隨丹軍，直到入夜丹軍紮營，才找了個地方歇宿。抱琴這時甫想起來問呂青：「你怎麼會在這裡？」

呂青笑了一笑，岔開話題，「我去營地中打探一下，你在這裡等我。」

抱琴打十三歲起即未和柔嘉分開過，早將她當成了自己的親生妹妹。此刻想起柔嘉被擒，心中無比自責，再聽到樹林中夜梟的鳴叫聲，想到柔嘉公主之身竟淪爲俘虜，此刻不知如何受苦，不由落下淚來。

等了許久仍不見呂青回轉，環顧林間黑影濃重，抱琴隱生恐懼，彷彿天地之大只有她隻身一人孤零零待在這黑暗之中。正胡思亂想，一個黑影奔回林中，正是呂青。她忙迎上去，「怎樣？公主怎樣？」

此時一縷月光從林梢透進來照在她臉上，淚痕依稀，呂青看得一怔，話語也不自覺地放輕了幾分，「你放心，公主暫無危險，可有重兵看守，我找不到機會下手。」

抱琴大失所望，呂青將手中之物遞給她，她接過一看，是兩塊油餅。她微微低下頭，咬著油餅，好半天才輕聲道：「多謝。」

呂青笑了笑，跳上一棵松樹，閉目休憩。待抱琴吃完油餅，依在樹下歇息，他忽然極輕地說了一句：「你待公主，倒是眞心。」抱琴抱膝坐在地上，望著天上微芒星光，許久低低應道：「公主待我，也是眞心。」

呂青未再多言，用手指輕叩著膝頭，低低地吟唱起來：「鐵騎起，妃子別，相顧淚如雨，夜夜指故鄉……」吉光片羽的記憶在腦海中依稀閃現，他神情恍惚，唇角微勾，帶上了幾分苦笑的意味。

抱琴想起赴邊關爲謝朗洗冤的途中，也常常聽他哼唱這首曲子，遂好奇地問道：「呂大哥，這是你家鄉的曲子麼？」

呂青搖搖頭，把手枕在腦後，「我也不知道。我五歲時與親人離散，不曉得自己叫什麼名字，不知道家鄉在哪裡，親人的一切我都不記得了。我只記得小時候每天晚上能聽到的歌聲，但那歌的詞我也不記得了，只哼得出其中幾句的曲調。從五歲起，我每晚逼著自己哼這曲調，到了後來，我自己給這幾句配上了詞。我就怕自己有一天，會連這最後的一點東西都忘掉……」他停住話語，目光迷濛地看向茫茫夜空。這世上的許多事情他比別人看得清楚，唯獨自己的來路，他看不清楚。

抱琴心生憐憫，想起自己的身世亦不禁大起同病相憐之感，兩人默默無語。

月過中天時，呂青悄然跳下松樹，凝望了熟睡的抱琴有頃，將外袍脫下，輕輕覆在她肩頭。

二人這樣隱匿行蹤，跟著丹軍到了燕雲關，偏始終找不到機會下手。燕雲關關門緊閉，他們也無法入關向平王報信，只能一直在丹軍軍營外藏匿。

丹王放話要於三天後攻城，呂青思忖一番，覺得只有在丹軍押送柔嘉和薛蘅到燕雲關的途中才有一線機會。二人備齊弓弩箭矢，這日凌晨便在此等候，意圖冒死一搏，恰與薛蘅所思不謀而合，甫及時救出柔嘉。

抱琴此時自不及細敘這些情形，她緊攥住柔嘉的手，「公主，我們快走。」

柔嘉略生猶豫，自知武功低微根本幫不了薛蘅的忙，反而只會拖累她，便向呂青道：「呂大人，拜託你了，定要將薛先生救出來。」

呂青點點頭，轉身就走。抱琴看著他修挺的背脊，心中一熱，脫口呼道：「呂大哥，你千萬小心！」

呂青腳步頓了一頓，旋即掠向樹林，片刻不見了蹤影。

那廂薛蘅激鬥間瞥見柔嘉已竄入樹林，而接應二人的身影極似呂青和抱琴，她心中大石落地，手中刀光四起，每刀均含凌厲真勁，如風捲殘雲般殺得丹兵死傷枕籍。但她也知道這樣纏鬥下去不是辦法，只要軍營中留守的丹軍聽到動靜趕過來，自己便插翅難飛。

念及此，她一聲厲喝，身形拔起丈許高。丹軍齊齊將槍戟矛戈高舉，薛蘅落下來時，在這數十桿槍戟上借力一踏，如搏兔之鷹撲向數丈外的那名將領。不等那將領一招遞出，她已挺刀刺入他的腹肋，順手一帶即將他拖落在地，自己騰身上馬。

她力夾馬肚，不馳向前方，反朝丹軍大營馳去。將領被斬，丹兵乍現慌亂，待看清薛蘅竟是馳向己方軍營，更愣了片刻，反應過來時大呼小叫追上來，卻被薛蘅拋下十餘丈。

趨近丹軍軍營，薛蘅飄落馬背，施展輕功，在聽到動靜而出來攔截的丹軍之中像泥鰍一般鑽來突去，手中厚背刀如砍朽木，殺得丹軍人仰馬翻。混亂中，她突入一座營帳，砍斷繩索將營帳拉倒在地，再如法炮製連連砍翻數個營帳後，丹軍已不見了她的身影。

丹軍留守的將領隨後趕到，與押送薛、秦二人的將士會合，這才知道發生了何事，急忙派人火速往燕雲關下報信。可剛派出傳信之人，還沒來得及下令搜索軍營，營地內驟然嘩聲大作，火苗四起。燕雲關為北境乾燥之地，一有火苗便濃煙滾滾，丹軍頓時慌了手腳，紛紛趕去救火。

薛蘅仗著絕頂輕功在丹軍軍營內遊走，放了幾把火後，尋找關押那千餘名殷人之處。可尋了一陣仍未找到，薛蘅不由有些著急，她知時間緊迫，只要燕雲關下的丹王獲知消息後派雲海十二鷹回來，自己將難逃險境。

四顧之時望見丹王的中軍大帳，她心中一動，閃身疾走，不多時潛到了中軍大帳後。她運氣聽了片刻，知帳中僅有一名身無內功之人，遂輕挑起帳角鑽了進去，只見帳中用牛皮製成的作戰圖前，一名十二三歲的灰衣少年正拿著根皮鞭指來指去，嘴裡還不停低聲念叨著。

薛蘅悄無聲息地掩近，手指駢點正中少年數處穴道。少年一聲未發，軟倒在地，雙眸之中僅露出片刻慌亂便恢復了鎮定，好奇地盯著薛蘅的一舉一動。

薛蘅見他年歲與薛定相仿，且是侍童裝扮，不欲傷他性命。她在帳內找到一件銀色盔甲，忙套在身上，繫好盔帽。她身量高眺，比一般男子矮不了多少，那盔帽又是半遮面的，這樣一來，若不將盔帽掀下，誰也不知她就是薛蘅。

她取了案几上一塊令牌，想了想，在那灰衣少年身邊蹲下來，拿恐嚇語氣低聲道：「你知不知道捉來的殷人關在哪裡？你若說出來，我饒你性命。」

灰衣少年眼珠一動，點了點頭。薛蘅諒他也不敢搗鬼，旋將他拎起，右手在他腰間輕輕托著，出了中軍大帳。說也奇怪，她換了這身銀甲，與這少年一路走來，即使偶爾遇上丹兵，丹兵們個個不敢直視她，皆恭恭敬敬地閃在一邊，躬腰爲禮。

少年不能出聲，以目示意，不多時引著薛蘅來到丹軍營地東南盡頭角落。這是一處極簡陋的馬廄，關著上千人，正是當初和薛蘅一起被俘的那群殷人。

薛蘅心中一喜，見看守的丹兵不多，立時掏出令牌，喉間變成粗重威肅的男聲道：「王有令，提這些人前去關下當肉盾。」

看守的丹兵聽了，忙將殷人往馬廄外趕。這一路走來，須繞過庫莫奚人的營帳，薛蘅心生一計，走過那年老族長身邊之時急促傳音：「往東南走，進雲杉林，到白沙河邊等我！」那族長聞言一愣，旋即鎮定，控制著不露出喜色，只眼皮微微眨了一眨。

再走十餘步，經過庫莫奚人營帳時，薛蘅突地發難，將手中少年拋向一邊，佩刀揮舞，招式精奇奧妙，連斬十餘名押解的丹兵，又順手斬翻兩座營帳。丹人一亂，老族長連聲口哨，殷人旋跟著他朝東南方向奔逃。薛蘅斷後，真氣隨著刀鋒激送，鮮血激濺，丹兵又倒下十餘人。

可殷人逃出不遠，營地內馬上有一隊丹兵追了出來，薛蘅正焦急之時，猛見那隊丹兵紛紛倒地，捂著臉在地上翻滾哀號，似是中了什麼暗器。薛蘅知是呂青回來接應，遂放下心，繼續與丹兵搏殺。

這時庫莫奚族留守之人也大呼小叫奔出營帳，因爲薛蘅穿著丹軍將領的盔甲，他們都以爲丹軍起了內訌。庫莫奚人正一直爲了被脅迫南下而心有不忿，這刻自然樂得隔岸觀火，更有人大聲起哄。薛蘅巴不得他們出來看熱鬧，閃躲槍戟時躲入了庫莫奚人之中。丹兵手上兵刃不及收招，庫莫奚人便倒下了幾個。庫莫奚人大怒，操刀執槍上前理論，與丹兵推搡成一團。

薛蘅趁機閃躲，溜向殷人逃走的方向，剛走出十餘步，她忽瞥見先前擒住的那名灰衣少年還倒在一座塌倒的帳篷邊，甫想起自己尚未解開他的穴道。可當時爲求不讓他發出半點聲息，她點中的是他數處要穴，且用的是天清閣獨門手法。如若不在其穴道處用獨門眞氣揉搓半炷香的工夫，他就會落下終身殘疾。然此刻她忙著逃命，又如何能耗費時間爲他解開穴道？

她看著這少年與薛定相仿的烏黑眼眸，再想到他是侍童，手中還沒沾上殷人的鮮血，不禁心中一軟，將他提了起來，向前疾奔。

快到樹林前，她回頭看了看，見丹軍軍營內又冒出幾處火苗，猜曉定是呂青又放了幾把火。呂青輕功不亞於自己，且丹軍並不認識他，只要隨便換個裝束就可逃脫，她也不擔憂，迅如青煙般奔向樹林。

那千餘名殷人扶老攜幼的，逃得不快，才剛奔入樹林，薛蘅便趕將上來。老族長正率著壯漢們斷後，見薛蘅趕上，恨不得即刻下跪謝過救命之恩才好。薛蘅看著他們面上的感激之色，道：「趕緊走。」

眾人發足狂奔，不多時，呂青也追趕上來。見薛蘅拎著一個丹人裝束的少年，呂青不禁訝道：「他是誰？」薛蘅沒回答，逕帶著眾人奔出樹林。

到了白沙河邊，薛蘅找到祖師爺行軍手札中記載的那處河灘，正發愁如何讓這群婦孺老幼泅過白沙河，卻見那族長一聲令下，眾人紛紛跳入河中，就連五歲小孩都不例外，跟著大人向對岸游去。極幼的嬰兒則被大人放在粗樹枝上，推過白沙河。薛蘅大奇，一問族長，才知他們是居住在赤水原伏剎海邊的漁民，皆姓尙，水性自是極佳。

薛蘅脫下盔甲丟入河中，與呂青殿後泅過白沙河，又將留下的痕跡遮掩一番，這才帶著眾人披荊斬棘向前而行。路途中見到有草叢被踩踏的痕跡，她知道必是柔嘉和抱琴留下的。

遙見山谷下出現兩棵銀杏樹時，薛蘅回首一看，此時朝陽高懸、風動樹梢，從燕雲關隱約傳來千軍萬馬廝殺的聲音。她輕歎一聲，道：「可惜小黑不知跑到哪裡去了，不然也好讓牠去送個信。」呂青應道：「咱們今天在丹軍軍營中這麼一鬧，閣主和公主又沒被押上戰場，王爺只要派出探子打聽，定能知曉。咱們還是趕緊逃離險境，再找到公主，一起去燕雲關。」

薛蘅點了點頭，分開銀杏樹間的荊棘，回頭向眾人道：「大家打起點精神，只要順著這條山路南下，便可逃到左家堡。」眾人一陣歡呼，均有死裡逃生的喜悅，更有人泣不成聲。他們在老族長的調度下，井然有序地走向荊莽叢林之中。

薛蘅走出數里，知已脫離險境，甫放下那丹族少年，在他穴位處揉搓了一陣。少年輕咳數聲，睜著烏黑的眼睛看著薛蘅，一言不發。

薛蘅冷聲道：「我不會傷你性命，但你也休想逃回去向丹王報信。我現下點了你的一處死穴，每半個月解穴一次才能保你性命。待戰事平定之後，我再放你回丹國，在此之前你最好放老實些。」

少年露出怯懦之色，連忙點了點頭。薛蘅這時驟覺體內眞氣亂竄，知道自己不惜損耗內力，強行衝開被羽蒼點住的穴道，再加上先前那番激戰，已然傷了經脈，可此時也無法運功療傷，只得咬咬牙，繼續領著眾人往前走。

燕雲關。鼓角雷鳴，鏖戰正酣。

城門後，謝朗披甲上馬，手持長槍，環視甲冑鮮明的驍衛軍將士。他目光平靜，朗聲道：「都準備好了麼？」

「是！將軍！」驍衛軍個個昂首而應。

大白從空中俯撲下來，傲立謝朗肩頭，謝朗擺出手勢命牠一飛沖天。將士們仰頭望著大白展翅長空的雄姿，皆不由自主地熱血冒升，骨子裡驍勇善鬥的豪情登時騰騰湧上。

陸元貞走到馬前，「小謝，注意聽我的鼓令，不可戀戰，與裴將軍配合好。」

謝朗點點頭，笑道：「放心吧，我們啥時配合失誤過？」又在馬鞍上向平王低首行禮，「王爺，末將去了。」

丹王今日沒有將柔嘉和薛蘅押到陣前，平王這刻顯得輕鬆許多，他看著謝朗，頷首微笑。謝朗長笑道：「弟兄們，走！殺丹賊！」

「殺丹賊！」驍衛軍齊聲呼應，豪氣干雲，蹄音震震馳向關門。

此時關牆上的殷軍弓弩齊發，又投出石塊，將抱著擂木攻城的丹軍逼退十餘丈。關門於此時大開，謝朗領著萬名驍衛軍殺將出去，裴無忌同領萬人隨之殺出城門。

謝朗持槍疾馳，以雷霆萬鈞之勢衝向丹軍，右臂運力，長槍洞穿一名丹兵胸口，再槍桿一沉，擋住一名丹軍將領刺來的鐵槍，順勢抽出長槍。謝朗大喝一聲，震得那丹將手微微一抖，他已掄起長槍刺入對方的咽喉。又有兩名丹將衝了上來，謝朗以一敵二，招式凌厲，威風凜凜，不多時又將這二人挑落馬下。連殺數人皆在眨眼之間，他在丹軍之中橫衝直撞，手中長槍崩點劈挑，威不可擋。丹軍見他如此神勇，皆不由自主地心生怯懼。

九旄白毛大纛下，丹王剛聽罷軍營派來之人的奏報，知道公主和薛蘅逃脫，氣得雙眉一寒，眸凝怒火。但此時兩軍已經開始激戰，他只得壓下怒火，看了陣中形勢片刻，雙目閃過濃烈的殺機，寒聲道：「誰去砍了平王的這隻左臂？」

羽蒼、羽紫二人同時閃身而出，躍上戰馬，馳向陣中。

此時驍衛軍已和丹軍激戰在了一起，待羽蒼、羽紫殺來，裴無忌恰好趕到，接下羽紫的招數，謝朗則和羽蒼槍劍交鋒。

謝朗武功不如羽蒼，但他在兵刃上占了便宜。劍乃輕靈之器，適宜武林高手對決，卻不適合在戰場上使用。槍則爲「戰器之王」，威力無比，殺傷力極大。且謝朗天生臂力過人，沙場對決經驗豐富，身下戰馬尤是萬裡挑一，一套「朔風槍法」使將出來，銀光閃閃，如潛龍出水、鷹嘯長空，羽蒼一時竟攻不到他的身邊。

燕雲關外，數萬人拚力搏殺，戰況激烈。一輪麗日當空，北國晚春明媚的陽光灑遍每一寸土地，也照著這殺聲震天與遍地鮮血的修羅場。

「鼕！鼕！鼕！」丹軍戰鼓乍然大作。萬名騎兵在摩罕的率領下殺向關下，待摩罕大批縱隊剛一馳出，又是三通鼓響，那桑率一支萬人分隊如潮水般緊攻而來。

城牆上陸元貞耐心而冷靜地觀察著，估計平王已撤到姚家寨，而謝朗和裴無忌漸顯疲勢，丹軍步步逼近，他終於將手一揮，親自擊響回撤的鼓令。謝朗聽到鼓令，一聲怒喝，手中長槍爆裂出無數圈銀光。郝十八與幾名副將衝上來纏住羽蒼，大叫道：「將軍！形勢不妙，先撤回去！」

謝朗長歎一聲：「罷！」又嚷道：「丹狗厲害，先撤回關內！」

此時徐烈領著蓄勢以待的一萬神武軍出關接應，他們箭弩齊發，將丹軍逼退一些，掩護著謝朗和裴無忌往回退。然而這三萬餘人要全退回關內，談何容易！只退得萬餘人，丹軍又逼將過來。

丹軍漸逼漸近，殷軍節節敗退，待摩罕率著丹軍先鋒軍突至城牆下，殷軍已來不及將關門關上。

見殷軍人仰馬翻，倉皇後退，摩罕振聲長笑，一挺長槍，追入燕雲關。登時箭矢和投石在城內外此起彼伏，火光四起，燕雲關內外戰馬嘶鳴，一片混亂。

城外的丹軍如蝗蟻般聚來，湧入關門，城牆上的殷軍拚死抵抗攻上來的敵人，鮮血染紅了赭色城牆，屍體伏在牆垛之間，戰旗傾覆在地，轉眼被踩得支離破碎。

「轟隆！」燕雲關的城門終於不堪重負，頹然倒地。

丹王大喜，哈哈笑道：「兒郎們！取平王首級者賞黃金萬兩！」

丹軍一聽，個個奮勇向前，吶喊著湧入燕雲關。

燕雲關南面百餘里外的姚家寨。

天近黎明，謝朗看著陸元貞和三百名習有武藝的精兵換上丹軍軍服，突想起一事，忙從鎧甲上取下麒麟片遞給陸元貞，道：「小陸，你戴上這個。」

陸元貞微笑著拒絕，「我是去偷襲救人，哪及得上你危險？」

謝朗面色一沉，堅持道：「否則你留下，我去救人！」

陸元貞只得接過麒麟片，謝朗咧嘴一笑。陸元貞看著謝朗如陽光般燦爛的笑容，心中莫名湧上一絲傷感，他也不懂自己爲何忽然會有這種「生離死別」的感慨，忙打起精神匆匆走向平王。平王拍上他的肩膀，叮囑道：「你們自己要小心，能將人救回來則好，萬一救不出，千萬別硬來。」

陸元貞道：「王爺，欒家溝是最重要的一戰，待在那處與郎崢的隴右軍會合，拖上七天，大局必定。」

平王默然頷首。

謝朗突大步過來，右拳擊出。陸元貞微愣，旋即握拳與之對擊，正是二人幼時起許下承諾時的慣用動作。

平王心中一熱，猛然握住二人手掌，凝望著他們，輕聲道：「好兄弟。記住，活著回來！」

當黎明的第一縷陽光射到姚家寨最高的銀杏樹上，陸元貞回頭看了看平王和謝朗，微微一笑後轉身而去。

如陸元貞所安排，殷軍在姚家寨堅守了兩日，「潰敗」至漫津關。漫津關再戰三日，殷軍不敵丹軍強大攻勢，向欒家溝撤退。

謝朗率著驍衛軍斷後，凝望不遠處緊逼而來的丹軍，又遙望空中被夕陽染得瑰麗無邊的浮雲，心底驀地湧上一絲憂慮：陸元貞去救柔嘉和薛蘅，已走了五日，難道至今還未得手？

丹軍步步得勝，士氣正旺，追得極緊。謝朗與驍衛軍拚死攔阻，估計平王已率著主力退至欒家溝與隴右軍會合，甫繼續裝作不敵，領著驍衛軍退向欒家溝。

快至欒家溝，謝朗微鬆了口氣，卻聽己方陣營內戰鼓急擂，竟是拚死抗敵的指令。他悚然一驚，正不知發生了何事，恰見徐烈率兵馳到，滿頭大汗道：「形勢不妙！隴右軍還沒趕到欒家溝！壕溝工事也都沒挖好！」

謝朗失聲道：「什麼！」可等不及他細問，丹軍先鋒隊已然再度逼近。謝朗只得一咬牙，厲聲道：「兄弟們，隨我來！」說著回身策馬殺向丹軍。

此時暝色四合，暮光低垂。殷軍連續搏殺了數日，疲態盡露。他們原本指望著撐至欒家溝後能好好歇整，由好整以暇的隴右軍應戰丹軍，可此時不但未見隴右軍出來接應，主將還下令再攻，他們只得強打起精神，聲嘶力竭地吶喊，回身殺向丹軍。

而在欒家溝小村莊內，平王氣得髮指眥裂，激動地來回走著，怒罵道：「郎崢貽誤大局，誤國誤民，萬死不足贖其罪！」

裴無忌終究年近不惑，經過幾天的搏殺，顯出疲態。但此時陸元貞不在，謝朗和徐烈等人正在阻擊丹軍，他只得撐起精神，勸道：「王爺，眼下當務之急是守住欒家溝。郎崢之罪，日後再行追究。」

平王收住步伐，歎道：「別無他法，唯有死戰。」悲壯的語氣令四周將領們齊齊低下了頭。

裴無忌強行提起眞氣，重披上戰甲，喝道：「弟兄們，和丹狗拚了！」

看著將士們衝將出去，甚至那些受了輕傷的也不甘人後，平王心中一痛，彷彿體內被生生地剜去一塊似的。他喘了口氣，取過鼓槌大喊道：「弟兄們！今日就以我等的熱血，守家衛國！」說罷，將戰鼓重重敲響。

這一日是四月二十三，天上的一彎清冷斜月照著大地，看著二十餘萬人在月光下廝殺，看著血流成河，染紅欒家溝的小溪，染紅茫茫平野。

殷國景安九年四月二十三，欒家溝大戰，郝十八陣亡，徐烈重傷！殷軍拚死護著平王退出欒家溝，一路潰敗，經左家堡、聞集，至獅子廟未見丹軍追來，才略得喘息，重整大軍。但十萬殷軍已陣亡一萬八千人，傷患近三萬！

獅子廟往南是廣褒的平原，若再失守，殷軍唯有在漁州死戰。其時孫恩的寧朔軍尚未趕到漁州布防，若漁州失守，則京畿以北再無漫漫雄關、巍巍鐵城可作屏障。

淒冷的月光下，平王與謝朗在傷兵群中蹲下來，輕言撫慰。他們心中悲憤傷痛難抑，卻不得不強忍著，以溫和的言語、鎮定的神態安撫軍心。

獅子廟的百姓早逃向南方，二人走入一間簡陋民房，看著昏迷不醒的徐烈。謝朗一拳擊上牆壁，雙目通紅。平王拍了拍他的肩膀，在土炕邊坐下來，向軍醫問道：「如何？」

軍醫累得喉嚨嘶啞，回道：「刀入內腑，現下已給他止了血，但絕對不能再移動，否則……」

謝朗抬起頭，顫聲道：「王爺，不能再退了，我們絕不能失去小徐。」

平王緩緩點頭，「是，不能再退了。」再退，士氣難振；再退，漁州難保；再退，大局將亂！

平王萬未料到，只因爲郎崢沒能及時趕到欒家溝，戰事就如此逆轉直下。他心中霎時湧上一股深深的無力感。三年前的赤水原，弘王的人暗中操控軍糧，令殷軍在赤水原餓了七天，那時平王憤慨不已、揮鞭痛罵。而這一刻，他卻只有深深的無力感。

這一夜，平王如岩石般靜坐在黑暗之中，坐了整整一夜。

黎明時分雷聲大作，未久，大雨砸落下來。平王緩緩站起，走到屋外讓冰冷的雨水打在自己身上，沖洗掉一夜的積憤與傷痛。

逆風暴雨之中，前方忽傳來許多人的驚呼之聲，猶夾雜著著謝朗一聲愴然入骨的悲號。平王凜然清醒，在親兵的簇擁下，急步往獅子廟外臨時挖出的壕溝走去。

此時風雨如晦，晨光也被風雨遮沒。平王僅能模模糊糊地看見，謝朗正牽著一匹馬，踏著污泥雨水朝自己步步趨近。馬鞍上伏著一個人，雙腿和雙臂都垂在馬側，隨著蹄聲僵硬地一起一落。

平王呆站在大雨之中，看著謝朗牽著馬越走越近，看著馬鞍上那熟悉的身影越來越近，心一分一分地沉入萬丈深淵。

有士兵痛哭出聲，慢慢地，嚎哭聲在風雨中響成一片。

謝朗一步一步走到平王面前，他滿是雨水和淚水的臉已因悲痛而扭曲得變了形。平王木然地看了他一眼，又木然提步，走到馬前將馬鞍上的陸元貞抱下來。

這一刻，平王忽然憶起十歲的時候，他最喜歡和謝朗、陸元貞等人角力。他和謝朗各有勝負，對陣陸元貞卻從來沒敗過。每當他抱著陸元貞的腰將對方摔倒在地，再壓在對方身上，就會哈哈大笑。十歲的文靜少年被他壓在身下，因爲落敗，臉漲得通紅。

這一刻，他在他的懷中，身軀冰冷，面色卻沉靜得宛似熟睡一般。

第九章 非君莫屬

薛蘅眼中泛起瑩瑩清光，她垂眸落淚的一剎那，謝朗低下頭輕柔地吻上了她的眼睛。淚水濡濕了他的雙唇，苦澀而甜蜜。

他的雙唇向下移動，溫柔地印上了她的唇。這一刻的感覺如此引人心弦顫動，謝朗的胸膛快要炸裂開來。感覺到薛蘅在輕顫，似在害怕什麼，他用力地抱住了她，彷彿在說：「有我，你再不會有噩夢和傷害。」

金黃夕陽鋪灑在一望無際的油菜花田，也鋪灑在花田中央默默相擁的兩個人身上。

四十一　駿馬星馳始見君

火堆邊，平王和謝朗默默替陸元貞擦著身子，又默默地替他換上乾淨衣裳。

屋外，將士們的哭泣聲依稀傳來。裴無忌在風雨中斷聲吼道：「不要哭！是個男子漢就不要哭！」過得片刻，他衝進屋內，抱頭坐在了地上。

平王並不抬頭，凝望著陸元貞的面容，輕聲道：「裴將軍，丹軍隨時有可能追上來，勞你去布防，再將護送小陸回來的將士叫進來。」

裴無忌低沉地應了聲，再看了一眼陸元貞，痛苦地扭頭而去。

十餘名滿身血跡的將士進來，跪在平王背後。

平王緩緩道：「從你們出發後說起，每一個細節都別落下！」

「是。」一名校尉低泣著稟道：「陸長史帶著我們離了姚家寨，想先聯繫上我方在丹軍中的『間士』，打探公主關在何處、由何人負責押解。唯形勢混亂，我們跟著丹軍走了兩天，還是沒能與『間士』聯繫上。

「後來，陸長史發現丹軍在行進途中，不停派出大批人馬，在沿途和周邊搜尋什麼人，似是很緊張的樣子。陸長史覺得公主和薛閣主有可能已經逃脫，但又不能確定，於是決定冒險潛入丹軍營中一探究竟。陸長史選出十餘名武功高強的弟兄潛入丹營，本想捉一名丹軍將領逼問口供，誰知那名將領身手也不弱，大聲呼救，我們只得放了幾把火，速速退回。

「我們又跟到漫津關，這時陸長史發現丹軍有支千人分隊押著兩駕嚴嚴實實的馬車。他覺得裡頭可能是公主和薛閣主，偏又怕中計，猶豫不決之時，那馬車裡隱隱傳出女子痛苦呻吟聲，又掉出一雙繡花鞋，正是公主慣常所穿的。

「陸長史便著了急，決定趁當時丹軍正攻打漫津關，帶著我們去救公主。我們尾隨那千人分隊，待他們歇整時，出其不意地衝將上去。陸長史本調派好了何人誘敵、何人救人、何人斷後，大家按調派行事。誰知……誰知……」那校尉喉頭嗚咽，已說不下去。

平王雙眸通紅，追問道：「然後怎樣？」

校尉目中淚花滾動，「馬車中的確有一名女子，但不是公主，而是雲海十二鷹中的那個羽翠！」

「雲海十二鷹！羽翠！」這七個字，平王幾乎是咬著牙說出的。

校尉低泣片刻，續稟道：「羽翠傷了陸長史的一條腿，長史知道中計，急命我們後撤。我們一路後退，正逢丹軍攻破了漫津關，到處都是丹兵，我們要隱匿行蹤，便退得極慢。等到了欒家溝前，長史一看與丹軍交戰的竟不是隴右軍，旋知大事不妙，正想著如何趕回王爺身邊，欒家溝已被攻破。

「長史大急，眼見丹軍追得緊，立時決定帶領我們在丹軍後方放火燒糧草，想著只要能拖他們一時，就能讓王爺多一點時間布防。在燒糧倉時，我們與丹軍激戰一番，長史因爲腿傷，行動不便，不幸中箭……」

平王望著陸元貞胸口上的箭洞，痛苦地閉上雙眼，顫聲道：「不是讓他帶了『麒麟片』麼？怎麼……」

親兵寇勛聞言，伏在地上泣道：「王爺，小的有罪。陸長史臨走時，偷偷將麒麟片塞給我，讓我依然鑲在王爺的鎧甲裡，小的有罪……」

平王悲痛得說不出話來。那校尉從懷中取出一封信，信封上血跡斑斑。

校尉將信呈至平王面前，泣道：「那幾天晚上，長史總是夜不能眠，他像是有預感自己會……就寫下了這封信，臨終時讓我們將信轉呈王爺。」

平王臉色蒼白，緩緩地接過信，卻乏勇氣將信箋抽出。謝朗痛入骨髓，再控制不住，猛地轉身抱住平王，放聲大哭！

——太學的東窗下，謝朗因為練武誤了文章，被陸博士留在太學，罰抄《大學》二十遍。陸元貞冒著被他爹發現的風險，與謝朗挑燈夜戰。抄罷，他丟下筆，揉著手腕抱怨道：「小謝，下次再罰抄書，我可不幫你了。」

——涑陽城外的離亭，他急得團團轉，直到平王和謝朗打獵歸來，他才欣喜地鬆了口氣，轉而賭氣道：「你們打獵不叫我，下次休想我替你們遮掩。」

——順和宮的東暖閣中，他微微一笑，「王爺，元貞不才，願以微薄之身助您中興大殷，開創承平盛世。到那時，元貞再效法青雲先生浪跡四海，遊歷天下，蓋三間草堂，得天下英才而教育之。」

——三年前的高壁嶺之戰，他無比自責，將自己關在帳中，整整三天不進水糧。謝朗衝進去點了他的穴道，強行餵他吃下東西。他抱著謝朗大哭一場，第二日他神色平靜地走出營帳，從容鎮定地指揮了之後的大峨谷一役。

——六天之前，他修長而溫暖的手，與平王和謝朗的手握在一起。平王看著他們，輕聲說著：「好兄弟。記住，活著回來！」

誓言猶在，斯人已去。人間猶有平敵策，世上已無陸元貞！

親兵從獅子廟的農戶家中尋到一口黑漆棺木。平王抱著陸元貞，輕輕地將他放入棺木之中。謝朗在靈前單膝跪下，殷軍將士在他背後齊齊跪落，將盔帽取下，低頭致祭。

眼見棺蓋一分分移合，平王忽道：「慢著。」他走到棺木旁，久久凝望陸元貞的面容，身形如岩石般紋絲不動。將士們不敢相勸，只默默在旁側守候。

濕悶的風撲來，平王才猛然驚醒，閉目長歎。

親兵剛將棺蓋合上，釘下鐵釘，壕溝方向驟地傳來一陣騷動，謝朗迅即站起，將士們也都以為丹軍追來，正要返身去拿兵刃。一群人大叫著奔來，「王爺！公主回來了！」

他們向兩邊散開，兩個女子快步而來，滿身泥水，形容狼狽，正是柔嘉和抱琴。

謝朗呆愣片刻始望向柔嘉背後，卻不見那個魂牽夢縈的身影。他的心倏地提到了嗓子眼，衝上去連聲問道：「柔嘉，蘅姐呢？她在哪裡？」

柔嘉正要回答，平王忽然大步走過來，掄起右掌，運盡全身力氣狠狠地搧上了她的面頰。柔嘉猝不及防，被打得眼冒金星、跌坐在地，面頰倏地高高腫起，嘴角也滲出了血絲。抱琴驚呼一聲，急忙抱住她，卻不敢責備平王。

謝朗和將士們都呆住了，愣愣地在一邊看著。

好半天，柔嘉眼前的黑雲才散去，她抬起頭來，眼含淚水，不解地喚道：「皇兄……」平王指著她，厲聲道：「這一巴掌是打醒你，讓你從此記住，你姓秦！你被百姓們錦衣玉食供養著，卻從未對社稷國家負起你應有的責任！你……你害死了……」

謝朗急忙一把攬住平王的肩，道：「王爺，別誤了小陸下葬的時辰。」

柔嘉大驚，看著前方的黑漆棺木，露出不可置信之色，顫聲道：「元貞哥哥怎麼了？」

平王猛地轉過身，淚水奪眶而出，落入泥濘之中。

陸元貞下葬後，平王在屋中呆坐至黃昏，甫將柔嘉喚了進來。

柔嘉已哭得雙目紅腫，強行克制著悲痛，將被俘後的所有事情詳述交代。她與抱琴泅過白沙河後，依薛蘅所言找到了那條小道，一路披荊斬棘、忍饑挨餓，經過數日跋涉，到了左家堡。此時平王剛率部退至獅子廟，丹軍先鋒軍正通過左家堡。二人捨棄官路，翻山越嶺，這才輾轉到了獅子廟，不料見到的卻是陸元貞的靈柩。

雖然平王沒將話說全，柔嘉卻猜到了幾分陸元貞犧牲的緣由，心中自責不已，泣不成聲。

平王聽罷，因爲陸元貞慘烈犧牲的悲痛逐漸被理智壓下。他思忖良久，抬頭向謝朗道：「小謝，你覺不覺得奇怪？柔嘉見到丹軍先鋒軍通過了左家堡，爲何他們至今仍未追來？」

謝朗這刻正想著薛蘅是否順利逃脫，大白是否能找到她，有點神思恍惚。平王再喚了他一聲，他才茫然地抬起頭。

裴無忌接口道：「是很奇怪，丹軍怎可能放過這大好機會，不乘勝追擊呢？」

眾將領都覺頗不可理解，正各自思忖之時，有親兵入屋稟道：「王爺，探子回來了。」

「快傳！」

探子進屋跪下，面上神情詭異，三分是喜，七分卻是茫然不解。探子口齒十分清楚，稟道：「王爺，小的先到了聞集，聞集空空如也，不見半名丹軍，小的覺得奇怪，便往左家堡而行。快到左家堡時，正見丹軍將左家堡圍得水泄不通，還不停派人攻打上去。丹軍像是頗忌堡裡面的人，攻打城堡時不用箭弩及殺傷力大的攻城武器，僅以步兵攻擊，卻都被堡內之人擊退。丹王狀甚震怒，斬殺了兩名將領，小的在丹軍陣中見到了阿勒。小的往回走時，丹軍仍在攻打左家堡。」

平王、謝朗、裴無忌等人面面相覷，心中皆疑惑不解。左家堡中，是哪一路人馬拖住了丹軍？

探子猶豫少頃，續道：「因爲隔得遠，小的看不清堡內是哪一路人馬。但是……」

「如何？」平王眉頭一皺，不怒自威。

探子忙應：「小的隱隱約約認出在望樓上指揮守堡的一個女子。」

「誰？」

「好像是……是天清閣的薛閣主。」

謝朗雙眼驟然瞪大，嚷出一聲：「什麼！」

薛蘅帶著眾人跋涉在白沙河邊的荊莽叢林之間。

兩天之後，薛、呂二人和身強體壯的男人尚能支撐得住，婦孺老幼已不堪勞累饑餓。雖然男人們想辦法在山間尋了些食物，仍滿足不了這上千人的需求。加上眾人自南下逃難便飽受驚嚇和困苦，走到第三日，有體弱多病之人和幼兒相繼死去。

再走三日，倒下的人越來越多，尚氏族人看著親人一個個倒下，早麻木得感覺不到悲傷，他們平靜地將親人掩埋，默默離開。但每個人眸子裡求生的光芒，越來越濃烈。

這日穿出叢林，前方豁然開朗。白沙河到了這處，水流由急趨緩，河灘上正悠閒踱步的長腳鶴見叢林中冒出許多人頭，紛紛拍翅而飛，落下一地白羽。眾人愣了片刻，齊聲歡呼，更有人跳入河中，拚命在水裡撲騰。

男人們從河中摸了幾十條大魚上來，擊石取火，將魚烤熟。白沙河的魚肉嫩味鮮，雖缺油鹽，但經過這批漁民之手烤出來，呂青差點將自己手指頭都給吞進去。就連那一直默不作聲的丹族少年，吃了半邊魚後，眼中也露出強烈讚賞之色。

老族長清點了人數，只剩八百餘人，不禁一聲長歎，黯然不語。薛蘅安慰道：「從這裡渡過河，再走十餘里就是左家堡，總算到了安全之地，只要大家還活著，便是不幸中之萬幸。」

尚族長點了點頭，振作起精神道：「薛閣主說得是。老漢我活了七十多年，這七十多年中，先是柔然人和我們打，接著是柔然人和丹人打，而今又是丹人和我們打。可不管打得再凶，咱們老百姓，總還是要活下去的不是？」他站起來，蒼老的聲音悠長而響亮，「孩子們，打起精神！到了左家堡，咱們再吃一頓飽的！」

眾人一聽馬上來了精神，歡呼著泅過了白沙河。

左家堡在兩百多年前並不是一座城堡，其時齊國與柔然多年交戰，齊武帝修建了燕雲關，又沿白沙河每隔數里修建了烽火臺。齊國滅亡之後，殷太祖將國境擴充到赤水原，燕雲關以南的烽火臺遂都荒廢了，唯有左家堡這處的烽火臺因爲地處交通要道，南來北往的客商很多，有商賈在此處依著原有的烽火臺擴建，用作客棧和集貿之地，漸漸形成了一座城堡。自四年前丹軍攻至燕雲關，平王便將左家堡徵用做爲傳遞軍情的中轉站以及屯積軍糧的地方。

遙遙望見左家堡後面山丘上的烽火臺，薛蘅和呂青均鬆了口氣。只是走了這麼幾日，仍沒趕上柔嘉，二人不免有些擔心。

待穿出一片樹林，到得左家堡前，只見眼前一片狼藉，泥濘中無數靴印、蹄印，似乎剛有大軍由此通過。薛蘅心中生疑：平王是將大軍往北調，還是往南撤？

夕陽慘澹，左家堡用黃土夯就的外牆在暮靄中看上去猙獰而陰森，黑色堡門半開，由下方望進去儼似野獸張開著的血盆大口。薛蘅正生出一種心驚肉跳的不祥之感，已有十多名男人奔入左家堡。

沒有多久，他們又跑了出來，滿面疑惑之色，嚷道：「裡面沒人！」

薛蘅大感不解，她聽謝朗說過，當年的商賈在此處建造地室可儲藏大量糧食，平王將這裡做爲祕密的儲糧要地，怎會無人看守？

她正琢磨，眾人已紛紛奔入左家堡。她也想跟進去一探究竟，忽聽北面傳來轟隆隆的馬蹄聲，立時停住了腳步。

當第一騎從大道拐彎處轉出來，薛蘅看清馬上之人身上的丹兵服飾，與呂青相顧失色。此時大多數的人都進了左家堡，她要進去將他們叫出來逃命早已來不及。

丹軍越馳越近，當先一人是名千夫長，他看到薛蘅等人，勒馬大叫一聲，嘴張了半天又緊緊閉上。

千夫長一停，他背後的丹兵紛紛勒住馬韁。後面的不知發生了何事，便有哨兵策馬上前大聲問道：「發生了何事？」那千夫長低語了幾句話，哨兵露出震驚之色，看了看薛蘅這邊，迅即撥轉馬頭，疾馳而去。

薛蘅下意識瞧看背後是一望無際的坦途，眾人若往南逃，只怕逃不出百步便會被丹軍騎兵追上，眼下只有一條路，就是全體躲進左家堡。趁著丹兵猶未擁上，她喝道：「都進去！」

尙族長忙帶著剩下的百餘人奔入堡內，薛蘅斷後，忽見那名丹族少年正偷偷往一邊溜，她心中一動，躍將過去，將他拎入了左家堡。

背後，傳來丹兵的驚呼之聲。

堡門軋軋關上，尙族長在最初的驚駭後，逐漸恢復鎮定，指揮族人搬來大石擋住堡門。

薛蘅將手中的少年交給呂青，道：「呂公子，勞煩你看著他。」說罷在堡內上上下下迅速查看一遍。所幸底層的數間房屋內還有弓矢槍箭鎧甲之物，她找到地室，地室中也還有一些糧食，雖然不多，但足夠他們撐持數日。

她再奔上三層的望臺，僅見堡下丹軍正如蝗蟻般密密麻麻聚集，而北面大道上，還不斷有鐵甲騎兵馳來。薛蘅無比震驚，此處出現的明顯是丹軍主力，難道燕雲關已經失守？平王他們此時又在何處？

天色漸黑，丹軍燃起火把，左家堡被火光照得亮如白晝。尙氏族人聚攏在薛蘅身邊，默然看著她。

有婦人低泣出聲，她的男人怒叱道：「哭什麼哭？反正活不成了，和這些丹狗拚了！拚一個算一個！爲爹報仇！」隨即有人應喝道：「是！反正也逃不脫了，不如和他們拚了！」應聲之人越來越多，到最後，連女子們都高聲叫道：「是！落在他們手裡生不如死，還不如戰死在這處！」

薛蘅認出這幾名女子正是上次丹王夜宴時被逼著跳舞唱曲之人，她們那幾日自是受盡了凌辱，其中一人臉上的傷痕猶歷歷在目。她心中一痛，看向尙族長，輕聲道：「族長，您的意思呢？」

尙族長沉默著，目光自族人面容上一一掠過。他們都是他的子姪、孫輩甚至曾孫輩，他們這些年來尊稱他一聲「族長」；他帶著他們南下數百里，爲的是求一條活路，可又眼睜睜看著其中的一些人埋骨異鄉。此時，他們都拿期盼眼神看著他，等著他決定全族人的命運。

堡外傳來號角之聲，尙族長一聲長歎，古褐色臉上露出堅毅之色，道：「出去也是死路一條。薛閣主，請您指揮，和他們拚了！」

男人們隨都拿起了弓弩。尙氏一族世代居於赤水原的伏剎海邊，伏剎海雖名「海」，卻只是一個方圓數百里的湖泊。他們在湖邊居住，下湖捕魚、上山狩獵，箭術比經過訓練的士兵差不了多少。

薛蘅思忖片刻，道：「箭術最好的兩百人，站出來！」

陸陸續續站出來兩百人，薛蘅道：「你們帶上桐油，去守南端和北端的角樓，丹軍必會試圖從那兩面的山坡攻上來。」她又從剩下的男丁中挑出兩百人，道：「你們和我一起守正門。」

正分配人手之時，堡外號角大作，一直在望樓上觀察敵情的呂青失聲道：「閣主，快來看！」

薛蘅快步過去，只見堡前的數萬丹軍如波浪般向兩邊分開，高舉起手中戈矛，聲震四野：「吾王萬歲萬歲萬萬歲！」

火光照映下，上千鐵騎疾馳至堡下，眾騎簇擁著的正是丹王。

方圓數里都被火光照亮，更添殺伐之氣。九旄白毛大纛下，丹王仰頭看著望樓，說了幾句話。羽蒼便馳到城堡下，喝道：「裡頭的人聽著！速速出來投降，王必會饒爾等性命！」

薛蘅尙未答話，她背後一名十七八歲的尙氏少年猛然衝上前，端步拉弓如抱滿月，喝道：「狗賊！還我大哥命來！」

箭如連珠發出，猶如奔雷閃電，瞬間到了羽蒼面前。羽蒼在馬上仰身，箭翎幾乎是擦著他的鼻尖飛過去，貫入他背後丹兵胸中。

這幾箭，就像一把烈火，將尚氏族人壓抑多年的仇恨點燃。他們紛紛擁上前，箭如雨發，丹軍前排的先鋒軍中箭失蹄，陣形開始散亂。

丹王在親兵簇擁下後退十餘步，又說了幾句話。他身邊的大將們先後開口，因爲隔得遠，薛蘅聽不到他們在說什麼，只能判斷出他們正爲了什麼事情而猶疑不決。丹王遲遲不作決定，摩罕忽然大聲說了兩句話。夜風中，薛蘅隱隱約約聽他提及「王子」二字，心中疑惑越來越深。

丹王和眾將領又商量了許久，將手一揮，兩支千人分隊下馬，奔向左家堡南北兩面的山丘。

尚氏族人急忙按薛蘅先前的吩咐，跑到南北角樓就位，在箭尖蘸上桐油。待丹軍爬到山坡半途時，他們迅將箭尖點燃，射向丹兵。

入夜風急，著火的箭矢大半射中丹兵，一小半落在山坡上。山坡上長滿了草，火借風勢，濃煙滾滾，丹兵中箭之人變成滾坡葫蘆，累得後面的人也無法再往上衝，只得又退回到山坡下。

丹王大聲呵斥，命令將領攻之人斬殺，丹兵再度吶喊著攻上山坡，他們幾番攻擊都被尚氏族人的箭矢逼了回去。此時南北的官道上，還不斷有丹軍騎兵如潮水般湧至。

眼見堡下丹軍越聚越多，呂青皺眉道：「閣主，你發現沒有？丹軍攻上來的都未帶弓弩，而且他們遲遲不發動總攻，像有甚顧忌似的。」

薛蘅凝神思忖片刻，雙眉逐漸舒展開來。她轉過身，盯著那名丹族少年看了半天，嘴角露出一絲微笑，緩緩道：「要不要和您的父王說幾句話，頡可王子？」

少年面上一白，抿緊雙唇，默不作聲。

呂青大爲驚訝，「閣主，他就是頡可王子？」

尚氏一族生活在與丹國交界的赤水原，見多識廣之人自然瞭解一些丹國的事情，聽到薛蘅稱這少年爲「頡可王子」，都不可置信地瞪大了眼。

丹族一百多年前還是四分五裂的數十個部落，因爲不團結而備受柔然欺壓，後來丹族最大的兩個部落——支氏和蕭氏，終於化解仇怨，聯姻合作。丹族遂逐漸壯大，最終滅了柔然，建立了強大的丹國，並由支氏登基爲王。

初代丹王登基之初便立下詔書：從今往後，丹王的王后必須出於蕭氏，繼位之人也必得是蕭氏女子所生。其後的數十年，蕭氏不但牢據著王后之位，歷代丹王也均爲蕭氏所出，蕭氏更逐漸掌控了丹國軍政大權。今日丹國十位贊臣有四位出自蕭氏，七員萬人大將有三人爲蕭氏，而曾經擒下薛蘅與柔嘉的摩罕，亦是蕭氏手握重兵的將領。

但這些年來，蕭氏與支氏的矛盾日趨激烈，丹王爲了平衡雙方勢力落得十分爲難。他此次發兵南下，正是因爲雪災而來的饑荒，導致支氏與蕭氏在朝堂上互相指責，內亂將起，這才發兵南侵，試圖化解國內矛盾。

丹王登基二十年，僅娶了一名蕭氏女子。這位蕭王后，爲他生下了二兒一女，長子人稱「頡可王子」。

薛蘅將少年推到望樓前，當他的身影出現在土垛後，丹王策騎衝出數步，又強行拉住馬韁。

頡可叫道：「父王！不用管我！他們只有……」呂青見機疾射出兩枚金針，頡可便無法出聲，扭過頭來怒視著呂青。

摩罕是頡可的親舅舅，見狀怒火攻心，喝道：「卑鄙無恥的殷狗！交出王子！饒你們不死！」

薛蘅運起眞氣喝道：「丹王聽著！你們留下一千匹馬，往北退十里，我便放了頡可王子！」她的聲音在夜風中遠遠傳開，丹軍無不駭然，就連他們手中的火把似也爲之一暗。

丹軍將領圍攏在丹王身側商議許久，期間摩罕與另一將領大聲爭吵，險些拔刀相向。丹王的臉沉如寒冰，直到羽蒼附在他耳邊說了幾句話，他才點了點頭。

羽蒼大聲道：「薛蘅聽著！事關我軍南下大業，王要召開將領大會做決定！今晚先且放過爾等，明日再給你答覆！休得傷害我家王子！」

說罷，鼓令響起，丹軍井然有序地後退數百步，但仍呈半月之勢圍住左家堡。

見丹軍下馬歇整，安營紮寨，薛蘅道：「呂公子，只怕丹人有陰謀，今晚我們不可大意。」

呂青點上頡可的穴道，道：「閣主，你指揮布防，我來看著他，定不會離他半步。」

薛蘅估計雲海十二鷹會趁夜偷襲劫人，命眾人在左家堡各層繫上警鈴，每個土垛處都派多人看守。婦女們則到地室取出糧食，做好晚膳。大家均知今晚能否守住頡可，關係到全族是否得以逃出生天，吃飽後仍舊精神抖擻地守著堡中各處。

薛蘅盤膝坐在呂青和頡可身側，閉上雙眼，收攝心神，功聚雙耳。此時她的內息已晉至古井無波的境界，將左家堡方圓十來丈內的動靜一絲不漏地收入耳中。

天上繁星密布，一彎斜月掛在烽火臺上空。

左家堡外的山坡上，淡霧輕湧，小鳥啾鳴，花香浮動。薛蘅聽著這啾啾鳥鳴，忽然間想起去年此時，與謝朗坐在京郊的樹林中，他靠在她肩頭熟睡，明朗的眉眼舒展開來，嘴角有著抑制不住的喜悅。

那樣沉寂的夜，因爲有他在身邊，連夢都是一片沉寂。她望著星空，唇角不自覺微微上彎。

眾人極度戒備地熬過一個不眠之夜，卻始終未聞丹人來襲。

天方交白，丹軍營地中有了動靜。號角吹響，但見十餘萬鐵騎分批拔營，向北撤退。

這番撤退足足撤了個多時辰，連丹王與其護駕親兵也未作停留。待大軍撤盡，堡前留下約一千匹戰馬，由兩名馬卒持鞭約束著。

馬群前站著一人，正是羽蒼。他抬起陰沉的眼神看著望樓上的薛蘅，淡淡道：「薛閣主，王說服了眾將領北撤十里，望你信守承諾，放了頡可王子。」薛蘅同樣淡淡回答：「待我們南撤十里，未見你們追來，自會放了王子。」

羽蒼冷哼一聲後跳上戰馬，揮鞭遠去。

眾人看著堡前丹軍紮營留下的痕跡，再看看一碧晴空，直疑做了一場不可思議的夢，半晌後方歡呼出聲，爭先恐後往堡外湧。薛蘅驟地喝道：「慢著！」

眾人忙停住腳步，薛蘅奔下望樓，趴在地上將耳朵緊貼地面，聽得許久方吁了口氣，道：「確實撤遠了。」大家始相顧而笑，打開堡門，奔向馬群。

呂青將昏迷的頡可橫放在馬鞍前，翻身上馬。薛蘅最後一個拉了馬韁，恰要騰身的剎那，忽聽「轟隆隆」十幾聲巨響，每聲巨響均如炸雷一般。與此同時，地面微微震動，馬群頓時受驚，仰頭長嘶後原地踏蹄，亂成一團。

薛蘅心呼不妙，左足自馬鐙中抽出，扭腰撲向一側的呂青，可馬群受驚後亂奔，瞬間便將她和呂青分隔開來。那兩名馬夫捷如猿猴般撲出，一人手中寒光直取呂青胸膛，另一人則飛快地將頡可拉下馬！

呂青於炸雷突響之時心神顫了一顫，鎮定下來時，寒光已抵胸前。幸虧他曾在暗室中習練躲避暗器，身子以一種常人絕無可能的角度往馬鞍邊仰去，堪堪避過致命的一劍。薛蘅這時才凌空撲來，架住「馬夫」緊接著刺出的一劍。呂青人在鞍側，雙手迭揮射出金針，與薛蘅合力將那「馬夫」逼退。但頡可已被另一名「馬夫」搶出了數丈遠。

薛蘅知道已不可能再搶回頡可，大呼道：「大家控好馬！往南逃！」

此時，與二人纏鬥的馬夫左手在面上一抹，露出眞實面目，正是雲海十二鷹中的羽紫。羽紫身姿瀟灑地往後飄退，落在一匹馬上，長笑一聲，「薛閣主！爲了感謝你照顧王子這麼些日子，我王贈你一千匹餵了巴豆的馬，請薛閣主笑納！」

薛蘅心中頓時涼了半截，明曉中了丹王之計。丹王故意說要考慮一晚，定是派人在不遠處埋下火藥，火藥數量雖不多，爆炸起來卻可讓馬群受驚，然後他再命雲海十二鷹易容裝扮成馬夫，好攻自己和呂青一個措手不及，順勢搶走頡可。我方眾人騎著這一千匹餵了巴豆的戰馬，不過十餘里就會被丹軍趕上。愛子受辱，丹王只怕會血洗尚氏一族。

羽紫看著羽白帶著頡可馳遠，從袖中取出一個流星火炮點燃。火炮一飛沖天，夾著尖銳的哨音，在空中綻開絢麗煙火。

薛蘅知丹軍馬上就會追來，厲聲喝道：「快逃！」可那些戰馬被餵了巴豆且剛受驚嚇，尚氏族人特別是婦孺老幼又如何能令牠們乖乖聽話。左家堡前，數百匹馬驚嘶踢踏，亂作一團。

羽紫拉馬在遠處看著，嘴角露出一抹冷酷的笑。

薛蘅額頭冷汗涔涔而下，自己竭盡心力，只怕仍無法保住尚氏數百條性命。她正想命眾人棄馬，往白沙河方向分散逃命，呂青突然眉梢一動，道：「閣主，你聽！」薛蘅鎭定下來，收攝心神，只聽上萬鐵蹄的聲音越來越清晰，非由北面發出，竟是從南面向左家堡疾馳而來。

遠處的羽紫同樣變了臉色，張目向南方眺望。薛蘅回頭，只見左家堡以南一望無際的平原上，慢慢出現無數個黑點。再過片刻，馬蹄聲、鐵甲聲響成一片，鐵騎中那面碩大的白底黑邊旗幟也越來越清晰。

迎風飄展的旗幟上，繡著斗大的「謝」字。旗幟下，銀甲將軍挺拔的身影漸馳漸近。他躍馬揚鞭，如離弦之箭馳過青蔥原野，叱喝聲中飽含熱切的期待與思念。

四十二　戰地斜陽猶比翼

薛蘅全身一震，幾疑身在夢中，呆呆地看著謝朗領著驍衛軍馳近。

謝朗在她身前十餘步躍下馬來，衝到她身前。心神激動下，他喉頭哽咽，好半天才輕聲道：「蘅姐，我來晚了。」

薛蘅看著他，眼眶一陣潮熱，卻只靜靜地含笑不語。

二人相對微笑，身邊熱鬧非凡。尚氏族人見本國援兵趕到，喜極而泣，擁上前拉住驍衛軍將士的轡繩，歡呼雀躍。驍衛軍將士看著他們表現出的擁護和感激之情，彷彿把自己當成了天上神兵，均不自禁心中一熱。

呂青則想趁機拿下落單的羽紫，回身一看，羽紫已然不見。呂青心中一凜，忙躍到薛、謝二人身邊道：「謝將軍，丹王馬上就會趕到，咱們趕緊撤吧。」

薛、謝二人這才依依不捨地將目光分開。謝朗自得知在左家堡牽制住丹王的是薛蘅，便力排裴無忌等人的反對，說服平王，星夜馳來。他此刻重會薛蘅，且見她安然無恙，心中無比歡暢，兩個字說得豪興勃發、擲地有聲：「不撤！」

「不撤？」呂青看了看謝朗背後不過三萬的驍衛軍，滿面疑慮。

謝朗點頭道：「是，不能撤。不但不能撤，我們還要在這裡堅守七天。」他看著薛蘅，綻開笑顏，「蘅姐，王爺讓我多謝你。幸虧你在這裡拖住丹王，否則後果真是不堪想像。」

薛蘅凝望著他，心頭一片喜悅溫暖，輕聲道：「明遠，你沙場經驗豐富，一切聽你的指揮。」

這是謝朗認識薛蘅以來，頭一次聽到她用這種溫柔服從的語氣與自己說話，更何況這一句「一切聽你的指揮」，自然就是她要與自己並肩戰鬥。數月煎熬，霎時間煙消雲散；刻骨相思，全因這一句話得以補償。他朗聲大笑，「好！蘅姐，咱們就在這裡和丹賊大戰一場！」

呂青在一旁微笑，「謝將軍與薛閣主殺丹賊，怎能不算上我的一份？」

「好！」謝朗舉起右掌，「呂三哥！」

呂青與他響亮擊掌，笑道：「痛快！」

謝朗大步走向驍衛軍，這些都是追隨他多年的將士，皆訓練有素。他吩咐下幾句，將士們立即迅速在左家堡至西面的深谷之間堆壘石塊，石塊不夠，幾千名士兵便拆了左家堡南面的角樓，將殘石土磚搬運過來。老族長一聲吆喝，尚氏族人也跟著加入了壘砌工事的行列。

但這防禦工事剛壘了尺許高，就聽見馬蹄聲隱隱傳來。謝朗此時已簡短地向薛蘅瞭解了丹軍的情況，判斷道：「主力軍不可能來得這麼快，來的鐵定是丹軍的先鋒軍，咱們擋一擋。」他持槍上馬，大聲呼道：「虎翼營何在？」

虎翼營是驍衛軍最驍勇善戰的一個營，當日擔負「斷後」的重任，連著激戰數日已疲憊不堪，又無隴右軍接應，這才自欒家溝潰敗至獅子廟，個個引爲奇恥大辱。他們在獅子廟得以歇整兩日，元氣恢復，此刻都期待能一雪前恥。一聽謝朗呼喚，他們紛紛上馬，列在帥旗之後，向北馳出約半里路，靜待著丹軍先鋒軍的到來。

一陣急促的馬蹄聲自後方響起，謝朗回首，見是薛蘅與呂青。薛蘅披上鎧甲，手持一桿長槍，呂青則握了一根白木大棒。

謝朗看著薛蘅，百感交集，然而此時此刻他一句話也吐說不出。二人對望著微笑了一下，又各自轉頭，神情肅然地凝視著前方。

這是一場精銳對抗精銳的戰鬥。丹王的先鋒軍，多年來縱橫草原大漠所向披靡，令各遊牧民族一聽到其名便心驚肉跳。謝朗的虎翼營，則是自四年前殷丹之戰迅速崛起的生力軍，以熱血少年的無畏勇氣屢立戰功，令聞者膽寒、見者生怯。

丹軍先鋒軍一入視線，謝朗不假思索地催動坐騎，手持長槍衝殺過去。由於驍衛軍迎戰之處恰選在距大道拐彎處數十步的地方，丹軍來不及彀弓搭箭，驍衛軍已然殺近。喊殺聲四起，一萬餘人展開了近身的肉搏戰。

謝朗在中，薛蘅在左，呂青在右。三人以掣電奔雷的速度，直奔丹軍大將結骨。謝朗馳得極快，手中長槍如龍出海，威力無儔，每一槍攻出均有丹兵應聲倒地。

距結骨僅十餘步時，謝朗似平地乍起一聲轟雷，大喝一聲「著！」，挺槍直刺結骨胸前。薛蘅與呂青則左挑右擊，替他擋住紛湧而來的丹兵。

結骨久經沙場、弓馬嫻熟，他毫不慌亂地將雙手揚起，狼牙棒「砰」的一聲架住謝朗的長槍，二人身形同時微微搖晃。謝朗先一步調順真氣，長槍收回，再刺結骨腹肋。結骨後仰，身軀緊貼著馬背避過謝朗攻勢，右手狼牙棒順勢往上一撩，蕩開謝朗長槍。雙方再過十餘招，謝朗招招奪命，結骨左擋右絀之中略顯被動。

結骨手下將領看出謝朗有薛、呂二人相護，招式只攻不守，遂紛紛策馬殺來要纏住薛、呂二人。薛、呂二人各被數十名丹兵纏住，謝朗槍法開始有攻有守，但仍銳不可擋，結骨被他殺得步步後退。

小武子和小柱子率領著親兵緊隨謝朗，數百人矯若遊龍，「謝」字大旗揮舞到哪裡，丹兵便往兩邊潰散。這日天氣晴朗，穹空中無一絲浮雲。晌午熾烈陽光照著戰場上遍起的塵埃，滿天灰塵間，喊殺聲如同陣陣風雷。

結骨擋不住謝朗如下山猛虎般的鋒芒，狼牙棒急舞幾招，拉馬急遽後退，大聲喝令。丹兵始以五十騎為一組來回衝踏，企圖將虎翼營分割開來。

謝朗回頭向握著帥旗的小武子喝道：「跟住我！」小武子卻滿面痛苦之色。謝朗低頭一看，才見小武子靴筒中不停有血湧出，原來是他腿肚中了一刀。

薛蘅手中槍芒大盛，逼退圍攻之人，凌空掠來。她抓起小武子扔到小柱子馬上，自己躍上小武子的坐騎，擎過帥旗喊道：「我來！」謝朗只覺全身毛孔都充滿了鬥志，大笑應道：「好！」

薛蘅左手高擎帥旗，右手長槍挑開來襲丹兵，跟在謝朗背後左右衝擊。分散的殷軍將士開始向帥旗聚攏，一陣搏殺後會合的士兵越來越多，好似無數股小溪漸漸匯聚成河流，跟在薛、謝二人馬後衝鋒陷陣，銳不可擋。如此一來，丹兵陷入了被動，等到謝朗身邊群聚上千人，丹兵的「分割」戰術已告失敗。

結骨見勢不妙，命部下吹響後撤的號角，丹兵開始後退。謝朗知丹軍大軍正往南來，不敢再追，於是也下令鳴金收兵。

這番阻擊戰，虎翼營略占上風。更重要的是，他們爭取到將近一個時辰的時間，等他們撤回左家堡前，防禦工事差不多砌了大半人高，弓弩手亦各自就位，掩在防禦工事之後。

謝朗根據經驗，判斷丹王主力將於半個時辰後到達，遂命虎翼營的將士稍作歇整，將同樣疲憊了的戰馬牽去左家堡南面的河灘處飲水。他親自將平王的紫色王旗插在左家堡的碉樓上，回過頭來，薛蘅靜靜地遞上一個水囊。

謝朗廝殺許久，喉嚨正渴得快冒出青煙。他接過水囊，「咕嘟」灌入喉中，薛蘅看著他滾動的喉結，還有肌膚上豆大的汗珠，忍不住輕聲道：「緩著點，別喝急了。」

謝朗放下水囊，抹去嘴邊水珠，看著薛蘅的眼神熾燙，不遜於頭頂烈日。

薛蘅沒避開謝朗的目光，溫柔地回視他。

謝朗心中歡喜，恨不得迎風大叫，他跳到碉樓前的土垛上坐下，薛蘅款款落坐在他身邊。二人遠眺北面，丹軍先鋒軍也正在歇整，以二人目力，隱約可見北面地平線上揚起鋪天蓋地的塵埃。

「蘅姐。」

「嗯。」

「你說丹王一到，是馬上發動進攻，還是會紮營觀望？」

薛蘅想了想，回道：「丹王定會派出主力試探一番，再下決定。」

「那就是說今天還會有一場惡戰了？」

薛蘅正要說話，忽聽空中傳來熟悉的鵰鳴。謝朗抬頭瞧見大白，不由罵了句：「臭小子，讓你找蘅姐，你比我還慢！」

大白向下俯衝，謝朗看清與牠並肩撲下的黑影，又笑罵道：「原來你是去找小黑了，算你有出息！」

薛蘅與小黑分開多日，此刻重逢，小黑撲入她胸前不停大叫。

二人各自與大白、小黑嬉弄，享受著激戰來臨前片刻的寧靜。待遙見丹軍主力已與其先鋒軍會合，謝朗站起身來，嘴角微微揚起，「蘅姐，你在這裡歇歇，我去去就回。」

薛蘅沒有答話，手卻握上了長槍。謝朗嘻嘻一笑，做了個謙讓的手勢，「薛女俠，請！」

黃昏時分，丹軍試探性的攻擊終告結束，驍衛軍也退回防禦工事之後。

在下午這場激烈戰鬥之中，驍衛軍一部分士兵換上神武軍與寧朔軍軍服，他們在謝朗和薛蘅的帶領下，以陣形應戰，攻守有章且進退有據，丹軍雖以數倍兵力衝擊，卻始終無法突進到左家堡前。

雙方將士俱疲憊不堪時，丹軍終於吹響收兵號角。

謝朗查看過傷兵的傷勢，才登上堡頂。薛蘅正沐於金色夕陽下遠遠眺望丹軍營地，聽到謝朗走近，她並不回頭，道：「三天之後，可能會颳西北風。」

謝朗聞言一驚，「他們打算火攻？」

「嗯。」薛蘅應道：「他們正調來推車、乾荻、麥稈，這是可以看得見的，其餘一些用布覆蓋著的，當是硫磺等易燃之物。」

謝朗心中乍沉，正竭力思索對策，目光投在薛蘅沉靜的側面，驀地心中一動，笑道：「薛女俠定有法子的，是不是？」此話引得薛蘅瞪了他一眼。謝朗被她這一眼瞪得渾身舒坦，長身一揖，「驍衛軍謝朗，求薛女俠賜下良策！」

薛蘅扭身就走，謝朗連忙跟上，二人下到左家堡一層存放兵器弓弩的房間，薛蘅從雜亂的屋角拾起一樣東西遞給謝朗。

謝朗看了半天，疑道：「流星弩？」

「是。」

「這種弩雖然威力強大、射程極遠，但換箭時間過長，且需十來個人同時施射，反而不利於騎兵作戰，加上製作又麻煩，不是早就棄用了麼？」

薛蘅側頭看著他，道：「我們眼下就取其『射程極遠』此項優點。」見謝朗還不明白，她輕聲提醒，「這堡內不是還存有桐油麼？」

謝朗甫明白過來，喜道：「是、是、是，丹軍想以火攻，我們就讓他們引火焚身！」

二人從房間出來，忽見外面跪著百餘人，不由一愣。薛蘅看向爲首的尙族長，問道：「族長，你們怎麼還沒走？」

尙族長道：「謝將軍，請您收下他們吧。」

謝朗忙應道：「族長，你們還是趕緊往南走，只要走到漁州以南就安全了。他們沒經過正規訓練，我不會收的。」

「謝將軍，薛閣主，我這就要帶著其他的族人南下。可這些孩子，他們有親人死在丹賊手中，個個都想報仇雪恨，還請謝將軍收下他們。」

尙族長背後的少年仰起頭來，大聲道：「將軍，我早就想從軍殺敵了。我們受盡了戰爭之苦，若不把丹軍徹底擊敗，赤水原的百姓永無寧日，還請將軍收下我們！」說著叩頭不停。謝朗看著少年面上的渴切之情，彷彿看到了四年前的自己，道：「可一旦從軍，隨時都有陣亡的危險，你想清楚了麼？」

少年神情堅決地回應：「想清楚了。承薛閣主和謝將軍的大恩，我們才有了活路，這條命是我們賺回來的。現下族人能活命，我們也再無牽掛，願以這條性命殺盡丹賊，爲死去的親人報仇！」

謝朗看著這一張張熱切的面容，慨然道：「好！我今天就收下你們，日後再到兵部報備！若立下戰功，定讓你們親自將親人接回赤水原！」

眾人大喜，尙族長又上前給薛蘅一跪。薛蘅忙將他扶起，尙族長抹淚道：「閣主大恩大德，我們無以爲報，只能日夜祈禱，求菩薩保佑閣主平平安安……」

這夜，風涼如水。謝朗與薛蘅坐在左家堡堡頂，忙裡偷閒將別後的事情向她一一講述。

薛蘅甫知，當日謝朗與平王等人會合後，陸元貞定下「間中間」的計策，其中一條假風聲便是平王正在金野一帶作戰。薛蘅與柔嘉都是聽到了這條假風聲，往金野一行，才落入摩罕之手。

薛蘅這廂終於明白燕雲關「失守」的眞相。謝朗還告訴她，平王聽了柔嘉轉述的話後已緊急派出裴無忌，與庫莫奚人進行接觸；今刻平王正率主力往西行進，而他留給謝朗的，只有這三萬人馬以及僅夠他們支撐七天的口糧。

聽到陸元貞陣亡，薛蘅默然良久，低歎了一聲，喃喃念道：「他日痛飲得勝酒，遙舉金杯少一人……」

謝朗心中一酸，輕聲道：「蘅姐。」

「嗯。」

「爲了不讓小陸子飲恨九泉，我們就是死，也要在這裡堅守七天。」

薛蘅點頭，回的卻只簡單一個字：「好。」

夜風徐來，驍衛軍將士正低聲唱著一首戰歌：「燕山大漠，烽火未休。將軍百戰，寶刀何求？生當作歡，死亦無懼，看我男兒，斬盡胡虜，鐵馬歸來，飲金樽酒！」

二人並肩坐在土垛上，靜靜聽著這歌聲，仰望滿天星斗。謝朗始終不曾問薛蘅她爲什麼會來到邊疆，此時此刻，只要她在自己身邊，便好。

三天後的午時，北風漸烈。

隱約聽到丹軍的號角聲，謝朗知道對方馬上要發動火攻，與薛蘅急步走到堡頂，巡視十幾臺流星弩。

副將唐儼趨前道：「將軍，都準備好了。」

「記住，聽我號令，一齊發射。」

「是！」唐儼笑應：「放心吧，將軍，今天咱們的主菜就是烤羊肉！」

將士們哈哈大笑，高聲道：「老子們今天要開葷吃烤肉！」

謝朗笑罵幾句，抬頭見大白不停在空中盤旋，左三圈、右三圈，忙道：「有動靜了！」幾乎是同時，土垛後的薛蘅也回過頭道：「出來了！」

待丹軍推著裝滿易燃之物的戰車進入射程之內，謝朗將手往下一壓，厲聲高喊：「射！」

左家堡上箭矢齊發，急如驟雨。這些箭矢均是蘸了桐油的，發射前點燃了箭尖，如一道道絢麗流星在空中疾速劃過，落在丹軍的戰車上。

丹軍本想將戰車推到殷軍陣前再點燃，衝破殷軍的防禦工事，所以有大隊騎兵在前護送。他們根本沒料到己方圖謀被識破，殷軍還有射程這麼遠的箭弩，反應過來之時戰車已紛紛著火，頃刻間便燒得熾旺無比。推著戰車的丹兵身上也起了火團，在地上翻滾哀號，被燒得皮開肉焦，哪還來得及將戰車推向殷軍陣地？護在車隊前的騎兵坐騎受驚，紛紛奔竄，有的竟向殷軍陣地奔來。驍衛軍哪會放過此等良機，登時箭如雨發，這群丹軍騎兵旋被殺傷殆盡。

摩罕領著主力跟在戰車後，大火突起連成一條火龍，他只得眼睜睜看著準備了數日的戰車就這麼毀於一旦，看著戰車前的騎兵紛紛墜馬，氣得額頭青筋直暴、咒罵不休。

火攻失敗，折損甚巨，丹王動了怒，命令全軍集結向左家堡發動總攻。精銳騎兵挾著雷霆萬鈞之勢，在結骨的帶領下輪番衝擊。驍衛軍以箭矢相迎，但丹軍竟不惜傷亡，一波接一波發動猛攻。

看著箭矢即將告罄，謝朗知已無可能再死守不出，遂命唐儼先領五千精兵迎戰，再召集了萬名精兵擺下七星陣。待陣勢擺好，唐儼已擋不住結骨的鋒芒，節節後退。

遙望丹王九旄白毛大纛一分分向前移動，謝朗騰身上馬，率領萬軍「七星陣」殺出去。這七星陣，是謝朗少年之時在太學院藏書閣尋書時偶然從某本古兵書上查見到的，他執掌驍衛軍後即訓練兵士演練此陣，三年下來終在赤水原一戰得顯大功，以一萬之眾抵擋數萬丹軍。

七星陣一出，丹軍王旗下立時出現一陣騷動。謝朗率領萬名兵士，所向披靡直搗結骨先鋒軍的心膂之地。眼見距結骨不過丈許遠，忽有十騎圍將過來，正是雲海諸鷹中的十人，獨獨缺了羽紫。

赤水原一戰，丹軍吃足了驍衛軍「七星陣」的苦頭，丹王後來命人研究破陣之法，得出結論：唯有斬其主宿位的主將，此陣方可破。今日丹王將雲海諸鷹派出十位，自是下了死令，定要取謝朗人頭。

薛蘅和呂青各被兩人纏住，餘下的六人便圍攻謝朗。謝朗運槍如風，招式剛猛，但他面對的畢竟個個都是高手，慢慢地寡不敵眾，小杜子和眾親兵也被丹兵衝開，主宿位的帥旗指揮不再那麼靈活，七星陣開始呈現散亂之勢。

薛蘅心中大急，欲撲過去救援，她剛一縱身，羽蒼立即旋身而起擋在她前面，二人劍刃相擊，落下地時已迅捷地過了數招。

「噹！」謝朗手中丈二長槍挑上羽彤的雁翎刀，羽彤後退幾步，謝朗槍尾反挑架住羽赭的鐵鉤。羽赭鐵鉤下沉，恰好鉤住槍身，謝朗不及抽回長槍，羽碧的鐵摺扇眼見就要擊上他的背脊！

電光石火之間，勁風驟起，一根長槍剛猛無倫地從斜刺裡趕到，擊得羽碧手中鐵摺扇向半空飛射。來者再怒喝一聲，回身一掃，羽碧噴出一口鮮血，跌落馬下。謝朗看得清楚，失聲喚道：「單爺爺！」

單風穿著普通士卒的衣裳，長笑一聲，手中槍影重重，似狂風掃落葉般擊得羽彤等人節節後退。

謝朗不知單爺爺爲何出現在軍中，他看了幾招，覺得單爺爺槍法老辣，暫應付得來，便趕到薛蘅身邊嚷道：「蘅姐！主宿位不能亂！你緊跟著我！」薛蘅應了聲：「好。」

二人槍劍合璧，又與呂青、小杜子等人會合，重樹帥旗，本已鬆動的七星陣再度成形，隨主宿位旗幟彼來我往，川流不息。丹軍眼前只見無數殷軍橫衝直撞，宛如遊龍夭矯自如，把己方擊得七零八落。

丹王九旄白毛大纛下鼓聲大作，聽到這鼓聲，羽蒼發出一聲尖銳長嘯，雲海諸鷹向他聚攏，同時有數百名丹兵擁過來纏住單風。羽蒼接著躍上戰馬，眾鷹隨後，直奔謝朗。

雲海諸鷹聯手，殷兵不能擋其鋒芒，紛紛向四周跌散。不過片刻工夫，他們便攻到了謝朗身前。而距戰場約百餘步的一棵大樹下，唯一沒有上場的羽紫，拿冷森目光緊盯著戰場上每一絲變化，徐徐挽開了長弓。

眼見雲海諸鷹又將薛、謝二人纏住，單爺爺暴喝道：「兔崽子，有種和爺爺我來鬥！」他團身急旋，擊開圍攻的丹兵，縱了過去。

謝朗此時以一敵六，形勢危殆，左肩已被羽白劃了一刀，血流如注。再過幾招，他被逼落馬，踉蹌著避過羽赭手中的鐵鉤。羽翠因為羽青之死，對謝朗恨之入骨，乘隙揉身而上，手中短劍直刺他咽喉。

危急關頭，單風凌空撲來，在空中出招撩開羽白的雁翎刀，落下時槍尾回環，正擊打在羽翠的短刃上。羽翠女子之身，招式雖靈活，但內力怎及單風這練了六十多年的剛猛真氣，不由氣血翻騰，全身經脈欲裂。單風恨她數度偷襲謝朗，並不因她是女子而稍有留力，一招「烈焰當頭」使出，但聽一聲悶響，羽翠竟被槍桿擊裂了天靈蓋，雙目突出，倒斃在地。

單風槍舞勁風，大聲道：「明遠，你指揮作戰！陣形絕不能亂！」

樹下的羽紫，在羽翠倒地時雙手顫慄了一下，又迅速恢復冷靜。他坐在青雲駒上，眼神銳如鷹隼，待單風凌空變招的瞬間，吐氣出聲：「去！」

薛蘅瞥見箭芒一閃，發出驚呼之聲。單風正向羽赭攻出一招，身在半空無法避開，那黑翎利箭來得極快，「噗」的一聲沒入了他胸口！但與此同時，他手中的長槍也深深捅入了羽赭的咽喉！

一切，不過是兔起鶻落的工夫。羽翠倒地，羽赭中槍，單風中箭！

激鬥的十餘人皆呆了一呆。謝朗目眥欲裂，撲過去抱住單風兀自挺立的身軀，愴然呼道：「單爺爺！」羽蒼等人也齊聲驚呼，搶上前來抱起羽翠和羽赭。

薛蘅離得較遠，正要飛身掠來，倏見遠處箭芒再度一閃，喝道：「明遠小心！」

謝朗此時正抱著單風，用手堵住他胸前不斷湧出的鮮血，悲痛下沒聽到薛蘅的喝聲。正萬分危急之時，白影急閃，大白凌空撲下，雙翅扇起一股勁風，將那枝黑翎長箭扇得斜跌在地。但羽紫發的是連珠箭，勢如追風、迅若激電，大白扇落前兩箭，終避不過第三箭，血珠迸濺，牠悲鳴一聲，跌落在地。

「嘎！」小黑見大白中箭落地，驚惶萬狀地落在大白身邊，不斷厲聲長鳴。

謝朗看著鮮血自單風胸前鼓湧而出，箭頭正中心臟深達數寸，已然不可挽救。他眼淚奪眶而出，悲呼道：

「單爺爺！」

單風竭力瞪大雙眼，道：「明遠，叫我師父……」他看著謝朗的目光無比憐愛，嘴角露出笑容，用盡最後的力氣斷斷續續道：「我……與蘅丫頭的娘……平輩相稱……」

謝朗悲痛得說不出話來。七歲那年，他在青雲寺外的竹林裡玩，正遇上單爺爺在那裡練槍，自幼喜愛武藝的他便死活纏著單爺爺要拜其爲師。單爺爺拗不過他，終於答應授他槍法，卻始終不准他喚一聲「師父」。他沒想到單爺爺一直藏在驍衛軍暗中保護著自己，更沒想到單爺爺臨終之時終於收自己爲徒，卻是爲了能讓自己和蘅姐再無輩分之憂。

自從當眾說出對薛蘅的一番心意，謝朗即下了決心，就算天下人都指責自己有悖倫常，他也要和薛蘅在一起。他自幼倔強好勝，別人說她是他的師叔，不許他們在一起，他偏偏要以師姪之身娶了師叔。可看著單爺爺開始潰散卻仍飽含期待的眼神，他猛地跪下連磕了三個響頭，叫道：「師父！」

單風欣慰地吐出最後一口氣，雙手一垂，溘然長逝。

謝朗腦中一片渾噩，抱著單風，張大嘴卻哭不出聲。所幸有一隊親兵圍過來將他護住，而羽蒼等人正搶救羽翠、羽赭，才免於受攻擊。薛蘅此時亦已趕到，她看了一眼單風，心中大痛，俯身在謝朗耳邊喊道：「明遠，陣形絕不能亂！」

謝朗身軀一震，僵硬地抬頭，看清身邊正廝殺的千軍萬馬，稍稍恢復了一絲神智。

此時，羽紫又取了三枝利箭搭在弦上。謝朗恨極，正要起身攻向羽紫，忽地看清對方胯下駿馬正是自己的青雲駒，隨將手指放在唇中，利聲嘬呼。

青雲駒聽見舊主呼哨聲，馬耳陡然豎起，一聲長嘶，像發了瘋似地往陣中衝來。羽紫猝不及防，險些跌落馬鞍，他連聲厲喝，試圖拉住青雲駒，但青雲駒聽到舊主的哨聲，哪還聽他的約束，風馳電掣般馳到了殷軍陣中。

謝朗放下單風，滿目血紅對薛蘅道：「蘅姐，我今天定要殺他！」薛蘅點頭相應：「好！」

此時小柱子領著數百親兵圍了過來。謝朗將毛羽殷紅的大白抱起放在單風身旁，向小柱子厲聲道：「守好！」說罷握了長槍，與薛蘅並肩朝羽紫衝去。

羽紫正竭盡全力想控制住青雲駒，抬眼時見一槍一劍已攻至面前，駭然失色，倉皇間不及拔劍就滾落馬鞍，堪堪避過薛、謝二人的招式。可他人離了馬鞍，腳尚在鐙中未抽出。青雲駒不停蹦跳，他被帶得在空中起落，薛蘅手中銀光乍閃，削下他的軍帽及大半頭髮，謝朗則向空中躍起，丈二銀槍如銀龍入海，深深刺入羽紫的胸膛。

這一槍用盡了謝朗周身力氣，長槍貫胸而過，將羽紫釘在了地上！

謝朗死死地摁住長槍，直到羽紫睜大雙眼斷了氣，才將長槍抽出，鮮血噴濺染紅了戰袍。他一腳將羽紫的屍首踢開，顧不得自己左肩仍在流血，瞬即躍上青雲駒喝道：「虎翼營何在？」這一喝他運了十分內力，宛如舌綻春雷。

虎翼營早在防禦工事後等得心焦，可他們擔負的是「七星陣」後以生力軍殺出的重任，未聽號角不得出戰。這刻聽到謝朗召喚，虎翼營將士齊喝一聲，生龍活虎地撲了出來。

謝朗騎在青雲駒上拚力搏殺，顧不得傷口的疼痛，也顧不得心中的悲憤。青雲駒重會舊主，彷彿與主人心意相通，謝朗一聲輕喝、一個輕叩，青雲駒便明白他的用意，載著他縱橫沙場。而陪伴著這一人一馬的，始終是玄甲寒劍的薛蘅。

這一役，殷軍以三萬人出戰，擊退丹軍十餘萬大軍的輪番攻擊，死三千餘人，傷五千人。此役，殷軍驍衛將軍謝朗負傷，其授業恩師「朔北鐵槍」單風陣亡，御封「威武白郎將」爲救主人，身負重傷。此役，丹軍「雲海十二鷹」三人陣亡，大將結骨重傷，士兵折損無數。

惡戰，在接下來的數日持續在左家堡前上演，但每一場惡戰，均以丹軍鳴金收兵而告終。左家堡上的大旗，始終屹立在原來的位置，如同一座巍峨高山，擋住丹軍前進的步伐。

這日黃昏，殘陽如血，照著左家堡的土牆，同照著防禦工事後疲憊不堪的驍衛軍。

謝朗倚著長槍靠坐在土牆下，他的左肩仍然紮著布條，左肋則不停地向外滲出血絲。

薛蘅走近跪在他身邊，爲他敷上傷藥、纏上布條。謝朗看著她負傷的左臂，柔聲道：「疼麼？」

薛蘅默默地搖頭。謝朗壓下傷口劇痛，遠眺夕陽，輕聲道：「蘅姐，我們只剩一萬人了，明日他們若再發動總攻，也不知能不能擋得住。若是擋不住，你……」

薛蘅又搖了搖頭，她凝視他有頃，忽然俯下身子輕輕伏在他的腿上。

謝朗呆了呆，看著她在自己膝頭散開的秀髮，轉而大笑，「好！蘅姐，我們一起……」他沒再說下去，左手溫柔地撫上了她的秀髮。

金色斜陽投映在兩人身上，照著他的槍尖，照著他血跡斑斑的白袍，也照著他和她寧靜的面容。

許久，謝朗喃喃道：「蘅姐，對不起，我又連累你了。」

薛蘅低聲答道：「是啊，我每次看到你都會倒楣。謝朗，謝明遠，你害得我好苦。」

謝朗心中無限歡悅，咧嘴一笑，「太奶奶說，每個人命裡都有自己的冤家對頭，不是冤家不聚頭。蘅姐，那……我算不算你的冤家呢？」

薛蘅微笑，「是，你是我命裡的剋星，總之我上輩子欠你的就是了。」

謝朗輕輕地撫摸著她的秀髮，「不，是我欠你的。從今天開始，這輩子、下輩子、下下輩子我都要拿來還你，好不好……」

薛蘅眼中一熱，半晌才哽咽道：「好……」

「我們再也不分開了，好不好？」

「好。」

金烏西沉，玉兔東升，濃濃倦意襲上，聲音漸趨低沉。

「蘅姐……」

「嗯？」

「你以後……別再穿那件藍色衣服了好不好？以後我來替你打扮好不好？」

「好……」

淡黃色月華爬過了女兒牆，照著大戰前寧靜的城堡，照見了他們沉靜的睡顏。

四十三　百劫執手仍相待

「明遠！」薛蘅在滿目瘡痍的戰場上大聲呼喚。

慘澹的夕陽照著血流成河的大地，戰旗散亂，屍骸遍地，還有蒼鷹不停從空中撲下，攫食著死人的血肉。

眼前忽颳起一場大風，飛沙走石，周遭黑暗得伸手不見五指。

「明遠！」薛蘅踉踉蹌蹌走著，腳下一絆，跌倒在地。她伸出雙手，摸上腳前的那具屍體。

不是他！

「明遠！明遠！」薛蘅環顧四周，心焦如焚地呼喚。滾滾的風沙之後，似乎還聽見千軍萬馬在吶喊廝殺。

她的目光穿透風沙，隱約看見謝朗左肋的傷口已開始腐爛，膿血不停向外湧出，他卻仍然笑著，捂住傷口翻身上馬，回頭環視最後剩下的五千餘人。她清楚看到，他的右腿被摩罕砍了一刀，卻渾然不顧地策馬向她衝來，拚死替她擋下羽蒼凌厲的一劍。

羽蒼的那一劍，自他的肩胛骨下方刺入，從他的前胸透出，透出來的那一截森亮之劍，映著他慘白的臉、血紅的戰袍，讓她肝膽欲裂。她撲了過去，以同歸於盡的招數砍下羽蒼一條胳膊，自己也被羽蒼刺中了右腹。

她按住傷口向倒在地上的謝朗爬去，眼前一片血紅色的模糊，彷彿天空中下起了血雨。她竭力伸出右手，想抓上他的手，可總是差那麼一點點……又一陣紅色血霧湧來，將他的身軀逐漸湮沒，彷彿整個人被撕碎了，一點一點地消失在這個塵世……

「明遠！」薛蘅猛然睜開了雙眼，視線由迷濛趨於清晰，映入眼簾的是淡綠色碧綃紗帳。

與此同時，她身體的疼痛逐漸清晰起來。右腹處尖銳撕裂的痛，讓她忍不住呻吟一聲。

「三妹！」薛忱驚喜的聲音響起，床邊一下子圍過來幾個人。

薛蘅強忍疼痛，目光自他們面上一一掠過，是薛忱、裴紅菱、柔嘉和抱琴。她翕動著嘴唇，那個名字在喉間滾動，模糊得無法辨認。

薛忱知道她要說什麼，他遲疑了一小會，柔聲道：「三妹，你放心，明遠沒事。」

薛蘅用懷疑的目光看著薛忱，自小到大他從沒有騙過她，她不想他在這刻第一次欺騙她。

薛忱仍舊用溫柔的聲音道：「明遠真的沒死，不信，你問問公主和裴姑娘。」

柔嘉與裴紅菱同時點頭，可柔嘉的眼眶卻不自禁地紅了。

裴紅菱擠過來，握住薛蘅冰涼的手，笑道：「薛姐姐，你放心，那臭小子脾氣臭得像茅坑裡的石頭，閻王爺見了他也頭疼，不肯收他，又一腳把他踢回來了。」見薛蘅眼神中還有濃烈的懷疑，她舉起右手賭咒道：「如果我說假話，讓我一輩子嫁不出去！」

薛忱皺了一下眉頭，道：「公主，裴姑娘，麻煩你們先回去。」

待三人出了房，薛忱將門關上，回到床邊。見薛蘅努力睜著雙眼，他心中一痛，低下頭輕聲道：「三妹，明遠眞的沒有死，只是他傷得較重，挪動不得。待你傷好了，或者他的傷勢好一些，你們就能見面。」

「二……哥，抬……我去……見他……」薛蘅竭盡全力，斷斷續續地吐出這幾個字。

薛忱立時怒了，發火道：「你有嚴重的內傷，根本不能移動！你若想變成廢人，一輩子癱在床上，那我即刻就讓人抬你去見他！」說著氣沖沖地轉過頭去。

薛蘅望著他的側影，聲音微弱，央求道：「二……哥，你……不要……騙我……」

薛忱沉默了好一會，又轉過頭歎了口氣，目光柔和地看著她，「二哥何曾騙過你？我們今在燕雲關。你們那日受傷倒地昏了過去，小柱子帶著剩下的驍衛軍拚死護著你們。丹軍正想發動最後攻擊的時候，孫將軍帶著寧朔軍趕到。丹軍本就死傷慘重，他們後方的糧草又被我們所劫，庫莫奚人和赫蘭人為了爭糧草打得不可開交，那個離蘇王子一氣之下就帶著部下回到庫莫奚。丹王糧草不繼又失了幫手，權衡之下，只得撤軍。你昏迷了大半個月，這半個月裡，裴將軍已經帶著大軍將丹軍趕回薩努河，今天剛傳了捷報回來。」

他看著薛蘅，目光添了幾分溫柔，輕聲道：「三妹，因為你和明遠守住了左家堡，以三萬人牽制住丹軍主力二十萬人，我們才能取得這場戰爭的勝利。這是近些年來，我朝與丹國作戰結束得最快的一次。今時北境十府，無數百姓都在為你們燒香祈福，你要快快好起來，才能見到明遠。」

薛蘅一顆緊揪著的心甫悠悠著了地，她微微扯動嘴角向薛忱笑了一笑，安心地闔上雙眼。薛忱靜默看著她，許久才吹滅床邊的蠟燭，推動輪椅出了房門。

出了院子，柔嘉正站在樹下低聲飲泣，裴紅菱抱著她的雙肩，不停柔聲勸慰。薛忱搖動輪椅到她們面前，輕聲道：「噓，別讓三妹聽見。」

柔嘉忙止了哭泣，她愣了片刻，倏然蹲下身揪住薛忱的衣袖，淚痕滿面看著他，「薛神醫，真的……就沒有辦法了麼？」

薛忱沉默少頃，回道：「他內息脈搏全無，只餘心口處還隱約有一點溫度。若非這點體溫……」

柔嘉一聽，眼淚又簌簌而落，怕驚到薛蘅，她死死地捂住嘴唇，發足狂奔。

城樓方向傳來淒清的梆鼓之聲，在燕雲關的上空幽幽迴響。裴紅菱怔然地聽著，忽拭去眼角的淚水，指著夜空發狠道：「閻王爺，你若是敢收謝朗，我就闖到閻羅殿，拔了你的鬍子！」

這日下午，風乍起，眼見著將迎來一場大雨。

裴紅菱剛幫薛蘅換了件乾淨衣裳，想起還曬在大院裡的草藥，「哎喲」一聲，轉身往外跑。待她的腳步聲聽不見了，薛蘅緩緩下床，忍著右腹處的疼痛，一步一步往外挪。

夏日暴雨前的風，潮濕得像黏在了身上。薛蘅目光掠過烏雲密布的天際，驀地想起昏迷前最後一眼的謝朗：他倒在血泊之中看著她，咧開嘴笑了一笑，然而那笑容就像烈日被烏雲遮住，逐漸失去璀璨光芒，最後只餘一抹慘澹的蒼白。

風吹動滿院的樹木，掩蓋了她的腳步聲。

柔嘉在藥爐邊輕顰黛眉，托腮而坐。抱琴看了看藥罐，見藥還要好一會才好，回頭道：「公主，我來看著就行，您先回去歇著……」她看清柔嘉面上神情，喚道：「公主？」

柔嘉仍陷沉思中，抱琴推了推，她才恍然抬起頭，「啊？」

「公主，您還是看開些吧。再說，您這樣擔憂著，謝將軍也不能醒過來，連……」抱琴黯然長歎，「連薛神醫都放棄了，若不是謝將軍心口處還有一點點溫度，只怕這刻已經……」

柔嘉喃喃道：「明遠哥哥會沒事的，他吉人天相，定會沒事的。他絕不會像元貞哥哥一樣，不會的。」

「三妹！」門外傳來薛忱的驚呼聲。

柔嘉與抱琴猛然一驚，急忙跑了出去。

廊下，薛蘅正無力地倚著窗戶，看著薛忱，氣若游絲地道：「二哥，帶我去見他……」

柔嘉心中百轉千迴，終於走上前，扶著薛蘅的手臂柔聲道：「薛先生，我帶你去見他。」

窗外石榴盛開，翠綠的枝條、火紅的花，生機盎然，喧鬧無比。然而屋中的那個人卻感受不到這份生機，他躺在那兒，似是在冰窖中沉睡了上千年，縱使天崩地裂、海枯石爛，他也不會醒來。

薛蘅全身一震，慢慢地向他走去。她一步一挪，走到床邊坐下，輕輕握住了他的手。

薛忱正想著如何相勸，卻見薛蘅只靜靜地坐在床邊，身軀未動絲毫，臉上亦不見悲痛神色。他凝目一看，驚道：「三妹，不可！」忽又趕緊停住了話語。

抱琴此時也看出來了，薛蘅正握著謝朗的手，手心相合，顯然正沿著手三陽經向他體內輸入眞氣。她身子剛有復元跡象，便這般給謝朗運氣療傷，只怕會損耗眞元、落下病根。可此時又萬萬驚擾不得，抱琴只得拉了拉柔嘉的衣袖，止住話語。

屋內的香燃到盡頭，薛蘅吐出一口濁氣，隨即靠上床柱，大汗淋漓。薛忱正要爲她探脈，她虛弱地開口：「二哥，從今天起，我就在這裡養傷。」

薛忱明白了她的意思，忙道：「三妹，明遠傷得這麼重，他自身的內息已無，你這般爲他輸入眞氣療傷亦是徒勞無功，反而會讓你……」

薛蘅抬起頭來，「二哥，你已想盡了辦法，是不是？既然藥石一途你已盡了全力，那我就試試以內力療傷吧。」

「可他確實已經……」

薛蘅望著謝朗毫無生氣的臉，打斷了薛忱的話。

「他會醒來的。」她頓了頓，又用溫柔而不容置疑的語氣重複道：「他定會醒來的。」

過了幾日，見裴紅菱端著湯藥出來，柔嘉忙迎上去問道：「怎麼樣？」

裴紅菱面色黯然地搖了搖頭，「還是藥石難進。」她將冷了的湯藥倒入溝中，回身拉住柔嘉，勸道：「你還是別進去了，看著謝朗那樣子，徒然傷心。再說薛先生連日運功為謝朗療傷，她現在很虛弱，受不得半點驚擾。」

柔嘉輕聲道：「我不進去，我就在外面看一看。」

屋內，薛忱收了銀針，又替薛蘅擦去額頭上的汗珠，道：「三妹，只能慢慢來，他的心脈極其微弱，猛然刺激他的內息運轉，只怕反會誤事。」

薛蘅點了點頭，「只要心脈還在跳動，就定有辦法。」

薛忱心疼地看著她，她猶仍凝望著床上的謝朗。屋外的裴紅菱和柔嘉，同看著薛忱和謝朗，各自心潮翻湧、思緒紛紜。

不曉過得多久，薛蘅掙扎著站起，剛提步，腿一軟，跌坐在床前的踏板上，裴紅菱忙跑進將她扶起。薛忱探了她的脈博，知道她只是一時眞氣枯竭，並無大礙。但長此下去，倘謝朗再不醒來，只怕她也要累倒。

薛忱心中暗歎一聲，眸光微閃，緩聲問道：「三妹，如果……我是說如果，如果明遠再也醒不來了……你怎麼辦？」

薛蘅沒有回答，她無言地握緊了謝朗的手，溫柔凝視著他毫無生氣的臉，心裡卻有千言萬語縈繞：「明遠，醒來，我還有話要對你說。」「明遠，是你要我不要死，你又怎能死？」「臭小子，快醒來！」

薛忱看著薛蘅的眼神，心中一痛，脫口道：「好！三妹，我們就和閻王爺鬥上一鬥，若奪不回謝朗這條命，我這個大夫也不用再當了！」

戰後的燕雲關，彷若一葉扁舟衝過了驚濤駭浪，雖然破損不堪，卻終於到達了可休憩的港灣。

燕雲關的百姓，更像有著頑強意志力的漁夫。戰亂起時，他們相攜著南下逃難，待戰事平定，他們又以前所未有的速度從四面八方趕回自己家園。儘管他們那幾間殘破的土房子，可能已在這次戰事中變得更加殘破，甚至已變成一片頹垣敗瓦。

雖然失去了親人，雖然「家」已瀕於破碎，他們仍然懷著微薄的希望，繼續在這塊世代居住的土地上堅強生活下去。一次又一次的殷丹之戰，他們都如許頑強地活了下來，這一次也不例外。

然而這一次又稍有不同，沒有哪一次的殷丹之戰，能結束得這麼快。勝利來得這麼快，令聽到消息的人們起初都不敢置信，直到平王派出持有勝利節符的使者，騎著駿馬一路南奔，人們才抱頭痛哭、喜極而泣。

三萬驍衛軍重創近二十萬丹軍，他們在左家堡堅守了十天，令殷軍主部隊抓住戰機，最終獲得了決定性的勝利，並讓殷軍以最小的傷亡結束了這場戰爭。

燕雲關的百姓回到家中後的頭一件事，便是在家中插下三炷香。他們在香前祈禱，求菩薩保佑那位青年將軍，能吉人天相，早日醒轉。他們也為死去的驍衛軍將士們祈福，希望英烈們能升入西天極樂世界，靈魂得以安息。

平王看完景安帝在軍情摺子上嘉許的批覆時，恰好聽到靖邊樓外傳來一縷歌聲。他聽了一陣，問道：「誰人在唱？歌聲這般蒼涼？」

徐烈的傷已經大好，他出去問了問，回轉來報道：「是尙氏族人，他們正在唱傳統的祭天之曲，爲小謝祈福。」

平王雙眸乍黯。一個多月前，儘管戰爭的陰雲壓得他喘不過氣來，但那時他的身邊有陸元貞、有謝朗、有徐烈，而此刻，只餘仍然臉色蒼白的徐烈陪伴著自己。他暗歎一聲，道：「尙氏族人，都安排好了麼？」

「安排好了。小謝當初收了一百二十三人，陣亡五十一人，餘下的七十二人我都已安排入冊，進了驍衛軍，讓唐儼暫時先統領驍衛軍，待小謝……」徐烈心中難受，沒再說下去。

「薛先生還在守著小謝？」平王問道。

「是。」徐烈歎道：「半刻不曾稍離，一直守著小謝，只要有一分精神，便替小謝運氣療傷。唉，我看這樣子下去，小謝還沒醒來，薛先生就撐不住了。」

平王怔了許久，看著案几上景安帝的批覆，道：「小徐。」

「是，王爺。」

平王道：「京城來報，父皇賜了泉安給大哥爲封邑，海州給二哥爲封邑，命他們在中秋過後啓程前往封地，沒有父皇許可，不得進京。」

徐烈不可置信地張了張嘴，繼而大喜道：「恭喜王爺！王爺入主東宮，指日可待！」

平王緩緩道：「小徐，你不覺得奇怪麼？」

「是有點奇怪。」徐烈也覺這樣的轉變來得太不可思議。景安帝將弘王、雍王遠派封地，分明就是爲平王入主東宮掃平障礙，可明明戰事初起時，弘王一系還多有掣肘。多年的朝堂爭鬥、激烈對立，景安帝怎地一下子就定了心意呢？

平王想起秋珍珠的密報，道：「這件事情，恐怕和薛先生有關。」說著抬腳往外走，「走，我們去看看小謝。臭小子再不醒，我扒了他的皮！」

二人進了後院，正見柔嘉站在窗外，目光定定地望著屋內。平王輕咳一聲，柔嘉渾然不覺，彷彿神遊天外。平王不曉得她在看什麼，心中好奇，躡手躡腳地走到她身邊，目光投入室內，驚喜下失聲而呼。

屋內的兩人卻絲毫沒聽見窗外的動靜。這一刻，他們的目光膠著在一起，看著彼此的面容，對彼此以外的一切不聽、不聞、不問。

謝朗喉嚨乾澀得發不出聲音，只能無力地咧嘴一笑。

薛蘅看到他這個笑容，才終於確定他是眞的醒了過來。她眼睛一下子濕透，輕輕地罵了句：「臭小子！」

謝朗聽到這句「臭小子」，也才終確信自己並不是在陰曹地府與她重逢。這時，他才感到全身劇痛，彷彿被放在烈火上炙烤著，忍不住痛哼了一聲。薛蘅忙握上他的手，閉上雙眼，調運內力，不停傳入眞氣。

謝朗凝望著她清瘦秀麗的面容，疼痛大為減輕，他貪戀著這份劫後重生的幸福，雙眼不敢稍閉一瞬。他生怕一閉上眼，便再看不到她，再聽不到她罵自己「臭小子」。

他任她的眞氣帶動著自己的內息，緩慢而平穩地在體內流轉，那種融融的感覺，彷若……那一日夕陽下，她伏在自己的腿上，秀髮在自己的雙膝上溫柔地散開。

薛蘅感覺到他體內氣息逐漸平穩，放下心來，還氣入谷，睜開了雙眼。二人執手相望，唇角慢慢綻開溫柔的微笑。

窗外，柔嘉忽然間轉身往院外疾走，平王再看了一眼薛、謝二人，也跟在她背後離開院子。

柔嘉在桂花樹下停住腳步，斜陽將她的剪影投得很長，她抬起頭來看著北方，嘴角露出一絲苦笑。但這絲苦笑轉瞬即逝，她轉過身望著平王，喚道：「皇兄。」平王不知如何啓口，正躊躇時，忽聽柔嘉輕聲道：「皇兄，我願意和親，嫁給那個回離蘇。」

平王眼神一慌，「柔嘉，你……」

柔嘉淡淡笑道：「皇兄，我不是有意偷看的，只是想看看母后有沒有來信，恰好就看到了。」

「柔嘉……皇兄並無此意，皇兄怎捨得將你嫁到那苦寒蠻夷之地……」平王心虛地說道。

平王收到庫莫奚族王子回離蘇請求和親的文書時，並非沒有猶豫，他也曾想過要以宗室之女代替柔嘉嫁到庫莫奚。可若乏庫莫奚人暗中讓路，將殷軍放過西境，殷軍便不能截了丹軍的糧草；若沒有回離蘇及時反出聯軍，讓丹國聯軍自亂陣腳，這一戰也不可能結束得這麼快。更何況在平王今後的計畫之中，庫莫奚人是牽制丹國最重要的一支力量。回離蘇在求親文書中直指柔嘉之名，若以宗室女代之，萬一對方惱羞成怒，只怕會再度掀起軒然大波。

可柔嘉是平王唯一的胞妹，將她嫁到庫莫奚，他每每想起就會心疼難捨，故才猶疑不決，遲遲未把這封求親文書上達景安帝。

柔嘉露出一抹微笑，「皇兄，從小到大，你都沒有打過我。唯一打我的一巴掌，是讓我記住自己姓秦。」

平王憐愛地看著她，道：「柔嘉，皇兄以後不會再打你了。」

「皇兄，你說得對，我姓秦，是大殷百姓們用錦衣玉食供養著的公主。今日是我這個公主，爲秦氏、爲大殷百姓盡自己一份責任的時候。」柔嘉仰頭看著平王，眸子中煥發出從未在她眼中有過的明亮光芒，「皇兄，我願意和親庫莫奚，嫁給回離蘇，請成全我吧。」

平王一震，輕聲道：「柔嘉，你的心中，不是只有……小謝麼？」

黃昏晚風捲起柔嘉烏亮長髮，她再回眸看了看後院，悵然良久，低低歎道：「皇兄，你也看見了。他們眼中可還容得下別人的身影？」

見平王神情猶有不捨與掙扎，柔嘉忽然明朗一笑，道：「皇兄，你可知道，當一隻雲雀變成雄鷹，哪還會願意回到束縛她翅膀的樊籠之中。」平王一怔，對她這句話似懂非懂，柔嘉已將目光投向西北風雲漸湧的天空，輕聲再道：「也許，那裡才是我秦姝這位大殷公主，眞正該去的地方。」

平王欲開口，卻又不知從何說起，半晌才伸出手摸摸柔嘉的頭髮，輕輕歎了口氣，「柔嘉，你……你眞的長大了。」

「啊！」謝朗齜牙咧嘴，對小柱子罵道：「你小子就不知道手勁輕點麼？」

小柱子頗感委屈，抱怨道：「少爺，我已經夠輕的了。薛閣主幫您換藥，您就眉開眼笑，怎麼我幫您換，您就……」

謝朗張目往窗外望，還不見薛蘅的身影，這刻雖只是辰時，他卻覺似等了一生那樣漫長。小柱子見他神色，忙道：「少爺放心，薛閣主爲您找藥去了，說是在白沙河谷邊長著的一種草，可以令您傷勢好得快些。」

屋外隱隱傳來薛蘅與裴紅菱的說話聲，謝朗驀地「啊」聲大叫。他聲音未落，薛蘅已疾如閃電衝進來，問道：「怎麼了？」

小柱子無奈地站起，語帶難過，「薛先生，還是您來吧，小的手太笨了。」

薛蘅忙在床邊坐下，看著謝朗胸前的傷口，將草藥輕敷上去，責道：「這種藥藥性較重，傷口肯定生疼，但會令你好得快一些，你得忍著點。堂堂大將軍，要做到刮骨療傷猶面不改色，怎麼像個小孩子似的？」

謝朗看著她距自己鼻梁不過寸許的絲絲秀髮，聽著她看似責備、實則關心的話語，再聞著她身上傳來那股若有若無的清香，頓時心魂俱醉，忽有一刻覺得便是再受十次重傷也值得了。

敷上藥後，薛蘅伸出左手將他上身抱起，再把紗布繞過他的胸膛，動作輕柔如水。謝朗躺在她溫暖臂彎中，感受著她身軀傳遞過來的熱度，不由浮想聯翩。但薛蘅的髮絲恰於此時垂落一綹拂過他的鼻尖，他心猿意馬下，一時沒忍住，「啊切！」一個噴嚏打了出來。

眼見鮮血自謝朗胸前傷口處猛地滲出來，薛蘅急切下用紗布一把按住，抬起頭只見他雙目緊閉，竟似暈了過去。薛蘅大急，將他緊緊抱在胸前，連聲喚道：「明遠！明遠！」

謝朗哪敢睜開雙眼，更捨不得離開如此柔軟的懷抱，只得繼續緊閉雙眼，不敢稍有動彈。薛蘅只當他眞的昏了過去，又見血越滲越多，爲圖止血，她一咬牙就將藥罐中的草藥統統敷在了傷口上。謝朗乍覺傷口又麻又痛，「哎喲」一叫，竟坐了起來。

薛蘅愣了片刻，將臉一沉，冷聲道：「躺下！」

謝朗不敢再呼痛，乖乖躺下，看著薛蘅手腳麻利地替自己包紮好，轉身就要離開。他急切伸出右手，一把握住她的手腕，喚道：「蘅姐……」

薛蘅只輕輕掙了一下便不再用力，任他握住自己手腕，微低著頭，靜靜地站著。謝朗望著她清秀的容顏，指尖在她掌心輕柔摩挲，胸中被無限柔情充塞得滿滿當當，偏偏一句話都說不出來。

廊下，大白窩在草堆上，小黑在牠身邊，伸出喙嘴幫牠梳理著羽毛。大白喉間發出溫柔的「咕嚕」聲，待小黑梳理完畢，兩隻鳥兒脖頸相依，並頭而眠。

夏季之風拂過原野，掀起層層綠波。

高山爲碑，長風吟誦，祭奠著黃土下的英靈。

謝朗將酒慢慢灑在陸元貞墓前，輕聲道：「小陸子，這是你喜歡的杏花酒，只別喝醉了，找不到回家的路……」

柔嘉插上清香，燃了紙箔，再在墓前深深拜下，喃喃道：「元貞哥哥，希望你投個好人家，若有來世，柔嘉定要做你的妹妹……」

謝朗聞言心中大痛，劇烈咳嗽起來。薛蘅知道他只是心神激蕩，並非傷勢復發，不太擔憂。驟見平王招手，她便跟了過去。

平王在葳蕤茂盛的原野中徐步走著，待離眾人遠了，甫轉過身來和聲道：「薛先生，孤王真不知要如何感謝您才好。」

薛蘅忙道：「王爺客氣了，抵抗外侮乃是薛蘅應盡的義務。」

「不，孤王不是說這個。」平王搖了搖頭，盯著薛蘅，緩緩道：「薛先生，孤王很想知道，您讓兩位祕書丞呈給父皇的密信中，究竟說了什麼？為何父皇在收到那封信後不久，即將俞貴妃降為嬪，賜封地給二位皇兄。還有，薛二先生給孤王開的藥，到底是治什麼病的？」

薛蘅輕歎一聲，道：「王爺，您即將入主東宮，相信回到涑陽後，聖上必會將前因後果向您細說。王爺前段時間，是不是經常感到頭暈目眩、手足無力？而且這樣的病症，還在聖上面前發作過？」

「正是。」平王訝道：「自去年從邊關回到京城後，孤王便逐漸有了這些病症，但太醫們始終拿不准是何毛病，只說是太過操勞，父皇還為此事讓孤王多歇息，把孤王手中政務分給大皇兄。」

薛蘅問道：「王爺，臣現下可否不用避諱？」

平王忙道：「薛先生有話直說，不用避諱。」

「是。」薛蘅躬身領命，道：「當年太祖皇帝出身寒微，王爺必然知曉。」

「嗯，太祖皇帝當年家境貧寒，幼年時還出家當過和尙，後來又做過挑夫，連正經的名字都沒有，人稱『秦三擔』，這是史書上並不迴避的事實。」平王坦然道。

「太祖當年入義軍時，未曾想到自己有朝一日能黃袍加身，成爲一代開國皇帝。到登基爲帝的那一天，太祖才意識到一個被他忽略了的隱患，而這個隱患，可能會動搖大殷的萬世基業。」

「哦？」平王忙問道：「是何隱患？」

薛蘅道：「由隴西遷至鳳南的秦氏一族，幾百年來深受某種隱疾的困擾。這種隱疾只在秦氏一族的男丁身上才會發作，發病者或不利於行、最後癱瘓，或子嗣不旺，還有部分患者會頭暈目眩、暴躁如狂，最終瘋癲，做出違背人倫常理之事。」

平王聽得呆了，喃喃道：「孤王怎從沒聽說過這麼一回事？」復又悚然一驚，「莫非父皇之前得的病就是……」

薛蘅點點頭，繼續說道：「秦氏一族當年居住在鳳南時，因爲屢有男丁莫名得病死去，被當地其他氏族視爲不祥之身，說秦氏是犯了天怒，遭到天譴。秦氏更因爲這種遺傳的疾病而人丁凋零，到太祖時，鳳南秦氏一支已只剩下十三名男丁。當年齊武帝殘暴，太祖是打著『奉天命、除逆君』的旗號，率領義軍推翻齊武帝。若讓世人知道秦氏有這種不祥的疾病，將引使民心不穩，所以太祖對此事絕口不提，這個祕密只能由上一代皇帝傳給繼位者。爲此，太祖還……」

平王聽到這裡，自然知道薛蘅略去的是什麼。太祖登基後，鳳南竟有了叛軍，太祖命人平叛，戰事激烈，鳳南幾無百姓倖免於難。太祖得知鳳南遭到叛軍屠城的消息，還輟朝三日以爲哀悼，卻不知這一場「平叛」背後原來藏著這樣的眞相。

他歎了一聲，問道：「莫非孤王得的就是這種病？」

「不是。」薛蘅搖頭，續道：「太祖登基後，知曉這種疾病有可能會在自己的後代身上發作，就向青雲先生說出這個隱密，請青雲先生找出治癒之法。青雲先生在《寰宇志》中的《內心醫經》上看到過治癒這種疾病的方法，奈何其中一味主藥『琅玕華丹』的煉製之法卻記載於《太微丹書》。而《太微丹書》在多年以前，便和《寰宇志》中的其他書籍一同遺失不見了。

「青雲先生將《內心醫經》中記載的藥方呈給太祖，如此可在有人發病時控制一下病情。他再啓程前往孤山，尋找當年佚失的那一部分書籍。

「可惜這麼多年過去，歷代閣主都未能找到《寰宇志》。直到一年前，臣受亡母遺言啓發，終尋獲《寰宇志》遺失的那批書籍，包括《太微丹書》，進而煉製出了琅玕華丹。」

薛蘅自然隱去了當年青雲先生怕太祖殺人滅口，託言《太微丹書》失蹤而要上孤山尋找，以此保全了天清一脈，只是因爲第五代馬閣主猝然離世才令這祕密湮沒多年的事情。

平王聽了，向薛蘅長揖爲禮，「薛先生對秦氏之厚恩，孤王眞是無以爲報。」

薛蘅忙避禮相讓，連稱：「不敢當，這是薛蘅應盡之本分。」

「那爲何薛先生說孤王得的不是這種病？」

薛蘅道：「都怪薛蘅大意，將有關這一段隱密的記載收在密室之中，卻沒對密室嚴加管理。本門出了不肖弟子，看到了這段隱密，並將之告知了弘王。」

平王恍然大悟，「孤王所出現的那些病症，都是大皇兄在背後謀畫？」

「要讓王爺出現這些症狀並不太難，只需以虎背草和藤苓子爲引製成藥粉，投入王爺膳食之中，王爺便會慢慢出現類似症狀，聖上自然誤以爲王爺也患上了這種隱疾。」

平王怔了許久，才歎道：「原來如此。」

平王和薛蘅回到陸元貞墓前，謝朗正向柔嘉勸說著什麼，柔嘉只淡淡微笑，神情堅決地搖頭。見二人過來，謝朗止住了話語。

平王撫摸著青色碑石，目光自薛蘅、謝朗和柔嘉面上一一掠過，鄭重開口：「薛先生，小謝，柔嘉，孤王有一事想拜託你們。」

「王爺請說。」「皇兄請說。」三人忙齊齊施禮。

平王將目光投向北面一望無際的青蔥原野，字字如金石，緩緩道：「請你們助孤王一臂之力，讓北疆八年之內不再重燃戰火。」

「八年？」三人齊齊一愣。

平王頷首道：「八年之後，丹王的兩個嫡子將會成年。頡可此次隨丹王出征，卻拖了丹軍的後腿，致使丹軍兵困左家堡，回國之後定會受到支氏的責難。八年之後的丹國王儲之爭勢必十分激烈，那時我們就可騰出手來對穆燕山宣戰。我們也需要這八年來集中財力、物力、人力，籌建一支強大的水軍。所以，孤王想請你們在這八年內維護北疆的安寧。八年之後，孤王要攻過濟江，收復劍南！」

風起，雲湧。平王的聲音鏗鏘有力地穿透雲霄，如千斤重錘般敲擊著每一個人的心。

三人齊齊向他鄭重行禮，無言地應下這八年的重託。

平王在碑前灑下杏花酒，又從袖中掏出一封沾滿血跡的信，默默點燃了火摺子。火苗慢慢地吞噬著信箋，冒出一縷青煙，「元貞，你信中之言，孤王全部謹記在心。先安北境，再平西南，多興外交，少興戰事。西和庫莫奚族，以彼之力量牽制丹國；計挑丹國內訌，令其無力南侵。這些，孤王都會一一辦到的。待天下安定、四海靖寧之日，孤王再來看你。」

看著那封兩個多月來讓他痛徹肺腑的信燃成灰燼，平王向墓碑深深施了一禮，轉身上馬，勁喝一聲，領著眾人疾馳而去。

日頭逐漸西沉，晚霞映著原野上疾馳的這一隊人馬，彷若在他們面前鋪開了一條華光大道。

四十四　剖心療毒歎黃花

在殷國西境的魯蘭山與塔瑪河之間，有一塊平原，人們稱之爲「魯瑪河谷」。因爲地處高寒，這裡的春季比殷國別處要晚上幾個月。

謝朗傷勢痊癒後，攜薛蘅在單風墓前拜別，隨後告別平王等人，一路西行。

謝朗不知薛蘅要帶自己去哪裡，他也未加多問，反正只要有她在身邊，便是赴湯蹈火亦甘之如飴。

二人出燕雲關時正值盛夏，越往西邊的魯蘭高原走，氣溫越趨涼爽，待快到魯瑪河谷時，入夜在野間歇宿已需添上春衫。

這日縱馬揚鞭，至黃昏時分，眼前豁然開朗，謝朗不由勒住了馬韁。前方蜿蜒流淌著的塔瑪河畔是一望無際的平野，此即魯蘭高原的人們賴以生存的沃土——魯瑪河谷。

當前季節的魯瑪河谷，油菜花盛開像一張無邊無際的金黃色毛毯，映著天際晚霞，奇麗雄偉、美不勝收。

謝朗爲眼前美景暗中讚歎了一聲，轉瞬想起薛蘅以前在油菜花田中奇怪的反應，忙轉頭看向她。但見她的表情，彷彿此行正是爲了帶自己來這裡，他心中咯噔了一下，輕聲喚道：「蘅姐。」

高過人頭的油菜花綿延不絕，一陣風吹過，花海掀起陣陣波濤。

薛蘅跳下馬，一言不發地怔望著這片花海。良久，她才緩緩舉步走入花田，謝朗緊緊跟上。

薛蘅越走越急，走到花田中央止步，臉色蒼白，嘴唇控制不住地顫抖起來。謝朗忙上前握住她的手，柔聲道：「怎麼了？」薛蘅只吐出兩個字：「小妹……」

謝朗先前就揣測薛蘅的小妹是失蹤在油菜花田裡，難道就是這裡？感覺到她的手冰涼，他忙勸道：「小妹在油菜花田裡丟了，我幫你找。我們以後慢慢找，總有一天會找到的。」

薛蘅咬著嘴唇，胸脯急劇起伏，半天才開口，聲音乾澀，「不是小妹。」

「不是？」謝朗聽得滿頭霧水。

薛蘅喃喃道：「沒有小妹……那個孩子，是我……」

空氣裡溢出一陣陣油菜花特有的濃烈香氣，黃黃白白的粉蝶在花叢中忙忙碌碌，時起時落。天地間一片寂靜，只聞見油菜花在風中搖曳發出的輕微沙沙聲。謝朗乍有種突兀感，恍如無端墜入了古怪夢魘，周圍的一切都顯得那樣不眞實和詭異，他猛然覺得呼吸窒礙，只聽到耳邊忽遠忽近傳來薛蘅微微顫抖的聲音：「我家是住在津河邊的農戶，家裡雖然窮，但爹娘對我很疼愛，每次爹爹從地裡回來，娘把飯菜端上桌，爹總是把菜往我碗裡夾，還說：『小妹很乖，讓小妹多吃點。』小妹……在我的家鄉，是爹娘對女兒的一種慣稱……」

謝朗愣住，沒想到薛蘅一直以來在夢魘中叫著的「小妹」，竟然是她自己。

薛蘅繼續說著，自下孤山以來，她就期盼著這一刻，可以將「藏」在心底十餘年的回憶、恐懼和痛苦，當著他的面統統吐說出來。

「二十一年前津河發大水，一夜之間，那麼多的水不知從哪裡湧了出來，一下子就把我的家給吞沒。我爹娘他們剛把我放入一個大木盆，就被洪水沖走。我哭著喊：『爹、娘，你們在哪裡啊？』可是我把嗓子哭啞了也沒人回答我，只有一片茫茫大水。我哭累了就趴在木盆裡睡著了，醒來又繼續喊著找爹娘，我的爹娘……卻再沒出現。後來木盆被水浪打翻，幸虧我趴到一根樹幹上，隨水漂流了三天三夜才漂上岸。我站在齊腰深的淤泥裡，終於明白：我，是個孤兒了。

「我忘了自己是怎麼活下來的，也不曉得過了多久大水才開始退。只記得那時候，到處都是水，到處都是泥，到處都有死人和難民。還有好多像我一樣的孩子，我跟著他們沿著津河到處流浪，從一個村子走到另一個村子。白天出去討飯，夜晚就睡在破廟裡。

「那時候，津河邊上的村鎮幾乎都被洪水沖毀，到處是頹垣敗瓦，我一個五歲的孩子哪能討到什麼吃的呢？只好撿些樹上掉下的爛果子，實在餓得受不了就挖點草根樹皮，幾天吃不到東西也是常有的事。更慘的是，我常常被那些大孩子欺負，好不容易討來的食物經常被他們搶去，要是敢不給，就會招來一頓拳打腳踢，還把我趕出破廟，不許我回去睡覺。我只好在外頭遊蕩，直到深夜他們都睡著了才敢回到破廟，躲在角落裡睡個囫圇覺，第二天早上趁他們還沒醒又趕緊爬起身跑出去。其實我很怕黑，晚上那些黑黢黢的破房子看起來像一個個妖魔鬼怪，村子裡除了野狗在吠便是一片死寂，我好害怕，可是沒辦法，我只能躲在外面一個人偷偷地哭……」

謝朗呆呆地聽著，心中陣陣抽疼。他悄步走到薛蘅的背後，張開雙臂從後緊緊環抱住她。

薛蘅深吸了一口氣，繼續說道：「這樣的日子過了五年，雖然艱難痛苦，但終究活下來了。可是比起饑餓和黑暗，更讓我害怕的是某個人！

「這個人，我聽村裡人叫他劉二狗，是村裡的地痞無賴，偷雞摸狗任何壞事都幹，還仗著身強力壯經常搶我們這些小叫花子討來的東西，我們都很怕他。他偏不搶我的，我出去要飯的時候他老攔住我，笑嘻嘻地說：『小妹妹，跟我來，我請你吃肉。』可他的眼神真可怕，好像我在野地裡看見過的惡狼眼睛，像要吃人一樣。他時常跟在我後面，我害怕得不得了，一看到他就馬上遠遠躲開。」

謝朗用力收緊手臂，只覺得心痛不可抑。薛蘅斷斷續續的聲音還在他耳邊迴盪：「那天天沒亮我就出來了，我在村外的樹林裡撿了一顆青梨，捨不得吃，揣在懷裡準備晚上餓了再吃。那時春日將盡，田裡油菜花開了一大片一大片的，我歡歡喜喜沿著油菜花田往回走，走著走著，背後突伸出一隻手抓住了我的肩膀。我嚇了一跳，回過頭一看，是他！

「他一臉笑嘻嘻，抓住我問：『小妹妹，去哪兒呀?來，跟我來，哥請你吃肉。』他臉上雖然在笑，我看了卻渾身發冷。他的手潮乎乎的讓我很不舒服，我用力想掙開他，可是力氣太小了。他……他……他將我拖到了油菜花田裡……」

感覺到她全身都在劇烈地顫抖，謝朗心痛如絞，不停道：「蘅姐，別說了……別想了，不要再想了……」

薛蘅愣望著眼前這片油菜花海，想穿透這多年來無數次在夢魘中出現的無邊無際金黃，捉住那一段噩夢的初始。然後，在噩夢開始的地方，眞正地結束這段噩夢。

「他的力氣好大，我怎麼也打不過他。我手中的青梨掉落地上，我的衣服……被他撕爛，我被他壓倒在地，雙手雙腳根本動不了，只能狠狠咬他一口，咬掉了他半邊耳朵……」

薛蘅的眼角，慢慢淌下兩行淚來，「那股血腥氣……那血腥氣……他被激怒了，眼珠子瞪得老大就像惡鬼似的，不停地打我、咬我，甚至撕我……我覺得全身的血快流乾了，自己已經死了，只能看見空中有蝴蝶在飛，那蝴蝶的眼睛瞪得很大，像、像那惡鬼一樣……然後，那惡鬼就……」她仰起頭來，望著空中的浮雲，眼淚無聲地流下。

遭受凌辱時無力的絕望之痛，如同被剝皮削骨一般。她像浮在了半空，再無知覺，只能麻木地看著，看著鮮血從身體裡一分分流出來，彷彿那個躺在血泊中的小女孩，並不是自己。

謝朗左臂緊摟抱著她，右手則不停地替她拭去淌滿面頰的淚水，卻不曉自己也早已淚流滿面。

「我以爲自己已經死了，徹底失去意識之前，有道身影模模糊糊地出現在我身邊。我看見她在歎惜著說：

『可憐的孩子……』她用最溫柔的動作將我抱了起來。我當時想，她肯定是天上的觀音菩薩吧……」薛蘅流著淚的眼中露出眷戀孺慕之色，心內暗暗再度喚了聲：「娘啊！」

「我不知道後來的幾個月我是怎樣活過來的，我覺得自己在地獄中被火燒了很久。耳邊聽到小鬼們在罵我，說我有罪孽，說我已經髒了，說我不配再活在這個世上。我、我覺得自己快要瘋癲了，小鬼們再罵我的時候，我就拚命地叫，說那不是我，我沒受過那樣的傷害，受傷害的不是我，是……是小妹……」

謝朗手指間沾滿了她的淚水，他只能無言地重複同樣的動作，彷彿這樣能夠抹去她心頭所有的慘痛，撫平她所受過的一切傷害。

薛蘅仍繼續說著，「我終於活過來的時候，腦子裡茫然空白，根本不記得先前發生過什麼，而且害怕去回憶以前的事情。偶爾想起一點什麼，便會拚命地告訴自己，別去想，千萬別去想！再過了一段時日，我就眞的……完完全全不記得從前的事情了。

「可是……這麼多年來，我一直做著同一個噩夢。我不明白自己爲什麼會做噩夢，這個夢像毒蛇一樣纏繞著我，讓我心頭充滿了悲傷和恐懼……最近兩年，那噩夢越來越清晰，我漸漸想起來有個小妹，好像我把她丟了，害她遭受到了人世間最悲慘的事。再後來，許多過去的事情，我一點一點地想了起來，卻都是凌亂的回憶。」薛蘅掙開謝朗的雙臂，緩緩轉過身來看著他，「直到那天……」

她望著他的眼睛，輕聲道：「那一天在王府，你離去之後，我……我終於全部想起來了。」

謝朗的呼吸停頓了剎那，繼而從心底湧出一股濃烈的憐惜，他凝看著她的雙眸，再度張開雙臂。他背後是無邊無際的金黃，不遠處有兩隻粉蝶翩然展翅。薛蘅露出驚慌之色，本能地想往後退，謝朗急忙踏前一步將她抱住，將臉埋在她秀髮中，用最溫柔的聲音在她鬢邊耳畔輕喚道：「蘅姐……」

他的氣息包圍著她，他溫柔的呼喚聲在耳邊迴響，薛蘅緩緩閉上眼，金黃色的噩夢慢慢地消失了，蝴蝶也不見了。

過得許久，她終於開口問道：「明遠，我……確實失貞了，你、你還會像以前那樣待我麼？」她望著他的眼睛，等著他的回答。她將他帶到這油菜花海，將血淋淋的過去在他面前剖開，全是爲了聽他這一刻的回答。

謝朗逐漸鬆開了抱住她的雙臂，他握上她微涼的手，看著她的雙眸，緩緩低下了頭。薛蘅身軀微顫，本能地閉上眼，卻覺額上一暖，謝朗已輕輕地吻上了她的額頭。

「蘅姐，我不要像以前那樣待你。」微風拂過花海，送來濃烈的花香。他說出的每一個字，隨著這股花香深深印入她的心中，「我待你要比以前好一千倍、一萬倍，今生今世，絕不容任何人再傷害你！」

薛蘅緩緩睜開雙眼，他正深情無限地看著她。他的背後，是絢麗的晚霞，無邊無際的花海，還有蝴蝶翩然成雙。

薛蘅眼中泛起瑩瑩清光，她垂眸落淚的一剎那，謝朗再度低下頭，輕柔地吻上了她的眼睛。淚水滑過面頰，滑入她唇角的同時，也濡濕了他的雙唇，苦澀而甜蜜。

他的雙唇向下移動，溫柔地印上了她的唇。

這一刻的感覺如此引人心弦顫動，謝朗的胸膛快要炸裂開來。感覺到薛蘅在輕顫，似在害怕什麼，他用力地抱住了她，彷彿在說：「有我，你再不會有噩夢和傷害。」

金黃夕陽鋪灑在一望無際的油菜花田，也鋪灑在花田中央默默相擁的兩個人身上。

霞光中，謝朗與薛蘅牽著馬，在塔瑪河畔徐徐走著。謝朗貪戀著風中她的每一縷氣息，只期望就這樣走到天荒地老，永遠走不完。

他不時側過頭看著她秀麗的側顏，爲她唇角的微笑而心生歡喜，爲她溫柔的眼神而血脈賁張。一種無以言說的感覺，隨著每一次眼神交會，在彼此心中纏綿、深種。

直到天黑，兩人才在塔瑪河邊坐了下來。這夜月華正好，照在河面上，清清渺渺。

謝朗側過臉，正見月光照在薛蘅脖頸上。她微低著頭，脖頸彎成一個柔和的弧度，謝朗忽覺嘴唇乾燥欲裂，呆呆地望著。

薛蘅察覺他的手心十分潮熱，抬起頭來問道：「怎麼了？」

謝朗猛然站起，向前疾衝，一下躍入了塔瑪河中。

薛蘅忙呼道：「你做什麼？」

謝朗充耳不聞，一頭扎進水裡，好一會兒才浮上水面。他跟蹌走回岸邊，喘著氣大笑，右手高高舉起，一條魚兒正在擺尾掙扎。薛蘅接過他手中的魚，見他一身濕答答的，面帶薄怒道：「你傷剛好不久，就這麼不愛惜自己！」

謝朗看著她這似怒還嗔的神情，小腹間那把剛剛熄滅的火，又倏地燃燒起來。

薛蘅點燃火堆，將魚烤熟了遞給謝朗，卻見他定定地望著自己。她面上莫名一熱，將魚丟到他懷中，低下了頭。

謝朗吃完烤魚，忽然「啊」的叫了一聲，「蘅姐，你在這裡等我。」說完，匆匆跑進一邊的白楊樹林。

薛蘅不知他弄甚名堂，只得抱膝坐在河灘上等他。清幽的月光灑落河面泛起一片粼光，薛蘅心中充滿歡悅，一時興起，從地上撿起石子往水中丟去。

「咚！咚！」石子落入水中的聲音，像琴音在夜風中裊裊傳開。薛蘅不禁露出微笑，覺得這種自己平素瞧不起的無聊之舉，原來竟是這般美好。

腳步聲響起，謝朗又跑了回來，他在薛蘅身邊坐下，逕自除下鞋襪。薛蘅嗔道：「你做什麼？」

謝朗嘿嘿一笑，將手中兩根細樹枝丟在地上，再伸出右腳慢慢用腳趾去夾那兩根樹枝，頭兩次不成功，但第三次他終於夾起了樹枝。

薛蘅看得怔住了，好半天才道：「你、你什麼時候學會用腳趾夾樹枝的？練這個做甚？」

謝朗轉頭看著她，面上一紅，低聲道：「蘅姐，還記不記得我們以前打過的賭？」

「什麼賭？」薛蘅眉頭微蹙。

謝朗一下子急了，「就是我以前雙臂受傷時，你說只要我能像『無臂俠』江喜一樣，用腳趾夾筷子，你便要跟我姓！」

薛蘅這才想起來，不由哭笑不得，道：「虧你還爭這一口閒氣。爭贏了，難道我就眞的不姓薛了……」

話未說完，灼熱的氣息撲近。

「蘅姐，嫁給我……」謝朗臉上表情極爲認眞，定定地看著她。

薛蘅的心頓時怦怦直跳，既甜蜜又羞澀，還夾著幾分慌亂。這種感覺，是她此生從未體會過的，一時說不出話來。

謝朗緊盯著她，見她遲遲不回答，急道：「你堂堂薛女俠，天清閣閣主，不能說話不算數！」

「我哪裡說話不算數了？我可沒說過要、要嫁給你。」薛蘅好不容易調順氣息，瞪了他一眼。

謝朗將夾著樹枝的右腳抬了抬，得意道：「你說過，只要我能用腳趾夾筷子，你就不姓薛，姓謝！你既然姓謝了，當然就得嫁給我。爲了贏這個賭約，我可練了一個多月！」

薛蘅無言以答，心底的歡喜卻如潮水般翻湧，唇角不自禁浮起笑意。謝朗凝望著她，鼻息漸粗。他慢慢地低頭，將那份溫柔的笑，沒入自己滾燙雙唇之中。

河水似乎也被這份滾燙煮沸了，在月光中輕輕漾動。

不知何時，他已將她壓在了身下，她忽然一陣顫慄，掙扎著將他推開，顫聲道：「不……」這聲音含著隱約的害怕與抗拒，彷彿甫剛癒合的傷口，仍經不起輕微的碰觸。

謝朗陡然間清醒過來，他猛地站起，又一頭扎進了河水之中。水花四濺，濺到薛蘅的臉上，她無力地坐起，感覺到心還在劇烈跳動，好半天才漸復平靜。

再過一會兒，見謝朗還不上來，薛蘅心生擔憂，柔聲道：「你、你快上來。」

謝朗將臉從水中抬起，悶著聲音應道：「不。」

薛蘅不明白他好好地爲什麼又跳到河裡，急道：「你傷剛好，這樣會傷身子的，快上來。」

「不。」謝朗聲音倔強。

薛蘅提高了聲調，怒嚷：「謝朗!你到底上不上來?你……」此時月華移動，照在謝朗漲得通紅的臉上，薛蘅恍然明白了什麼，心跳如狂地轉過身去，再說不出一句話來。

不曉過得多久，水聲輕響，謝朗徐步走上河灘，走到她背後。薛蘅聽著自己擂鼓般的心跳聲，深吸了口氣後低聲問道：「明遠，我們在一起，你要承受很多，也要失去很多，你……眞的想好了?」

謝朗望著她的身影，輕聲回道：「蘅姐，那麼艱難的生死關口，我們都一起闖過來了。我們連死都不怕，又何必去在乎其他呢?」他倏地拉高音調，「我謝朗，要娶天清閣女閣主薛蘅爲妻!今生今世，永不相負!」

他清朗的聲音在塔瑪河上遠遠傳開。薛蘅身子一震，緩緩轉過身來。

月色下，二人相對凝望，俱各癡了。

「不能進去!」

「明遠，你絕對不能進去!」

四姨娘與五姨娘一左一右，死死地拖住謝朗的手臂。

謝朗看著秋梧院緊閉的大門，又看看四姨娘和五姨娘挺起的肚腹，終究不敢甩開她們的手，只得哀求道：「四娘，五娘，我眞的有事情找蘅姐商量，就讓我見一見她吧。」

五姨娘瞪眼道：「不行，絕對不行！」

「就是！絕對不行！」四姨娘點頭道：「不管天大的事情，都不能壞了規矩！成親前半個月，未婚夫妻絕對不能見面，否則後果嚴重得很啊！」

謝朗一天不見薛蘅便覺得六神無主，這十天就像十年那樣漫長。他不由抱頭哀歎，「誰定下的這破規矩！爲甚不能見面？」

四姨娘板著臉道：「誰定下的規矩我可不曉得，但四娘我自打出生後，聽到的便是這規矩。不管未婚夫妻以前是否相識，成親前的半個月，雙方絕對不能見面！要問後果嘛……」她心思一轉，壓低聲音道：「其他的後果我不知道，只聽說其中一條。」

「是什麼？」五姨娘見她如此鄭重其事，心生好奇，忙開口發問。

四姨娘道：「倘誰主動去見另一方，他這一輩子，就要被對方管得服服帖帖，在對方面前抬不起頭來。」

五姨娘「哎喲」一聲，拍手道：「明遠，爲了你往後的幸福著想，可千萬不能低這個頭。」

謝朗心中嘀咕，只要能見蘅姐一面，給她管一輩子又如何？她哪日若不罵他一聲「臭小子」，他便覺得不舒坦。可這話畢竟不好當著兩位姨娘的面說出，他靈機一動，望向二人背後喜道：「蘅姐！」

四姨娘老實，馬上扭頭。五姨娘卻早有防備，眼見謝朗就要繞開二人往秋梧院衝，她大叫一聲「哎呀」，捂著肚子往地上坐去。

謝朗大急，忙轉過身扶住五姨娘，連聲問道：「五娘，怎麼了？」

丫鬟、婆子們也擁了過來。五姨娘攥住謝朗的手，皺著眉頭道：「只怕是動了胎氣啦。」

四姨娘疑道：「咦，這才五個月，還沒到日子啊。」見五姨娘對自己使了個眼色，她心領神會，急道：「明遠，快、快扶五娘回去歇著。真動了胎氣，那可不得了！」

謝朗無奈，戀戀不捨地望了望秋梧院，旋扶著五姨娘而去。

秋梧院裡，二姨娘瞧看手中的嫁衣，笑得眉眼彎彎，「薛閣主果然聰明，這才學半個月，就繡得比京城的世家小姐分毫不遜。」

薛蘅也沒想到自己竟有拈針刺繡的一天，怔怔地看著親手繡就的嫁衣。

二姨娘只道未進門的媳婦兒是害羞，與三姨娘互望一眼，抿嘴而笑。她握上薛蘅的手，柔聲道：「阿蘅，以後我們不再叫你薛閣主，就叫你阿蘅，可好？」

薛蘅點了點頭，看著二人，躊躇片刻後終喚道：「二娘，三娘。」

二姨娘和三姨娘笑得臉上綻開了花，二人看著薛蘅，想起謝朗自定下親事後那滿臉的笑容，越想越是歡喜。兩人更同時在心中暗暗決定，要將市井坊間的那些閒言碎語忘得一乾二淨。

正如紅蕖一怒之下指著街東頭那王婆罵的：「你個老貨！嚼什麼舌頭！老牛吃嫩草又怎麼了？這可是聖上恩准的婚事！我家少爺喜歡！」

見二姨娘撐著腰要站起，薛蘅忙扶上她的右臂，「二娘，您身子要緊，別太辛苦了。」

二姨娘微笑道：「不辛苦，再說，明遠成親可是大事，我這才四個多月，辛苦一點不怕。只是三妹……」她轉向三姨娘，叮囑道：「你最早生，千萬小心。」

二人剛轉身，二姨娘又想起一事，回頭向薛蘅道：「阿蘅，這五天，你絕對不能和明遠見面。可記住了，他就是翻牆進來，你也別見他。」

薛蘅微微笑著，點頭道：「是。」

待丫頭們扶著二位姨娘去遠了，院門「吱呀」關上，薛忱才從隔壁房中出來，他看著薛蘅輕彎的嘴角，不覺也悄然泛起微笑。

四十五　如此良辰如此夜

涑陽最美的季節是金秋，北塔山上的楓樹率先將京城染上一團火紅，映著白塔碧湖，美不勝收。

八月十六，月華皎潔，城東的永寧坊韶樂悠揚。上至王公貴族，下至販夫走卒，京城的百姓莫不知曉，今天是撫遠大將軍謝朗迎娶天清閣閣主薛蘅的日子。

輩分之懸殊，年齡之差異，加上謝朗曾經的準駙馬頭銜，薛蘅的守貞閣主身分，這樁婚姻從一開始就注定要在京城掀起無數口誅筆伐、流言蜚語。

然而當謝朗在長老大會上力駁群儒，帶走薛蘅，皇室出人意料地保持了沉默。再後來，薛、謝二人並肩作戰，帶領三萬將士力守左家堡，爲擊敗丹軍立下赫赫功勛。捷報傳來，薛、謝二人的雄姿英風，幾天之內便在涑陽遐邇遍傳、婦孺盡知。人人皆曉，若沒有薛蘅智擒丹國王子，將丹軍主力拖在左家堡，若沒有謝朗與她的浴血奮戰，丹軍鐵蹄極有可能踏過漁州，甚至更南的廣袤江山。

市井間相互傳告，相互議論。百姓們向來容易去敬重一個英雄，更何況是眞正爲國爲民的英雄。他們也更樂意去替這位英雄塑造一個爲愛情堅貞不屈的形象，原本對薛、謝二人戀情一面倒的責難之聲漸始出現了不同的聲音。

六月初，景安帝命弘王、雍王中秋後遠赴封地，自此，朝中上下都知平王入主東宮僅是遲早問題。

六月末，柔嘉公主爲了邊疆永保安寧，自請出塞和親，遠嫁庫莫奚王子，贏得文武大臣、民間百姓的一致稱讚和尊敬。

七月，驍衛軍載譽凱旋，謝朗毫不顧忌成千上萬旁觀者的側目，與薛蘅攜手入城。景安帝召見傷癒回京的謝朗和薛蘅，語多嘉勉；並封謝朗爲撫遠大將軍，轄神銳、神武、寧朔、驍衛四軍，統領北境軍務，鎮守燕雲關。景安帝又對此次有功將士論功行賞，就連謝朗的兩名貼身小廝謝柱、謝武也被允脫離奴籍，抬入軍中封了校尉，尤對薛、謝二人大加賞賜。至此，薛、謝二人的婚事，再無一人公開反對。

儘管街頭巷尾猶有不少閒言碎語，儘管姚稹一干古板之人多有非議，但絲毫未加影響謝府辦這樁喜事的心情，更何況平王還將代表天子前來喝一杯喜酒，這喜事自然辦得熱鬧非凡。

亥時初，參加喜宴的客人陸陸續續告辭而去。

管家正領著一眾隨從在門口送客，忽聽馬蹄嘚嘚，從東面長街奔來數騎駿馬。快至府門前，爲首二人率先下馬。一人三十上下，青袍冷肅，另一人身姿颯爽，卻是一名身著紫衫的年輕女子。

紫衣女子道：「就是這裡了，趕得正及時。」

青袍男子微微一笑，聲音雖低沉，卻富有一股磁性，「不知這讓你念念不忘的薛閣主，到底是何等人物。」

「她今天是新娘子，大哥想見也見不著。」紫衣女子眉梢微挑，淡淡應道。

二人並肩走到謝府門前，紫衣女子拱手道：「敢問這裡可是謝朗謝將軍的府第？今日可是謝將軍和薛閣主大喜之日？」

管家打量了紫衣女子一番，見她生得明眸皓齒、儀態大方，更有一股掩飾不住的尊貴氣度。管家迎來送往多年，練就了一雙火眼金睛，看出來她身分不比尋常，忙趨下石階躬腰道：「正是。敢問小姐是……」

紫衣女子道：「我是薛閣主的朋友，聽聞她今日成親，特來送一份賀禮。」說著從身側行囊中取出一只半尺長的錦盒。

管家忙雙手接了，恭敬道：「請小姐進府喝一杯水酒。」

「不了。」紫衣女子揮了揮手，「我還有要事，他日再來拜訪薛姐姐。」

管家聽她稱薛蘅一聲「姐姐」，唯恐怠慢了貴客，見紫衣女子欲轉身，連聲問道：「敢問小姐貴姓？小的也好上稟公子和少夫人。」

紫衣女子淡淡一笑，「薛姐姐看到賀禮，自會知道是我送的。」

管家聽得一怔，正要說話，府內忽有侍從跑出來道：「快、快、快！王爺要起駕了！」

管家一聽便知是平王要離宴起駕，忙提衫小跑，通知一直在府旁等候的車馬司。羽林軍則忙著將府門口的人往兩邊趕，待趕到紫衣女子面前時，謝峻已親自將平王送了出來。

一名羽林軍正要將紫衣女子往後推，青袍男子踏前兩步將她護在背後。他只隨意看了那羽林軍一眼，那名羽林軍竟感覺到心中發慌，惶惶然退開幾步。

平王此時恰從石階上步下來，見這青袍男子雖然衣著簡樸，但舉止之從容、氣度之沉肅，竟是平生罕見，不禁著意多看了一眼。

青袍男子也正於此時看向平王，二人眼神交會，平王的腳步凝滯在了原地。青袍男子微微一笑，移開目光望向紫衣女子，神情溫和道：「禮已送到，走吧。」紫衣女子點頭相應：「是。」

見二人轉身，平王甫才提動腳步走向華蓋馬車。上車之時，他忍不住又回頭看了一眼，只見青袍男子已經上馬，亦於此時回頭看了看他。

夜色之中，青袍男子似乎笑了一笑，帶著隨從，與那紫衣女子揚鞭而去。

夜風中，青袍男子一行人趕在城門下鑰之前出了涑陽北門。

明月皎皎，夜霧輕幽。至離亭時，紫衣女子拉住了馬，道：「今天見到了平王，倒是意外的收穫。」

青袍男子也同時拉住坐騎，眼中神光一凜，「殷國太子之爭這麼快就塵埃落定，還眞是出乎我的意料，咱們今後的日子可沒那麼輕鬆了。」

紫衣女子嘴角微勾，看著他，「大哥怕了麼？」

青袍男子臉上漸浮起笑意，他凝望了她一眼，忽解下身上的披風披在了她肩頭。

紫衣女子低頭看著他爲自己繫好披風，眼中掠過一絲複雜的情緒，但再抬起頭時，眼裡已是波瀾不驚。她盈盈笑道：「咱們今天還是再趕一段路吧，我對大哥整日念叨的白肉血腸早已垂涎三尺，恨不能插翅飛到燕山。」

青袍男子朗聲一笑，「好！」

毓芳園的門口，此時已鬧翻了天。

裴紅菱領著紅藻等人，說什麼都不讓姚奐等一眾年輕公子進去。姚奐打不過她，口出調笑之言，裴紅菱渾然不懼，大聲回罵，粗野之水準竟比他還要高上幾分。姚奐惱了，便將喝得有幾分醉意、正往洞房而來的謝朗堵在了園子裡。裴紅菱領人來救，亂得不可開交。

混亂之中，謝朗的喜服不知被誰扯落了半邊袖子，他正不知如何逃過這幫浪蕩公子鬧洞房一劫，忽見毓芳園大門開啓，一名少年施施然走了出來，正是前幾天趕到京城來喝喜酒的薛定。

姚奐正要衝進去，薛定身形一閃攔在他面前，冷哼一聲，拉長聲音道：「這位就是姚師兄的曾姪孫？怎麼見了長輩也不知道磕頭問安？」

姚奐不認得對方，陳傑卻識得薛定，醉醺醺地笑道：「你、你家姐夫都不和你姐姐論輩分了，你還和我們論甚輩分？」

薛定一翻白眼，「誰說謝朗不尊輩分了？師姪！」

謝朗忙趨近笑道：「小師叔，有何吩咐？」

「聽見沒有？」薛定看向陳傑，「他還叫我師叔呢。」

陳傑大感驚訝，指著謝朗道：「小謝，你不是拜了單老前輩爲師麼？這樣算起來，你可和薛閣主同輩了，怎麼還……」

謝朗正喝得有了幾分醉意，何況他心底一直憋著一股意氣，此刻不說更待何時。他手一揮，大聲道：「誰說師姪就不能娶師叔？我謝、謝朗，偏要以師姪之身娶了師叔！單爺爺是我師父不錯，但師叔也是我的師叔，沒……沒什麼不行的……」想到今日終於心願得遂、美夢成眞，他不禁咧開嘴大笑了幾聲。

眾人見他笑得像個傻子，不禁哄堂大笑。姚奐攬上他的肩，笑嘻嘻道：「就是、就是，誰說師姪就不能娶師叔！不過小謝，你要想眞的將師叔抱在懷裡，可得先過了三關再說。」

陳傑等人都笑得賊兮兮，起哄道：「對！過三關！過三關！」

姚奐一干浪蕩公子鬧洞房是全涑陽出了名的，謝朗的酒頓時醒了幾分，正準備告饒。一邊的薛定忽然冷著臉勁咳幾聲，道：「你們要想讓我師姪過三關也成，但你們先得過了我這一關，才能進去。」

姚奐雖知天清閣弟子個個身手不凡，但見薛定不過十三四歲，也不將他放在眼裡，便拍著胸脯道：「好！太、太師叔祖，就請你劃下道來！」

薛定讓開身子，「只要你們不踢開這些石頭，能通過這個石頭陣，就讓你們進去！」

一刻鐘後，姚奐等人垂頭喪氣地離去。謝朗喜得連連向薛定作揖，「多謝小師叔！多謝小師叔！」

薛定上上下下掃了謝朗一眼，冷哼一聲，「連個洞房還要我這個師叔來幫你擺平。也不知你這臭小子有什麼好，三姐竟會看上你！」

謝朗毫不在意，笑道：「我有什麼好啊，自然只能你三姐知道。」他湊近薛定耳邊，露出滿面得意洋洋之狀，「不然你三姐為什麼心甘情願嫁給我？」

薛定心中忿忿不平，還待再說時，薛忱忽推著輪椅出現，輕咳一聲，薛定只得一甩手，離了毓芳園。

謝朗走到薛忱面前，長長一揖，鄭重道：「二師叔，您的大恩大德，謝朗實在無以為報。」溶溶月色之下，他抬起頭凝望著薛忱，悄聲道：「二師叔，當日桃林之承諾，謝朗今生今世，絕不敢忘。」

薛忱默默回視謝朗有頃，微笑道：「快進去吧，別讓三妹等久了。」

看著謝朗踏入毓芳園，薛忱轉過頭，眼眶中已是淚水充盈。

秋夜微寒，清風吹得祠堂外的桂花樹沙沙輕響，同時送來外間筵宴的歡聲笑語。

太奶奶的視線自堂內靈牌上一一掠過，深沉的目光彷彿看盡了他們的一生，也看盡了自己的一生。

不知站了多久，她將目光自左首第二塊靈牌上收回，輕歎一聲，拄著枴杖顫顫巍巍地出了祠堂。

松風苑的門扉輕掩著，松風苑內靜悄悄，不聞半絲聲響。

太奶奶在推開木門的剎那，眼中有濕潤光芒隱閃，墨書等人熟知她的習慣，不敢跟進。太奶奶在門口立了半晌，徐徐而行，走到距黑色小角門最近的松樹下，終於無聲地流下淚來。

「單風，我已經和他說過了。這輩子，我信守了對他的承諾，守住了謝家，看著兒子、孫子、重孫子長大成人，看著明遠娶到了這麼好的媳婦兒，這輩子我無愧於謝家。下輩子，我要信守對你的承諾……」

月光如水，松枝在夜風中輕搖。

此情此景，彷若剛直倔強的少年仍隔著一道門扉，陪著她走過今生，相約來世。

喜帕下的容顏秀麗淡雅，縱然已看過她千回萬回，謝朗這一刻仍癡到了骨子裡。

薛蘅略略緊張地抬起頭，羞澀的眼波一觸即分，謝朗不由渾身酥麻，握著如意秤的手，久久停在半空。他不記得接下來是怎樣安床、結髮、喝合巹酒的，只記得一顆心在空中飄，目光卻不曾離開她片刻。

待所有的人都退去，他將門扣緊，轉過身來。薛蘅正微低著頭，燭光照著她秀麗的側面，當真是人美如玉。謝朗心神俱醉，怔怔地抬步。誰知他緊張過度，快至床邊時被凳子絆了一下，腳下一個踉蹌便仆倒在地。

薛蘅正心中忐忑，見狀忙上前扶住他，聞到他身上的酒氣，不由輕皺眉頭，低聲道：「醉了？」

謝朗不敢說自己是因爲太緊張才跌跤的，只得裝作眞的醉了，嘴裡含糊應著，手卻緊緊抓住她的手腕。他正待順勢將她攬入懷中，薛蘅卻體貼地說道：「知道你可能會喝醉，紅蕖備下了熱水和醒酒湯，你去洗把臉，喝了醒酒湯，別明天起來喊頭疼。」

謝朗只得依依不捨地走到外廂，洗了把臉，喝了醒酒湯，深吸了口氣，拍了幾下胸膛，使勁握了握拳頭，再度踏入內室。

屋中，薛蘅還在床邊安安靜靜坐著。龍鳳花燭流光溢彩照在她臉上，幻出一抹從未在她身上出現過的嬌豔之色，謝朗簡直看得癡了，喃喃喚道：「蘅姐。」

薛蘅十指暗揪住喜服，頭卻勾得更低，輕輕地應了一聲。見到她嬌羞無限的勾首，謝朗整個身子像煮沸了似的滾燙，慢慢向床邊走來。

聽著他的腳步聲，薛蘅的身軀顫了一顫，感覺正有十分陌生的東西，一步一步闖入她生命最深處，她既期待，又有幾分害怕。她飛快收起雙腿，和著喜服躺到了被子裡，整個人縮在床榻內側，閉上眼睛，聲音微顫，

「你……醉了，好生歇著吧。」

謝朗喉嚨緊了緊，沙啞地應了一聲，連搧幾掌將燭火熄滅。他在床邊站立片刻，緩緩坐下，又緩緩掀開喜被，緩緩躺下。

他聽著自己劇烈的心跳，覺得緊繃而亢奮，彷彿下一秒就要炸裂開來。羅帳中流動著一股曖昧旖旎的氣息，這氣息如同世上最誘人的果實，誘使他一分一分地將身子向她挪近。

黑暗中，窸窸窣窣的聲音聽起來如此清晰，令他的臉更紅、更燙。

剛感覺到她身子的熱度，謝朗正猶豫著要如何進行下一步。薛蘅卻突然坐起，喝了一聲：「誰？」謝朗一愣，薛蘅已由他身上躍過，推開了窗戶。

豪爽的笑聲響起：「小小賀儀，不成敬意！」

「張若谷！」謝朗驚呼出聲，搶到窗下。

月色下，一個高大的身影在修竹叢上回過頭來，笑道：「恭祝薛閣主與謝將軍舉案齊眉，白頭到老！」

薛蘅面頰微紅，遙遙拱手，「多謝張兄！」

張若谷再看了一眼謝朗，衣衫飄飄，掠向高牆。薛、謝二人均覺眼前一花，便不見了他的身影。

薛蘅躍出窗戶，拾起地上的東西，再躍回屋中。點燃紅燭，往手上一看，只見是一張老虎皮，約七八尺長，色澤斑斕，額頭「王」字虎虎生威，她不由歎道：「張兄送這等貴重的禮物，眞是受之有愧。」

謝朗走到她身邊瞄了一眼，悶聲道：「不過是張老虎皮罷了。」

「這可是雪嶺虎王。」薛蘅瞪了瞪謝朗，也未覺察到他的神色。她手撫著虎皮，轉頭看向窗外，悠然道：「張兄行事，當眞有如天外神龍……」話未說完，她腰上一緊，人已被謝朗打橫抱了起來。

「啊……」她只發出半聲驚呼，便被謝朗抱到了床上。那張虎皮從她手中滑落，掉在地上。

薛蘅頓感心慌意亂，本能地想將謝朗推開，可聽著他重重的鼻息，她的手霎時施不出力，只能任由他壓在自己身上。他眼中捲起了一場風暴，這風暴席捲至她的眼、她的面頰、她的嘴唇，又向下移掠。

「今天是我們的洞房花燭夜，不許說別人……」他的聲音像久旱沙漠，亟需一場盛大的甘霖。

薛蘅害怕這樣的聲音，害怕他身體上的變化，更害怕他壓在自己身上的重量。似曾相識的壓迫，盤踞多年的噩夢，於此時依稀浮現。

謝朗覺察到了她的不安，引得他的心生疼，內心湧起一陣濃烈的憐惜。儘管他已像燒紅了的烙鐵，需要她身上的清泉立刻將自己淬煉，但他仍竭力克制著，撐起身子輕吻薛蘅的唇。他呢喃輕喚，撫慰著她，「蘅姐、蘅姐……」他的嘴唇如此滾燙，他的呼喚如此小心翼翼，像捧著至愛的珍寶，唯恐傷害她半分。

薛蘅的心一下子柔軟下來，緊繃著的身體也開始放鬆。她的手本想將他推開，但最終只輕輕地放在了他的胸前。

他的吻漸漸狂野，她緊閉著雙眼，感覺到他的唇在向下攻城掠地。

他一路吻著，最終將唇貼在她的鎖骨處，自喉間發出一聲含糊的低吟。

夜風吹動羅帷，薛蘅感覺到謝朗的唇離了自己的頸窩，好半天沒有動靜，不由睜開了雙眼。原來他正滿臉通紅地解著她身上喜服的盤扣，那盤扣太過複雜，以致他許久都解不開。他的額頭上冒出細密的汗珠，但仍用心解著，只是雙手在微微顫抖。

他的神情，好像一個孩子，正專注地解開一道謎題，一道引誘了他許久、讓他寢食難安的謎題。薛蘅望著他俊朗的眉眼、漲紅的面容，忽然間有片刻的出神——啊，從今夜起，他是她的夫君。

儘管已和他生死相許，與他並肩浴血，與他走過那麼多的驚濤駭浪，她卻仍未仔細地想過「夫君」意味著什麼。「夫君」——以往十多年，在任何書中出現都會讓她躲之不及的字眼。這一刻，她才開始在心中默默咀嚼著這兩個字。

身上倏地一涼，薛蘅驟然清醒，發現他已解開了自己的全部衣裳，而他的衣裳也散亂在一旁，兩人之間再無任何阻礙。

她驚得猛然弓起了身子，這讓謝朗有些手忙腳亂。然而血氣方剛的慾望不可抑制，他顫抖著將她按住，扣住她的腰，將自己覆上她的身軀。他灼熱的肌膚像一把烈火，要把她徹底燒融，化成一湖漾動的春水。

他終於找到了那嚮往已久的歡樂之源，碰觸到的瞬間，他聽到自己靈魂深處發出的一聲長歎。一種酥癢的感覺在蝕骨銷魂，他大腦空白一片，喘著氣，顫慄著向前挺進。

她是他的妻子，只屬於他一個人的妻子。他想探索她的一切，擁有她的一切，讓自己的焦渴在她體內得以釋放，讓她徹底地容納自己，直到兩個人徹底融合，你中有我，我中有你，永不分離。

薛蘅先是覺得自己被打破了、被融化了，繼而覺得自己被填滿了、被重塑了。

多年來，她給自己裹上了厚重的外殼，彷彿一座荒蕪死寂的冰山。然而他就像離弦的箭、無畏的花，衝破世間所有的牆，不管不顧地闖進她的生命，讓她措手不及、潰不成軍，她那層堅固的外殼不覺間有了裂痕，最終分崩離析。

此時此刻，他又闖進她的身體深處，卻不再是打碎，而是填滿。在他頑強而有力的撞擊下，心底的堅冰裂開了、融化了，滾燙的岩漿從地底深處噴湧而出……

冰山融化成的水，因爲有了堅實的河床，才能匯聚成形，在廣袤的大地上生機勃勃地流淌，滋潤萬物，繁衍生息；緊緊封閉著的蚌，因爲闖進來的一粒沙子而不安和痛苦，那沙子一點一點磨蝕著她原有的寧靜，卻讓她在徹底敞開自己的瞬間凝聚成珠，圓潤無瑕、光華耀目。他們互相闖進了對方的世界，卻又充實了對方的世界。從此以後，她不再是孤單一個人，而他，也在攀到頂點的時候，將她嵌進了自己的靈魂。

靈肉交融的歡悅像春潮一波接一波湧過來，她像溺水的人企圖抓住最後一絲理智做爲浮木，但最終只能放棄，任由潮水推著她沖向波峰，又跌落波谷。

半夜的時候，她還聽見他在反覆呢喃著自己的名字，「蘅姐……」

微薄月光透過羅帳照著他英俊的臉，她靜靜地看著他，在心中勾勒著他的眉眼。

他忽然睜開眼來。

「蘅姐……」這個名字在他齒間纏綿，在他沁出的汗珠裡氤氳。她不再害怕，而是婉轉相就，當他再度進入她的身體，她張開雙臂緊緊抱住了他。她信任他，把自己全部交給了他。

至密的結合，讓他腦中那根弦繃到了極處，緊得他需要用更強烈的動作來釋放。這一次，他終於踏實地感覺到，自己已將那份渴望遙慕已久的愛徹底擁有。她的包容讓生澀的他漸漸放鬆，他彷彿又回到了浩瀚無邊的草原，駕著青雲駒，撒開韁繩，展開雙臂在草原上縱橫馳騁，帶著心愛的她一同奔向無邊無際、身心俱融的極樂天堂……世間縱有千般風情，萬種芳華，能撼動他身體與心靈的卻只有她一個。

靜謐的夜，紅羅帳在清風吹拂中此起彼伏，遮住了他和她的喘息、低吟。

最後，她終於在他汗津津的懷中沉沉睡去。

當她在他溫暖臂彎中睜開雙眼，淡淡晨曦正照在流雲般的窗紗上，朦朧綽約，滿室靜好。輕羅帳上，蝴蝶翩躚；紅緞被面，鴛鴦交頸。

他勻細地呼吸，唇角在睡夢中微微上翹，令她覺得心內喜悅好似滿滿的水，輕微盪漾一下便會溢出來。

薛蘅忽然發覺，這一夜她彷彿只闔了一下眼，又彷彿安心地睡了整整一生。

因爲有他，再無噩夢。再漫長黑暗的夜，從此總有明燈照亮。

尾聲

金秋十月，紅楓如霞，爽菊飄香。

孤山腳下的桃林陣中，一名虯髯大漢正輕聲念著，「乙庚相合，丁為陰火，應該是往西啊……」

他身邊一名十二三歲的少年面目俊秀，神情十分不屑地看著他，譏諷道：「我看你也沒甚本事！連孤山都上不了，還大言不慚說要做我的師父！你還不如找棵樹，一頭撞死好了！」

虯髯大漢絲毫不以為忤，反而和顏悅色道：「你以為青雲先生傳下來的陣法是那等容易破的麼？否則他當年怎能輔佐秦三擔得了天下？」

少年大怒，指著虯髯大漢罵道：「你這賊子！敢對太祖皇帝如此不敬！難怪做出……做出那等禽獸之事……」他雙眼瞬間變得通紅，似觸到了心中最傷痛之事，話也說不下去。

虯髯大漢神情一黯，歎了口氣，「是，是我張若谷行事糊塗，對不起你爹。我早說了，我這條性命是你的，你為何不殺我，為你爹報仇呢？」

這虯髯大漢正是張若谷，他當日在薛蘅和謝朗的掩護下離了涑陽，一路向東南而行，待抵海州時內傷也已痊癒。他到鐵御史墓前祭拜，搭廬守孝的鐵家公子鐵卓起始以為他是爹的故交，正要還禮，待聽張若谷報出名號，頓時咬牙切齒，戟指大罵。

張若谷任鐵卓辱罵，待他平靜一些，就要他取了自己性命，以祭鐵御史在天之靈。

鐵卓接過張若谷手中的墨風劍，將劍抵在對方胸口，想起爹的教誨，這一劍便怎麼也刺不下去。他咬咬牙，把劍扔在地上，流著淚道：「爹說，未經律法審判，任誰也不能無故取人性命。你雖是我的殺父仇人，我卻不能違背爹爹的教誨，隨便殺了你。」

張若谷聽了更覺羞愧萬分，見鐵卓不肯殺自己，遂提出收他爲徒，要將自己的滿身藝業都傳授給他。

鐵卓哪肯做殺父仇人的弟子，何況他自幼家教嚴謹、飽讀詩書，一心想透過科舉進入仕途以承繼爹的遺願，怎肯拜江湖之人爲師，棄文學武？他操起孝杖欲趕走張若谷，可張若谷卻點上了他的穴道，死磨硬泡，定要將滿身武藝傳授給鐵卓。

鐵卓咬定牙不同意，還將張若谷罵了個狗血淋頭。張若谷留了封信給鐵夫人，抓著鐵卓就上路。這一路，一個任打任罵，一個死不拜師。

直至到了涑陽，張若谷給薛、謝二人送了賀禮，回到客棧感慨萬千，說起平生敬佩之人，薛衡當算上一個。鐵卓心中也感激薛衡破了安南道之案爲他爹報仇，自然語多敬重之意。

張若谷聽了，心中一動，於是提出鐵卓若是不願拜自己爲師，可願到天清閣讀書學藝？只要鐵卓去天清閣讀書學藝，滿十八歲後則可來取自己的性命。

鐵卓聽後默不作聲，張若谷大喜，便帶著他一路向西。接下來的一路，鐵卓對張若谷不再破口大罵，但總是冷嘲熱諷，張若谷心情大好，開始傳授鐵卓內功心法，也不管他聽進去了幾分。

這日二人終於到了孤山，卻被困在了桃林裡。

張若谷不理鐵卓的冷言冷語，凝神思考約一盞茶工夫後，他雙眸一亮，笑道：「原來是逆其道而行之！不錯、不錯，不愧爲天清陣法！」他拎起鐵卓，身形一閃躍入東首兩棵桃樹之間，再在樹叢和石頭間閃來閃去，半盞茶工夫後，終於走出了桃林陣。

剛出桃林陣，即聽見極輕的一聲：「咦？」張若谷眉梢一動，身法快捷無倫，落在一名黑衣少年面前。黑衣少年想往左溜走，張若谷倏忽而動，再次將黑衣少年攔住。如此數次，黑衣少年露出讚服之色，豎起大拇指道：「你的輕功比我三姐強！」又傲然抬頭道：「不過你休想我帶你上山！」

張若谷微微一笑，拱手道：「敢問小兄弟可是薛定薛五俠？」

薛定一聽，十分訝異，不由瞪大了眼，「你叫我什麼？」

「故薛先生五位高足，江湖中無人不曉。」

薛定心中飄飄然，但仍板著臉道：「不過是些虛名罷了。敢問閣下是……」

張若谷回道：「在下張若谷，特來拜會薛神醫。不知薛神醫可在閣中？」

薛定一聽他就是薛衡口中武功蓋世的張若谷，頓時轉變了態度，連聲道：「在、在、在、在，你們來得真巧，二哥剛回來。」

聽聞張若谷到訪，薛忱迎出了天清閣。二人寒暄一番，張若谷道明來意，薛忱聽說是鐵御史的兒子，欣然收下了鐵卓。

鐵卓與薛定年歲相仿，薛定敬鐵卓之父之清廉正直，鐵卓喜薛定之率眞性情。兩位少年一見如故，當晚便共榻而眠。

鐵卓自然想拜薛忱爲師，可一想到拜了薛忱爲師之後要稱薛定爲師叔，心有不甘。薛定也不勸，聊起薛衡與謝朗之事，鐵卓聽得感慨萬千，翌日一早便提出要拜薛忱爲師。

鐵卓是薛忱收的第一個弟子，天清閣隆重擺下香案，鐵卓在青雲畫像前叩首又給薛忱敬茶，正式成爲了天清弟子。

張若谷看著鐵卓在薛忱身前拜下，放下心頭大事，拱手道：「薛神醫，在下尚有要事，就此告辭，他日再來拜訪薛神醫！」

張若谷畢竟是朝廷欽犯，薛忱也不便多留，微笑著拱手，「張兄慢走，恕不遠送！」

張若谷再看了一眼鐵卓，轉身飄然而去。

眼見他的身影就要消失在山路盡頭，鐵卓心情複雜，想起一路上自己對他又踢又罵，從沒給過好臉色，但此人從來任打任罵，還傳授自己內功心法，對自己委實很好。而且一路相處下來，鐵卓也看出此人豪氣干雲、急公好義，絕非奸惡之徒，若非是自己的殺父仇人，倒確實是個值得敬重和結交的良師益友。如今就要和他分別，不知爲何，心中竟然產生一種依戀難捨之情，鐵卓忽然踏前幾步，大聲道：「姓張的！你記住！你的命是我的！」

張若谷並不回頭，大笑兩聲，悠悠道：「小子放心！我定會活得好好的！就看五年之後，你有沒有這個本事來拿！」

鐵卓立於原地，望著碧空浮雲，悵然若失。

薛忱微微一笑，正要回轉閣內，在山腳值守的弟子突然氣喘吁吁跑上來，稟道：「二師叔，山下來了一名女子，她說她姓裴，是來拜訪您的！」

薛忱修眉微蹙，喃喃自語道：「她來做什麼？」

薛定在涑陽喝喜酒時，與裴紅菱十分投契，一聽她人到便馬上跳起來道：「我去接她上來！」不等薛忱發話，他已如猿猴一般閃身而去。

半個時辰後，裴紅菱跟在薛定背後上了山。見到薛忱的剎那，她心中一熱，俏臉上浮起一絲紅暈，半晌方抱拳笑道：「薛神醫，別來無恙？」

薛忱摸了摸鼻子，輕咳一聲，「裴姑娘前來，不知有何要事？」

裴紅菱這回想好了說辭，忙道：「我是來請薛神醫兌現當日之承諾的。」

「什麼承諾？」薛忱緩緩問道。

裴紅菱訝然道：「薛神醫不是說過要報我的救命之恩麼？還說如果有朝一日我若來孤山，你定會善盡地主之誼。我聽薛姐姐說孤山七十二峰，每一峰都有不同景致，故才不遠千里跑這一趟，盼著薛神醫款待。可薛神醫怎麼好似不記得自己說過的話了？」說著噘起了嘴，滿是失望之色。

見薛定等人目光炯炯地望著自己，特別是鐵卓，眸子裡透著十二分的尊敬與信任。薛忱只得苦笑一聲，「難得裴姑娘來孤山作客，那就先請閣內用茶吧。你暫歇息幾日，我再命人帶裴姑娘遊覽孤山。」

裴紅菱連連擺手，「別人我也不認識，說起話來不自在，還得請薛神醫親自帶路講解才行。也不用過幾天，咱們就今天開始遊覽吧。再過幾日，薛神醫變成了薛閣主，便無暇陪我了。」

薛定聽她這話說得稀奇，忙問：「為什麼過幾天二哥就變成閣主了？」

裴紅菱道：「我離京時，聽說聖上派出了欽差大臣到孤山來宣旨。因為薛姐姐嫁給謝朗，不適宜再擔任閣主，所以聖上下旨，命薛神醫接任閣主一職。我走得快，那欽差走得慢，不過估計再過幾天，他也會到了。」

姜延等人聽了，都鬆了一口氣。自薛蘅離開孤山，薛忱也去了邊疆，天清閣一直處於「群龍無首」的狀態。薛蘅後來嫁給了謝朗，自然不可能再擔任閣主，薛忱是能讓所有人心悅誠服的人選，現下有朝廷欽封，薛忱亦能夠名正言順地接任閣主一職。

薛忱卻漸蹙起了眉頭，過得片刻，雙眉才又舒展開來。他看著裴紅菱，微微笑道：「裴姑娘曾救過我的性命，既然到了孤山，我自然要一盡地主之誼。裴姑娘，我這就帶你去雲檀谷遊玩。」

裴紅菱大喜，連聲道：「好、好、好！」

見二人準備要走，姜延急了，道：「阿忱，此去雲檀谷路途遙遠，沒有五六天回不來，這欽差就快到了，你……」

薛忱正容道：「師叔，娘生前常教導我們要知恩圖報。裴姑娘對我有救命之恩，她既已到來，我焉能不盡地主之誼？欽差大人若是抵到，還請師叔幫我先接待接待。」也不等姜延再說，他轉頭向裴紅菱，「裴姑娘，咱們走吧。」

裴紅菱心中說不出的歡喜，不禁嫣然一笑。

薛忱只讓小坎跟著服侍，卻未去雲檀谷，而是帶著裴紅菱前往孤山北面的翡翠湖，二人白天沿湖遊覽，入夜則借宿在湖邊農戶家中。孤山四周的百姓受天清閣恩惠極多，見薛神醫到來，莫不熱情款待。

翡翠湖雖不小，但也不太大，不過五天便沿湖遊了一圈。然薛忱並無回轉天清閣的意思，反而意興勃發，又與裴紅菱坐船，到湖心小島上玩了數日。

這日黃昏，薛忱坐在湖畔賞看天邊晚霞，驀地心有所感，取出一管竹笛幽幽吹了起來。吹罷一曲，他回過頭來，見裴紅菱正望著自己，雙頰緋紅、眼波流動，不由心弦一顫，喚道：「裴姑娘。」

裴紅菱慌慌張張地「啊」了一聲，裝作整理靴子，待覺得自己面頰不再那般滾燙了，甫敢抬起頭應聲：「薛神醫……」

她剛開口，薛忱忽打斷了她的話，「裴姑娘，你別再叫我神醫了，我聽著怪彆扭的。你是謝朗的義妹，乾脆從他，叫我一聲『二哥』吧。以後，咱們改以兄妹相稱。」

裴紅菱心中乍沉，轉而想到薛衡與謝朗那樣懸殊的身分都能締結良緣，便又想開了，心道：「二哥就二哥，謝朗那小子還叫過薛姐姐一聲『師叔』呢。」念及此，她笑吟吟道：「好，二哥。」

薛忱卻莫名地閃過一絲失望的情緒，好半天才低沉應道：「嗯。」

裴紅菱在他身邊坐下，問道：「二哥，咱們在這翡翠湖也玩了半個月有餘，你怎還不回去接旨呢？」

薛忱望著腳前的一潭碧水，靜默有頃，淡淡道：「我不想接這個旨。」

「不想接旨？爲什麼？」

「因爲我不想當閣主。」

裴紅菱訝道：「你不當，還有誰當？」

「三妹啊，她本來就是閣主。」薛忱輕撫著手中的竹笛，「雖然閣規中說女子嫁了人便不能再當閣主，可我老想不通，誰說女子嫁了人就會心生外向、出賣天清閣利益？難道男閣主個個都是好的？我天清閣十幾任閣主中，連三妹在內共有四位女閣主，其中從沒出過卑鄙無能之人，反倒是男閣主中有好幾位德薄才庸之人。我偏偏不接這個旨，只要我不接旨，三妹永遠都是閣主。她爲國守邊疆，我幫她代管閣中事務，但這個閣主之位永遠都屬於她。」

裴紅菱一拍掌，附和道：「就是！誰說師姪不能娶師叔？誰說女子嫁了人就不能再當閣主？什麼虛名，什麼閣規，都是狗屁！咱們做人行事，坦坦蕩蕩、問心無愧便好，管那些破規矩做甚！」

薛忱覺她這話說到了自己心坎裡，聽得胸懷大暢，不禁看著她露出莞爾一笑。

夕陽下的翡翠湖如火似錦，空中雲霞紅中透紫，奇麗無儔，裴紅菱看得癡了，忽覺人生至此，圓滿無憾。

金秋時節，涑陽城外草木呈現一片片或深或淺的黃色。秋風微瑟，萋萋芳草在風中搖曳婆娑，宛如奏響一曲離歌。

離亭之中，平王舉起酒盞，與謝朗一飲而盡。他再斟一杯，一襲水藍衣裳的薛蘅默默接過，默默地飲盡。

平王再斟一杯，緩緩灑落地面，輕聲道：「這杯，是敬元貞的。」

謝朗長身而起，向著平王拜下，沉聲道：「王爺放心，我與蘅姐定會厲兵秣馬，守住邊疆，教丹軍不敢踏入我疆土半步。王爺儘管在朝中大展手腳，小陸子生前布下的這局棋，我們便是粉身碎骨，也要達成他的心願！」

平王托住謝朗的手臂將他扶起，二人四目對視，均覺此時此刻，萬事心照已無須多言。平王又慢慢看向薛蘅，薛蘅神色凝重，深深一拜。平王微笑著點頭，輕輕地拍了拍謝朗的肩膀。

秋風中，謝朗與薛蘅躍身上馬，二人回頭看了一眼送行的眾人，終揮下馬鞭，領著謝武等人疾馳而去。一碧晴空下，大白與小黑高飛入雲，向著北方比翼翱翔。

十月，秋風浩蕩，荒草連天，燕雲關外碧空如洗，一行秋雁列陣南飛。殷國與庫莫奚邊境的呼蘭山下旌旗獵獵，車轔轔、馬蕭蕭，赫赫煌煌的和親儀輦逶迤而來。

呼蘭山，名為山，其實只是一片連綿低矮的小山丘。越過這片平緩的小山丘，就進入了庫莫奚的國境。柔嘉掀起車簾，百感交集。馬蹄聲聲，她一步一步遠離父母家邦，等著她的是莽莽蒼蒼的草原大漠和不可知的未來。

在國境另一邊，一面面五彩斑斕的旗幟迎風飛揚，上頭用金線繡著長著翅膀的飛馬，那是庫莫奚王室的標誌。前來迎親的庫莫奚人正載歌載舞，歡聲笑語。隨著公主的和親車隊越來越近，他們唱得更加熱烈，跳得更加歡騰。

儀輦越走越近，再過百來丈，就是她今後生活的地方。遠遠地，那個騎在棗紅馬上長身玉立、錦帽貂裘的青年，就是自己的夫婿了。柔嘉心中忽然產生一種不可抑制的悸動，猛地大喊一聲：「停輦！」

輦車停下來，內侍不知何事，忙趕馬而至，正想開口詢問。柔嘉已一把掀開車簾，從輦車上跳下，從隨從手裡奪過馬韁，跳上馬背一夾馬肚，駿馬向著山丘疾馳而去。

親隨們俱大驚失色，想不明白公主怎會突然騎馬逃離，正待追上去，一旁的侍女抱琴忙大聲道：「別追！公主不會跑的，大家原地待命。」

迎親隊伍也面面相覷，歡騰的人群一時間鴉雀無聲。里末兒抬頭看了看表哥，見他的笑容凝在了臉上，急道：「表哥，怎麼辦？我們要不要去把公主追回來？」

回離蘇的笑容慢慢收斂，他想了想，搖搖頭說：「不用。」接著策馬走到和親儀輦前面，和殷國的送親使說了幾句，然後撥轉馬頭向著公主離開的方向追去。

柔嘉一口氣策馬奔上了呼蘭山頂，她勒住馬，久久遙望著遠處的巍峨邊關，那裡，就是他駐守的地方。和親儀輦經過的時候，在燕雲關過了一宿。那夜，她和他新婚的妻子同榻而眠，她依偎在那個沉靜女子的懷裡，而她只整夜握著她的手，什麼話也沒有說。翌日他們倆親自把她護送出了關外，她向他們揮手告別，臉上始終含著微笑。

然而此刻，她的淚水再也抑忍不住，奪眶而出。她就這麼流著淚默默佇立，許久才又抬起眼望向燕雲關後那片更蒼茫也更廣闊的土地，那是她愛著的人和愛她的人用生命和鮮血捍衛的地方，也是她從今而後要守護的地方。她含淚微笑，這一刻她真正覺得，自己終於成為他們中的一員了。

她跳下馬，從地上捧起一把泥土，摸了摸腰間，甫發現沒帶香囊荷包之類的東西。

突然，一只繡著金線的荷包遞到她面前。她抬起頭，身著貂裘的俊美青年正看著她，微微而笑，溫和眼眸裡透出幾分了然和讚賞。他沒有說話，只在一旁默默看著她把故國泥土鄭重其事地放入荷包細細紮好，才向臉上淚痕猶存的她伸出了右手。

柔嘉默然半晌，終把手遞給他。他把她送上馬，與她並肩馳下山崗。

遠遠看到公主和回離蘇並騎而回，焦急等待的人們都長舒了口氣。歡樂的樂曲再度奏響，高亢的歌聲繼續唱起，庫莫奚少女的裙襬旋轉得越來越急促。

抱琴悄悄地問身邊的呂青：「呂大哥，你為甚也要隨公主來草原？」

呂青看了看她身上的五品服飾，淡淡問道：「那你呢？公主明明說了不讓你來的，你爲甚定要跟著來？」

抱琴微微一笑，凝望著馬上的柔嘉，「我捨不得公主呀，我們倆一起長大，打小沒離開過她。她是我唯一的親人，她到哪我就跟到哪。有我在，誰都不能欺負她。」

呂青把目光移向前方，默然不語。過得少頃，他才說道：「我想到大漠草原看一看。我總有一種感覺，我的家鄉在很北很北的地方。說不定，草原裡就有我的過去，有我的親人。」

抱琴又驚又喜，「啊，你找到你的親人啦？想起來了？」

呂青笑了笑，「還沒，不過總有一天會想起來的，總有一天會找到的。」

「你、你就爲了這個來草原的麼？」

呂青看了她一眼，轉過頭去，低聲道：「還有一個原因。」

「還有……什麼啊？」

呂青再沉默了一會兒，輕聲道：「我以前在僕射堂當暗衛，每次出發去完成任務時，從沒有一個人會對我說……呂大哥，你千萬小心。」

抱琴的心臟像停跳了一拍，頰生紅暈，不覺低下頭，一股甜蜜暖意襲上心間。

呂青心中也自歡喜，看了她一眼，高聲唱起來：「鐵騎起，妃子別，相顧淚如雨，夜夜指故鄉……」

旁邊一個庫莫奚老人忽然驚奇地問道：「咦，你是柔然人麼，怎地會唱柔然人的曲子？」

呂青和抱琴對望一眼，同時驚喜地嚷道：「您說什麼！」

〈番外〉小謝婚後的吃醋生活

◆虎皮風波

景安十年，五月。

下了將近一個月的雨，這日總算放晴，天空蔚藍不見半絲雲彩。燕雲關上空瀰漫了近一個月的霉臭之氣在陽光下迅速蒸發，各家各戶紛將被褥衣物拿出來晾曬。

自丹軍去年敗退，燕雲關又有撫遠大將軍謝朗鎮守，殷國北境再無戰事。加上殷國與庫莫奚、赫蘭等國大力拓展邊境貿易，北出燕雲關經商的客商絡繹不絕，使燕雲關在不到一年的時光內迅速衍成一座繁華城鎮。

仁勇校尉謝武的新婚妻子紅蕖走進靖邊樓，見將軍夫人薛蘅正彎腰打開一個大紅箱子，將裡面的衣物拿出搭在竹竿上晾曬。紅蕖忙走近道：「少夫人，我來吧。您有身子，不能彎腰，少爺回來看到又會心疼了。」

雖然謝朗早已是威名赫赫的撫遠大將軍，紅蕖還是習慣稱他爲「少爺」。因爲薛蘅生性簡樸，到了燕雲關後事事親力親爲，不肯使喚婢僕。謝朗唯妻命是從，將二姨娘派來的幾名丫鬟又打發回了涑陽。

紅蕖曾是二姨娘的大丫鬟，自然知道京中長輩們放心不下，儘管自己已爲校尉夫人，仍舊每天過來幫薛蘅和謝朗收拾屋子、洗衣燒飯。

薛蘅不以爲然地道：「管他呢。才三個月，就大驚小怪的。」待將幾口箱子中的衣物拿出來晾曬，薛蘅「咦」了一聲，「怎麼不見了？」

紅蕖忙問道：「什麼不見了？」

「老虎皮。」薛蘅看著空箱子，眉頭微蹙，「我明明記得收在箱子裡的啊，怎地不見了？」

「老虎皮？」紅蕖念了一遍，雙眸乍亮，用手比劃著，「是不是這麼大、這麼長，有很漂亮斑紋的？」

薛蘅連連點頭，「正是。孩子出生時正值冬日，燕雲關冰天雪地的，這老虎皮可以墊在搖籃裡。所以我今天才想著找出來，順便將冬季衣物都曬一曬。」又問道：「在哪兒？你看見過？」

紅蕖怔了半晌，小心翼翼地問道：「少夫人，那張、那張老虎皮……很貴重？」

薛蘅微笑道：「也不是太貴重，那是一個朋友送的，難得他一片心意。」

紅蕖鬆了口氣，笑道：「前兩個月，小柱子養的那頭獵犬不是生了麼？當時還未完全解凍，少爺怕狗崽子們凍壞，拿了張老虎皮墊在狗窩裡……」

黃昏時分，謝朗笑著邁進門檻，喊道：「蘅姐，我回來了。」

薛蘅正面沉似水，坐在桌邊。謝朗笑嘻嘻地環著她的腰，右手撫摸上她的小腹，道：「咱們兒子今天乖不乖啊？」

薛蘅猛地掙開了他的手，大步走入內室。謝朗正要跟進去，薛蘅已將他的枕頭丟了出來，又「哐啷」一聲關緊了門。

謝朗丈二金剛摸不著頭腦，拍門叫道：「蘅姐，怎麼了？」

薛蘅在屋內冷冷道：「怎麼了？我倒想問問你，把張兄送的虎皮拿去墊狗窩，又是怎麼了？」

謝朗一聽便啞了，呆立片刻後，老老實實抱著枕頭到花廳去睡。

他灰溜溜地在花廳睡了幾天，沒見薛蘅有回心轉意的跡象。他不願低頭認錯，於是心生一計，處理軍務時故意找出許多問題來請教薛蘅，薛蘅在眾人面前和顏悅色地逐一回答了，但一回到家裡馬上又冷若冰霜。謝朗簡直無計可施。

這日晚上，他躺在鋪蓋上翻來覆去，焦躁難言。翻了十幾個身之後，他猛地掀開被子坐了起來，想了想，起身開門奔到內室門口。只見房門緊閉，寂靜無聲。

他惴惴不安地敲了幾下門，沒有回應，遂再輕聲喚道：「蘅姐。」還是沒有動靜。他又道：「蘅姐，我想你了，讓我進來吧。」

等了好一會，他輕輕推了推房門，房門仍緊緊關閉著。

謝朗心中苦惱，只得低聲央求道：「蘅姐，我錯了，你就原諒我一次吧。花廳地上冷，我睡不著。」他起來的時候沒穿外衣，又站在門外許久，此時一陣冷風吹過，他不禁一連打了幾個噴嚏。

過得一陣，他又伸手推了推房門，房門忽然開了一條縫。謝朗大喜，連忙悄悄推開房門，閃身進去，又反身關上了房門。他躡手躡腳走到床前，借著透進來的朦朧月光看見薛蘅背對著他面朝裡躺著，便脫下鞋子，輕輕掀開帳幔，躺到她背後。

謝朗伸手摟住她的腰，把臉貼在她的肩上，悶悶地說道：「蘅姐，我錯了，原諒我好不好？」

薛蘅一動不動，只發出寧靜而輕微的呼吸。

謝朗繼續道：「你若不原諒我，就證明你心裡還惦念著他……」

薛蘅猛地轉過身來，用力推他，「謝朗，你給我滾出去！」

謝朗用力抱住她，笑道：「你若是心裡沒他，那就原諒我吧。」

薛蘅怒道：「你！你還有理了？」

「我知道我沒理啊，所以才向你道歉嘛。」謝朗爭辯道，他握住薛蘅的手，「是我不好，不該跟你嘔氣。蘅姐，我們是夫妻了。夫妻同命，生死相依，往後有什麼事情都要開誠布公，少猜疑。來邊關前，太奶奶對我說過定要對你好的，我、我眞對不住她老人家。你看在她老人家的臉上，就原諒我一次好不好？」

一聽他提到太奶奶，薛蘅心一軟，又聽他說得懇切，便垂下眼簾，不再掙扎。

謝朗看著她低垂的睫羽，心神一蕩，「這次是我錯了，不該亂吃醋，今後鐵定改。可是呢，你也不能欺負我。」

薛蘅啐了他一口，「誰欺負你了？」

「你明知道我打不過你，就趕我出去。」

「那是你自己不爭氣！」

「哪裡？我每天都很勤奮練功的。不過就算以後能打得過你，我也不會趕你出去……」

「你敢！」

「不敢，也捨不得……」

「謝朗！你手往哪裡放了？」

「你說過你原諒我的，堂堂天清閣閣主，不能說話不算數……」謝朗的手鍥而不捨地往薛蘅衣衫裡鑽。

「你個無賴……」

因爲是懷孕的頭三個月，薛蘅整天都覺得困倦。這日謝朗去軍營後，她睡到黃昏才醒轉，可直到天黑，謝朗仍沒回來。

薛蘅覺得十分奇怪，自與謝朗鎮守燕雲關以來二人幾乎形影不離，就連巡邊都是連袂前往，只是薛蘅自有了身孕後便不再跟著一起訓練士兵、巡視邊塞，但謝朗不管軍務再繁忙，每晚必定趕回來陪她一塊兒用膳。

今天早上出門時他也沒說要去赤水原一帶巡邊，怎到這時辰還沒回來？

等到飯菜都涼了猶不見謝朗回府，薛蘅有點急了，到偏院一看，謝武已經回來。問起謝朗，說大將軍今天去赤水原軍營巡視，單帶了謝杜，後天才會回燕雲關。

薛蘅於是懷著滿腹疑慮進到屋裡。兩人自成親後從未離開過對方，這晚她在床上輾轉反側，怎麼也睡不安穩。

七天過去，謝朗仍沒返回燕雲關，薛蘅慌了神，怕軍心不穩又不便聲張，只能派人祕密趕往赤水原打探尋找。

這日黃昏，薛蘅正心急火燎地等消息，忽聽靖邊樓外一陣喧譁，傳來謝朗宏亮的笑聲。她心頭一鬆，轉而板了臉坐在椅中，一言不發。

謝朗興沖沖踏過門檻，大聲道：「蘅姐！我回來了！」

謝杜一踏進府便被喜鳳揪著耳朵拎到偏院教訓，謝武和紅蕖見薛蘅面寒如霜，哪敢跟進來，早溜了開去。

謝朗走到薛蘅面前，看清她神色，嘿嘿一笑後伸出雙手摸向薛蘅腹部，口中念道：「臭小子這幾天乖不乖啊？有沒有想爹爹？」

薛蘅一把將他的手拍開，冷聲道：「他沒有你這個不守軍規、擅離職守的爹！」

謝朗挑眉一笑，猛地傾過身子一把將薛蘅抱住，將臉埋在她秀髮之中。薛蘅正待將他推開，他在她耳畔輕輕歎了一聲，「蘅姐，這二十一年，太難熬了……」

薛蘅愣了片刻，甫知他指的是「一日不見，如隔三秋」。她心中一軟，雙手便垂放下來，只是話語依然冰冷，「你也知道擅離職守了這麼久！」

謝朗仍緊貼著她的耳朵，喃喃道：「蘅姐放心，我走的時候早就和各將領吩咐過了，出不了事的。」

薛蘅這才知道他命眾將領瞞著自己，尤更氣惱。

謝朗往她身邊一坐，順勢將她抱起放在自己膝上。薛蘅惱了，右肘運力擊向他胸口，謝朗「哎喲」一聲，聲極痛楚。薛蘅起始只當他耍花樣，待見他額頭冷汗都冒了出來，面色乍變，猛地將他衣衫撕開，突見他胸前有三道長長的傷口。

「怎麼受傷了？」薛蘅嚇得急忙找來傷藥替他敷上，所幸那傷口並不深，她仔細檢看一番，覺不像兵刃所傷，倒像是被什麼野獸的爪子抓中一般。她這時早將要教訓謝朗的心思拋到九霄雲外，心疼道：「怎麼傷的？」

謝朗嘿嘿一笑，得意洋洋地邁出屋子，從門外拎進來一樣東西，又得意洋洋地捧至薛蘅面前，「蘅姐，這個給咱們兒子墊搖籃，可好？」

薛蘅一看，只見他手中捧著一張老虎皮，足有七八尺長，色澤斑斕，腹有青紋，額頭「王」字虎虎生威，和張若谷所贈虎皮不相上下，顯然也是一頭雪嶺虎王。薛蘅大奇，問道：「這虎皮哪來的？」

謝朗斜靠在椅中，又露出一副得意洋洋的樣子，「自然是你夫君我打來的。」

「你、你這幾天是去雪嶺獵虎了？」薛蘅指著謝朗，瞠目結舌。沒料到謝朗瞞著她離開燕雲關，竟是偷偷跑到北梁國的雪嶺，打了一頭虎王回來。

謝朗站起來，從後環住她的腰，溫柔地撫摸著她的小腹，輕聲道：「乖兒子，爹給你打了頭虎王，用牠的皮給你墊搖籃。你可要乖一點啊，別又折磨你娘，害她吃不下飯。」

薛蘅嗔道：「又不是非要一張虎皮墊搖籃不可。怎麼冒這麼大的險，巴巴地趕到雪嶺去打老虎？萬一有個好歹怎麼辦？」

謝朗的手漸漸往上移，待薛蘅面紅耳赤，細喘不已，他才悶聲一笑，「我這個做爹的，自然得給兒子親手獵來虎皮，送給他當出世禮！」

◆模範妹夫

撫遠大將軍謝朗，近來無聊得緊。

丹國支、蕭二氏矛盾日益激烈，沒有餘力南侵。柔嘉嫁到庫莫奚後，聽說與離蘇王子十分恩愛。回離蘇統一了庫莫奚族，不但與殷國互通貿易，還派出學子、工匠前來殷國學習，並帶來庫莫奚特產的玉石、織錦等物。殷、庫兩國關係日漸牢固，北疆自然再無戰火威脅。

謝朗手下的將領也十分得力，訓練士兵、巡視軍營幾乎不用他多費心思，一切按部就班，讓他頻發「英雄無用武之地」的感慨。

就連靖邊樓的將軍院內，好像亦無用得著他的地方。虎皮是打來了，薛蘅卻沒誇他兩句，心思全放在了腹中孩子身上，他有時晚上克制不住，還被薛蘅給趕了出來。

這日從軍營回來，遠遠便聽到薛蘅的笑聲，謝朗心中一動，腳步如風衝進屋子。只見薛蘅正撫著挺起的肚子，和一人有說有笑。

謝朗皺了皺眉頭，旋即展開笑臉大聲道：「二哥來了！怎也不先通知我，我好去迎接二哥！」

薛忱微笑抬頭，「接甚接？我又不是頭一回來燕雲關。再說我可不是來看你的，是來看我外甥的。」

謝朗笑咪咪靠近，彎腰看著薛蘅的肚子，輕聲道：「兒子，今天有沒有踢你娘啊？」

薛蘅將他一把推開，道：「去！換了衣服再出來和二哥說話。」

謝朗只得進內屋沐浴更衣，俄頃神清氣爽地走出來，正見薛蘅彎腰去解薛忱的束帶，柔聲道：「二哥，快脫了。」謝朗眉頭一跳，眼見薛忱就要脫下外袍，一個箭步竄過去，大叫道：「脫不得！」

薛忱嚇了一跳，愣愣地抬起頭。薛蘅也嚇得呆了片刻，轉而怒道：「你幹什麼？小心嚇到孩子！」

謝朗乾笑兩聲，「天冷，我怕二哥凍著。」

薛蘅罵道：「這才八月，你發甚神經？不脫下來，我怎麼替二哥縫補？」

謝朗甫看清薛蘅手中拈著針線，而薛忱外袍左側不知何時開了道口子，他只得再乾笑兩聲。待薛忱將外袍脫下，他忙取了自己的衣袍替薛忱披上，笑道：「二哥別凍著了。」

薛蘅睡到半夜，搖醒謝朗。

謝朗迷迷糊糊中反臂將她抱住，手便四處遊走。薛蘅氣了，在被裡踢了他一腳，他這才清醒。

謝朗忙睜開眼睛，「蘅姐，什麼事？」

薛蘅道：「明遠，有些話我不好去問。你是男人，明天去探一探二哥的口風，他為甚到燕雲關來了？連小坎、小離都沒帶，就這麼隻身跑來，不知吃了多少苦。他狀似匆匆忙忙離開天清閣，連換洗衣物都是在半路買的，你沒見二哥瘦了很多麼？」

謝朗打了個哈欠，話語中滿是酸意，「為什麼來？還不是為了看你？」

薛蘅搖頭道：「絕不是這等簡單。二哥他……好像有什麼心事，今天他忽然吞吞吐吐地問我，說如果、如果他喜歡上一個不應該去喜歡的女子，該怎麼辦？」

謝朗骨碌坐起，大聲道：「什麼！二哥喜歡誰？」

薛蘅忙一把捂住他的嘴，怒道：「你小聲點！當心二哥聽到！」

謝朗再無一絲睡意，睜著眼直到天明。天方露白，他便下床，說因為府中沒有婢僕，自告奮勇去服侍薛忱穿衣梳洗。

這是謝朗生平第一次服侍別人，他不自在，薛忱更不自在。可不管薛忱如何推辭，謝朗竟像服侍二哥上了癮似的，片刻不離左右。

接下來的半個月，謝朗帶著薛忱玩遍了燕雲關方圓數百里的地方，鞍前馬後，伺候得十分周到。

這日，謝朗帶薛忱去「醉香樓」品嘗了醉香雞，正揹著薛忱下樓，聽到一樓喝酒的客人在絮絮議論。

「看見沒有？謝將軍對大舅子多好！比親生兒子還孝順哩。」

「是啊，簡直是妹夫中的楷模！」

「你們這就不知道了，這叫『愛屋及烏』，謝將軍疼老婆是出了名的，自然連大舅子也一併疼了。」

歸府後，謝朗快快不樂地回到臥房，一頭栽倒在床上，唉聲歎氣地問薛蘅：「二哥何時走啊？」

薛蘅瞪了他一眼，「二哥才來多久，你就想趕他走？他身子不便，出來一趟不容易，當然要讓他多住幾天。」

謝朗嘀咕道：「就是因為身子不便才要早點回家嘛，明知道自己行動不方便就別到處亂走了。」

薛蘅嗔道：「家裡多幾個人不好麼？熱鬧點。紅菱妹妹也要來呢！」

謝朗一骨碌坐起，又驚又喜，「啊，紅菱也來麼？什麼時候？」

薛蘅抿嘴一笑，「我今天剛收到她的信，她過兩天就到了。嗯，想是不放心二哥吧。不過，你先別告訴二哥，她想給二哥一個驚喜。」

謝朗眉花眼笑，「這樣啊，太好了，來吧、來吧。人多好啊，熱鬧，我最喜歡熱鬧了。二哥和紅菱愛住多久住多久，都是一家人嘛，我們家就是他們的家，哈哈，哈哈哈哈……」

◆將門虎子

撫遠大將軍謝朗半蹲在地，與竹榻上的虎子大眼瞪小眼。

虎子大名謝雲起，因爲出生在丙寅年，小名喚做「虎子」。

虎子沒見到娘，小嘴一扁，抽抽搭搭哭了起來。謝朗忙將他抱起，輕聲拍哄，可虎子哭得越發厲害。謝朗聽著他撕心裂肺的哭聲，五內煩亂，忍不住喝道：「不許哭！再哭就關你禁閉！」

虎子索性放聲大哭，「哇！哇！哇！」

謝朗頓時慌了神，手足無措，只得告饒，「乖兒子，求求你，別哭了。再哭下去，讓你娘聽見了，爹可吃不了兜著走。」

虎子卻不賣他爹面子，仍舊哭個不停，謝朗只得抱著他在屋中走來走去，不時拿起屋中的擺件在他面前晃悠。可虎子渾然不感興趣，直到謝朗把撫遠大將軍的印章塞到他手中，他才逐漸止了哭聲。

謝朗登時大樂，「臭小子，不錯、不錯，不愧是我謝朗的兒子！」他話音未落，虎子興奮地一甩手，便將印章重重地砸在了他的額頭上。

「幹什麼？」薛蘅看著謝朗寬衣解帶，忙瞪大眼睛。

謝朗手足並用地爬上床，鑽到被子裡。

薛蘅掀開被子，斥道：「你會踢到虎子的，去，到外邊去睡。」

謝朗哼了一聲，猛然伸手抱住她的腰，將她往床上拖，口中喘著粗氣道：「蘅姐，這都四個多月了……」說著便胡亂去解她的衣裳。

薛蘅扼上他的手腕，運力一掰，謝朗沒提防，「啊啊」大叫。薛蘅瞪著他，嗔道：「我還要餵虎子奶呢。」

謝朗甩著手腕，狀甚委屈地說道：「那我等你餵完。」

虎子正餓了，吃得很急，薛蘅看得心疼，輕聲哄道：「乖，虎子慢慢吃，別嗆著了。」

虎子睜開烏溜溜的眼珠看了她一眼，忽然鬆開嘴唇，「啊」的一聲衝她一笑。薛蘅無限驚喜，嚷道：「明遠快看！虎子會笑了！」

她抬起頭，見謝朗直盯望著自己胸前，不由輕啐一口，轉過身背對著他。

好不容易等虎子吃飽，謝朗早已忍禁不住，將薛蘅攔腰抱起丟到了床上。他正待撲上去，只聽「哇！哇！哇！」數聲連發，虎子在搖籃裡嚎啕大哭。

眼見薛蘅要坐起，他將她按住，道：「別理他。」

謝朗剛解開薛蘅的外衫，虎子已哭得上氣不接下氣，還頻頻咳嗽。薛蘅忙運力將他推開，著急道：「別是嗆住了，那可不得了。」

看著薛蘅跳下床將虎子抱起，謝朗抱著頭，發出長長一聲哀號。

虎子一歲半，逢太奶奶八十二歲壽辰，其時邊關並無戰事。謝朗請示過攝政的太子後，帶著薛蘅和虎子回了涑陽，向太奶奶祝壽。

這一年，謝峻已致仕在家，天天看著四千金將謝府鬧得雞飛狗跳，頗為頭疼，只好成日躲在書房之中。見到孫子回來，冰雪可愛且又不像女兒那般調皮，他不由老懷彌慰，整天樂呵呵地將虎子抱在手中。

抱了半個月，謝峻已再捨不下虎子。見謝朗要回燕雲關，想到虎子也要隨他爹娘離開，謝峻徹夜難眠。

二姨娘明瞭老爺子的心思，悄悄和太奶奶說了。太奶奶同將虎子視若心肝寶貝，馬上喚來謝朗和薛蘅，說自己不知還能活多久，捨不得虎子，想將虎子留在涑陽，和四位重孫女一塊兒養在膝下。虎子有四位姑姑作伴，想來不會孤單，而薛、謝二人亦可更專於軍務，守衛邊疆。

薛蘅心中萬般不捨，但看到太奶奶期待的目光，又說不出拒絕話語。她拋了個眼神給謝朗，謝朗卻似未見，只猶豫了一下便同意將虎子留在涑陽。

薛蘅無奈，只得千叮萬囑，依依不捨地拜別眾人，與謝朗啟程回到了燕雲關。

屋中猶存淡淡奶香，枕邊疊著虎子的小衣裳，空空如也的搖籃裡，還放著他最鍾愛的虎頭娃娃。薛蘅看著這一切，正眼眶微濕，一雙手靜靜地環住她的腰，久違的熾熱氣息引她心弦微顫。

「蘅姐……」謝朗將嘴唇在她耳後輕輕蹭著，聲音漸趨低沉。

他抱起薛蘅，順手將燭火搧熄，將她輕輕放落在床榻上，剛要俯低身子之際，薛蘅忽覺胸腑一陣難受，猛地坐起，趴在床邊乾嘔數聲。

謝朗輕拍著她的背脊，欣喜之餘，又不禁仰天長歎一聲。

（全文完）

國家圖書館出版品預行編目資料

月滿霜河（下）雲開月明／簫樓著；——初版．——
臺中市：好讀，2014.3

面：　公分，——（眞小說；43）（簫樓作品集；7）

ISBN 978-986-178-310-9（平裝）

857.7　　　　　　　　　　　　102022144

好讀出版

真小說 43

月滿霜河（下）雲開月明

作　　者／簫　樓
總 編 輯／鄧茵茵
文字編輯／林碧瑩
美術編輯／鄭年亨
行銷企畫／陳昶文

發 行 所／好讀出版有限公司
台中市 407 西屯區何厝里 19 鄰大有街 13 號
TEL:04-23157795　FAX:04-23144188
http://howdo.morningstar.com.tw
（如對本書編輯或內容有意見，請來電或上網告訴我們）
法律顧問／甘龍強律師

戶名：知己圖書股份有限公司
劃撥專線：15060393
服務專線：04-23595819 轉 230
傳眞專線：04-23597123
E-mail：service@morningstar.com.tw
如需詳細出版書目、訂書，歡迎洽詢
晨星網路書店 http://www.morningstar.com.tw

印刷／上好印刷股份有限公司 TEL:04-23150280
初版／西元 2014 年 3 月 1 日
定價：250 元
如有破損或裝訂錯誤，請寄回台中市 407 工業區 30 路 1 號更換（好讀倉儲部收）

Published by How-Do Publishing Co., Ltd.
2014 Printed in Taiwan

ISBN 978-986-178-310-9

情感小說 · 專屬讀者回函

書名：月滿霜河（下）雲開月明

姓名：＿＿＿＿＿＿＿＿ 性別：□男 □女 生日：＿＿＿年＿＿＿月＿＿＿日

教育程度：＿＿＿＿＿＿＿＿＿＿＿＿

職業：□學生 □教師 □一般職員 □企業主管

□家庭主婦 □自由業 □醫護 □軍警 □其他＿＿＿＿＿＿＿＿＿＿

電子郵件信箱（e-mail）：＿＿＿＿＿＿＿＿＿＿＿ 電話：＿＿＿＿＿＿＿＿

聯絡地址：□□□＿＿＿＿＿＿＿＿＿＿＿＿＿＿＿＿＿＿＿＿＿＿＿＿

您怎麼發現這本書的？

□書店 □＿＿＿＿＿網路書店 □朋友推薦 □＿＿＿＿＿網站／網友推薦

□其他＿＿＿＿＿＿＿＿＿＿＿＿＿＿＿＿＿＿＿＿＿＿＿＿＿＿＿＿

買這本書的原因是

□內容題材深得我心 □價格便宜 □封面與內頁設計很優 □其他＿＿＿＿＿

您閱讀此本小說的原因：□喜愛作者 □喜歡情感小說 □值得收藏 □想收繁體版

□其他＿＿＿＿＿＿＿＿＿＿＿＿＿＿＿＿＿＿＿＿＿＿＿＿＿＿＿＿

您喜歡閱讀情感小說的原因

□打發時間 □滿足想像 □欣賞作者文采 □抒解心情 □其他＿＿＿＿＿＿＿

您不喜歡哪類情感小說的情節設定

□人人都愛女主角 □女主角萬能 □劇情太俗套 □太狗血 □虐戀 □黑幫

□其他＿＿＿＿＿＿＿＿＿＿＿＿＿＿＿＿＿＿＿＿＿＿＿＿＿＿＿＿

最無法忍受的主角人物關係

□父女 □師生 □兄妹 □姊弟戀 □人獸 □ BL □其他＿＿＿＿＿＿＿＿＿＿

您最常接觸情感小說的方式

□購買實體書 □租書店 □在實體書店閱讀 □圖書館借閱 □在＿＿＿＿＿＿＿

網站瀏覽 □其他＿＿＿＿＿＿＿＿＿＿＿＿＿＿＿＿＿＿＿＿＿＿＿＿＿

您喜歡的情感小說種類（可複選）

□宮廷 □武俠 □架空 □歷史 □奇幻 □種田 □校園 □都會 □穿越 □修仙

□台灣言情 □其他＿＿＿＿＿＿＿＿＿＿＿＿＿＿＿＿＿＿＿＿＿＿＿＿

推薦你喜歡的情感小說作者或作品（多多益善喔）

＿＿＿＿＿＿＿＿＿＿＿＿＿＿＿＿＿＿＿＿＿＿＿＿＿＿＿＿＿＿＿＿

您對這本書還有其他想法嗎？請通通告訴我們：

＿＿＿＿＿＿＿＿＿＿＿＿＿＿＿＿＿＿＿＿＿＿＿＿＿＿＿＿＿＿＿＿

＿＿＿＿＿＿＿＿＿＿＿＿＿＿＿＿＿＿＿＿＿＿＿＿＿＿＿＿＿＿＿＿

請填妥後對折黏貼，直接投郵即可，無須貼郵票。

廣告回函
台灣中區郵政管理局
登記證第 3877 號
免貼郵票

好讀出版有限公司　編輯部收

407 台中市西屯區何厝里大有街 13 號

電話：04-23157795-6　傳真：04-23144188

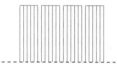

沿虛線對折

填 問 卷， 送 好 書

詳填此張讀者回函，並附上 40 元郵票（寄書郵資），即送您好書

中視八點檔大戲｜傾世皇妃原著小說｜林心如主演

《傾世皇妃（上）一寸情思千萬縷》

定價：250 元

數量有限，送完為止